Marco Missiroli

Atti osceni in luogo privato

CW00500067

© Giangiacomo Feltrinelli Editore Milano
Prima edizione ne "I Narratori" febbraio 2015
Terza edizione marzo 2015

Stampa Nuovo Istituto Italiano d'Arti Grafiche - BG

ISBN 978-88-07-03125-0

Ogni riferimento a fatti e persone è puramente casuale. Lievi modifiche alla topografia dei luoghi raccontati, o cronologiche rispetto a noti eventi storici, di cronaca o di costume sono state apportate talvolta per esigenze narrative.

www.feltrinellieditore.it
Libri in uscita, interviste, reading,
commenti e percorsi di lettura.
Aggiornamenti quotidiani

razzismobruttastoria.net

Atti osceni in luogo privato

A Maddalena,
c'est toi.

Alla fine uno si sente incompleto
ed è soltanto giovane.

ITALO CALVINO

Infanzia

Avevo dodici anni e un mese, mamma riempiva i piatti di cappelletti e raccontava di come l'utero sia il principio della modernità. Versò il brodo di gallina e disse – Impariamo dalla Francia con le sue ondate di suffragette che hanno liberalizzato le coscienze.

– E i pompini.

La crepa fu questa. Mio padre che soffiava sul cucchiaio mentre sentenziava: e i pompini.

Mamma lo fissò, Non ti azzardare più davanti al bambino, le sfuggì il sorriso triste. Lui continuò a raffreddare i cappelletti e aggiunse – Sono una delle meraviglie del cosmo.

Era il 1975 e abitavamo a Parigi da poco, X arrondissement, rue des Petits Hôtels. Avevamo lasciato l'Italia perché mio padre era stato trasferito dalla sua azienda farmaceutica. La mamma aveva accettato la Francia perché adorava i luccichii di place Vendôme e le sciccherie libertine. Era una donna elegante, religiosa, maggiorata. Amava Jane Austen e l'agio della sua Bologna. Da ragazza era emigrata a Milano per studiare e conoscere un borghese che la mantenesse mentre giurava fede al proletariato. Aveva quarantadue anni quando le uscì quella tristezza a cena. Bastò per riportarmi

15

al trauma di un mese prima, il giorno del trasloco nella capitale francese.

Quel pomeriggio c'era Emmanuel, l'amico di famiglia. Papà era uscito per comprare un trapano e passare in azienda, io ero nella mia stanza a svuotare gli scatoloni. Mamma aveva detto che avrebbe fatto lo stesso nella sua camera, Emmanuel la aiutava con i pantaloni alle caviglie. Li avevo visti dallo spiraglio della porta. Lui in piedi con gli occhi socchiusi davanti a questa donna sposata e inginocchiata, il grande seno incagliato nel vestito. Il grande seno che sfioravo nell'abbraccio della buonanotte. Ero rimasto immobile, ero tornato in camera mia e avevo continuato a sventrare scatole finché la porta si era aperta.

– Tutto bene, amore mio? – aveva chiesto mamma con il rossetto fresco.

– Tutto bene.

Lei aveva sorriso, amara, nella stessa smorfia della cena dei cappelletti. Poi se n'era andata e solo allora mi ero accorto del gonfiore nei miei pantaloni, conteneva lo spasmo che non ero mai riuscito a sfogare. Quel giorno, per la prima volta, mi ero accarezzato e avevo intuito il movimento di liberazione. Avanti e indietro con costanza. L'inganno di mamma, l'estasi di Emmanuel. La mia gelosia. Mi ero accanito con la mano un'ultima volta, la decisiva, e solo allora avevo saputo come andava il mondo e come sarebbe andata la mia vita.

Dalla liberazione il mio carattere cambiò. Il battesimo erotico mi rese mansueto e intelligente. Mamma mi chiamava Ometto di mondo, papà diceva Cher Libero. Il Caro anteposto al nome sanciva l'entrata ufficiale nel suo circolo di attenzioni. L'equazione fu semplice: la sessualità emancipata aveva prodotto lungimiranza. Iniziai a capire la mia famiglia e il modo esatto di interpretarla. A ogni preoccupazione mi rifugiavo alla toilette e mi liberavo. Venire significava correggere le questioni interiori senza interpellare chi avrebbe dovuto educarmi. Ero un bambino autodepurato. Sereno e magnifico, attento e anticipatore. Un godimento barattava un paio di piagnistei. Ricordo alla perfezione tre elementi di quei primi autoerotismi: le guance paonazze, la fioritura del cuore e un inaspettato ribollire cerebrale. Amplessi di cinque-sei secondi mi provocavano tremori e l'assoluta convinzione che fosse solo la punta dell'iceberg. La realtà intorno a me era diversa e il mio nuovo spirito mi stava aprendo le porte dei grandi:

– Cher Libero, figliolo, ti porto al Roland Garros.

Non ho mai dimenticato il pomeriggio in cui papà mi invitò ad assistere a un match sul Centrale degli Open di Francia, privilegio che negli anni era toccato solo a Emmanuel. Aveva una camicia bianca, il panama sgualcito e due lapislazzuli opachi come occhi. Le donne lo fissavano mentre lui fissava a vuoto Björn Borg che prendeva a pallate Ivan Lendl.

– Perché non sei venuto con Emmanuel? – chiesi a bruciapelo.

Papà rimase in silenzio quel giorno e gli altri che seguirono.

Emmanuel non si fece vedere a casa per un mese, nessuno lo nominò finché mamma, servendo l'arrosto alle prugne, si lasciò sfuggire che era il piatto preferito di Manù.

Quella sera pianse. Papà era uscito per il suo torneo di bridge e io ero in cucina a finire il puzzle della Pantera rosa, quando la sentii squittire la raggiunsi in salotto. Diede la colpa a *Orgoglio e pregiudizio* che stava rileggendo, mi disse che ero il suo ometto di mondo e mi tenne stretto. Fu allora che decisi i miei comandamenti: avrei scelto con cura il mio migliore amico e non mi sarei sposato.

Emmanuel tornò una sera di qualche settimana dopo. Quando suonò il campanello si precipitò mio padre, mamma rimase in camera e mi chiamò. – Sai cosa fa andare bene l'umanità, ometto di mondo?

– L'utero e la Francia?

– Il silenzio, il maquillage e Dio.

Prese il rossetto dalla borsa e se lo mise. Mi scompigliò i capelli e andò in salotto. Restai con il volto affondato nel suo cuscino, mamma sapeva di glicine, e aspettai che mi chiamassero per il roast beef con le patate al timo. Ricordo tutto di quella sera: il cambiamento dei posti a sedere, misero me tra papà e Emmanuel, la televisione in sottofondo, prima e unica volta, mamma sempre in piedi a servire cibo. Ricordo anche un paio di dettagli: Emmanuel che non mi guardò mai e il saluto tra lui e mia madre alla fine, proprio sulle scale, mentre papà era rimasto in cucina a caricare la lavastoviglie. Lei che va per baciarlo sulla guancia e lui che le stringe la mano per ringraziarla della cena.

Quando il nostro ospite se ne andò, mamma si tolse il rossetto e osò una battuta sul roast beef francese, scialbo, poi mi domandò se l'indomani avessi voluto conoscere il Creatore.

Accettai, anche se papà diceva che la religione era la più grande *illusion* dell'uomo.

– Per due motivi, cher Libero. Primo: Dio non si è mai fatto vedere per confermare la sua presenza. Secondo: nessuno è mai tornato da morto per confermare la presenza di Dio.

Dissi a mamma che forse era vero, lei rispose che era il momento di andare. Si era messa il tailleur grigio, per questo la teoria di mio padre sarebbe stata capovolta. Dio quel giorno si sarebbe fatto vedere, come si erano fatti vedere gli insegnanti, gli imbianchini, i direttori di banca, i commercianti di surgelati e i padri dei miei amici di Milano ogni volta che invitavo i loro figli a casa. Venivano a prenderli in anticipo, anche di un'ora, perché sapevano che mia madre li avrebbe trattenuti a chiacchierare in grigio. Stoffa pregiata, taglio discreto, se non per il terzo bottone del giacchino che traballava lussuria: una minuscola gemma sull'orlo del collasso. Un seno in galera vale cento seni liberi. Lo intuii più avanti, se lo avessi saputo quel giorno avrei capito perché molti uomini rischiarono il torcicollo per guardarla. Trovammo pace all'entrata di Notre-Dame, mamma mi portò davanti a un crocifisso e disse – Libero, vedi Gesù al centro di tutto? Ecco, non guardare Lui, guarda quella signora ai suoi piedi.

– La Madonna.

– L'utero che vede e provvede, – finì di dirlo e il bottone cedette. Mamma lo raccolse, io chiesi alla Vergine di non fare più entrare Emmanuel in casa mia. La Madonna mi ignorò. In cambio, quell'estate, avrebbe provveduto al più inaspettato e misericordioso dei battesimi.

Papà decise che avremmo trascorso le vacanze in territorio francese. Dovevamo far girare l'economia del paese che lo aveva riaccolto. Lui e mamma scelsero Deauville, il litorale dei parigini con le berline e i vizietti sospettabili. Noi avevamo una Peugeot 305 e il terrore di passare le ferie da soli. Invitarono Emmanuel. Mi immaginai mamma in pareo e lui che la fissava dal lettino. La gelosia mi provocava eccitazioni amare e mortificazioni del corpo. Mi scrutai nudo davanti allo specchio, glabro e tardivo, ancora latitante di eiaculazione al contrario di Mario e Lorenzo, i miei amici di Milano. Loro fiorivano, io ero un frutto acerbo con le spalle più strette dei fianchi. Mi salvavo per gli occhi azzurri e un'aura che metteva pace. Mai avuto uno sguardo ambiguo da una compagna di classe: migliore amico di Stefania, confidente di Lucia, complice di Maria e servitore della Giulia che Mario aveva consumato di baci.

Per Deauville chiesi a mia madre un costume nuovo.

19

Lo indossai il giorno della partenza, un venerdì di luglio che abbagliava una Parigi deserta. Mentre scendevamo le scale, papà mi avvertì che Emmanuel avrebbe portato un'amica. Lo aspettammo sotto casa con la Peugeot 305 carica come un mulo e mamma in caftano celeste. Quello che vedemmo tre minuti dopo provocò una smorfia di soddisfazione di mio padre e un silenzio prolungato di mia madre. Sul lato passeggero della Citroën di Emmanuel sedeva una trentenne castano chiara con la pelle di luna e le lentiggini. Si presentò in un italiano stentato: Marie. Ci presentammo tutti, quando fu il mio turno lei esclamò – E tu devi essere le Grand Liberò.

Il grande Libero. Tentennai e mamma mi bruciò sul tempo: – Le petit Libero, – risero, Marie no, si aggiustò un foulard di seta e mi disse – Perché non vieni in macchina con me e Manù?

Del viaggio ricordo Emmanuel che cantava le canzoni della radio e noi che facevamo i ritornelli, un cappello di paglia che Marie aveva messo in testa al suo Grand Liberò. Era la prima volta che non sentivo l'affanno di disturbare. Mi ero sistemato al centro del sedile posteriore, dallo specchietto si vedeva una spalla di Marie e il suo collo bianco. Possedevo già l'acutezza delle angolature, mi spostai a sinistra e allargai il campo di visuale. C'era più spalla e meno collo, c'era il profilo del seno. Era sproporzionato rispetto all'ossatura e alla gentilezza dei modi. La guardai dal riflesso e incrociai i suoi occhi, avvampai.

Fu allora che lei mi chiese di allungare una mano. – Avanti, Grand Liberò, mica te la mangio.

– Non ti fidare – disse Emmanuel.

Rischiai e mi ritrovai sul palmo tre ciliegie, le mangiai mentre alla radio cantava Charles Aznavour.

– Dammi i noccioli.

Accadde lì, quando Marie me li prese e mi pulì le dita con una salviettina fresca, che ringraziai la Madonna di Notre-Dame per non avermi ascoltato.

Ebbi due capogiri. Uno dovuto alle traiettorie della Citroën, l'altro perché le sedici ciliegie che ingurgitai avevano portato a piccoli incontri con Marie.

Mi raccontò che era una bibliotecaria, lavorava nel IV arrondissement. Lì aveva conosciuto Emmanuel qualche mese prima – Manù, il più affascinante professore di Parigi.

Il mio carattere docile nascondeva premeditazioni insospettabili. Quando Marie mi domandò se avevo già amici a Parigi dissi che no, ero un'isola senza mare. Un'isola senza mare. Era una frase che papà mi aveva consigliato di usare per tramortire le donne. Scavava in un fondo di verità, e colpiva alla voce tenerezza.

– Tu es adorable – Marie lo sussurrò mentre mi pizzicava lo zigomo – Il mare che cerchi sarà a Deauville, Grand Liberò. E noi il tuo arcipelago.

Quando arrivammo a destinazione avevo sconfitto la solitudine.

A Deauville avevamo affittato una villetta con terrazzino e due camere da letto in rue Laplace. L'estate prima in Sardegna e quella prima ancora in Costa Azzurra mi era capitata una stanza tutta mia. Quell'anno, mi disse papà, avrei dovuto adattarmi.

Mi limitai a scaricare la valigia e ad aspettare su un'amaca appesa tra due fichi nel giardino della villetta. Guardai gli altri affannarsi nei bagagliai, mamma aveva il trucco sbavato e una mano che tormentava l'altra. Venne verso di me, mi mostrò dove avrei dormito: un loculo ricavato da una rientranza del corridoio. Avevo a disposizione poco più di una branda da campeggio. Appiccicai l'orecchio al muro di cartongesso: sentii la voce di Emmanuel. E quella della mia Marie.

Papà era un tipo pratico. Aveva preso dal nonno, ufficiale nella Prima guerra mondiale, un temerario in grado di schivare sette agguati aerei mentre attraversava la Manica con un monoplano scassato. Come lui anche mio padre scardinava le detonazioni di mia madre e sorvolava sentimenti impetuosi. L'anno prima era stato eletto miglior venditore di Fiori di Bach dell'Europa centro-meridionale e aveva festeggiato quattordici anni di matrimonio con mamma.

Per la prima sera a Deauville decise di portarci al casinò. Avrebbe rinsaldato la sua complicità a carte con Emmanuel e offerto a mia madre utopie di mobilità economica.

– E Libero? – domandò Marie.

– Aspetto fuori – dissi.

Papà entrò con Emmanuel, mamma si offrì di restare con me. Chiesi e ottenni di rimanere in solitudine a guardare le cabine degli stabilimenti con i nomi delle star del cinema: Cary Grant, Jean-Paul Belmondo, Federico Fellini e via via, me le passai tutte fino al bar du Soleil. Lì mi sentii chiamare.

– È un'ingiustizia, Grand Liberò. – Marie veniva verso di me.

La salutai.

Mi raggiunse – È un'ingiustizia che tu puoi startene fuori e io no.

Così conobbi Marie Lafontaine. Mi offrì un jus d'orange e si ordinò un rosé. Scoprii di lei che possedeva l'arte dell'ascolto e del bere in punta di labbra, snocciolava le olive in bocca tenendo gli ossi contro la guancia, tifava Saint-Germain e il suo libro preferito era *Lo straniero* di Camus. Pizza ai quattro formaggi, i film senza lieto fine, i mori e i brizzolati, la Provenza meglio della Normandia. Detestava la roulette e i barboncini. Aveva avuto grandi amori? (si

22

domandò): uno magnifico di cinque anni, gli altri robetta per sfortuna e demerito. Tamburellò le dita sul mio ginocchio ogni volta che rise, spesso, e si tormentò l'orecchino destro ogni volta che era sovrappensiero, spesso.

Ecco quello che le rivelai di me: avevo fatto uno sciopero della fame di due pasti per oppormi al trasferimento in Francia, non mi piaceva il calcio ma amavo John McEnroe, ero un campione di puzzle e andavo matto per il purè di patate. Ero capace di dormire anche quindici ore di fila. La mia tartaruga Robespierre aveva vissuto ventun anni ed era morta il giorno del mio compleanno.

– Che altro, Grand?

Avrei voluto fare il lavoro di papà o la guardia forestale, i libri mi davano noia tranne le storie di indiani. Mi chiese come mai gli indiani, dissi che erano rimasti in pochi e a me piacevano i pochi.

– Ti piace Dio, Marie?

– Dipende.

– E l'utero?

Mi fissò, poi disse – Non ho figli, e va bene così. E tu, Grand Liberò, hai avuto grandi amori?

Bevvi il jus d'orange e rimasi in silenzio. Lei mi abbracciò di colpo, si protese in avanti e trascinò il mio sgabello fino al suo, mi trattenne con le sue braccia calde. C'era un profumo di torta in forno e c'era la spinta del grande seno. Premeva contro il mio sterno, più della mamma, meglio della mamma.

Appena uscirono dal casinò ci trovarono sul pontile che chiacchieravamo su quale cabina avremmo preso l'indomani. Io scelsi Fellini, Marie Cary Grant, papà e gli altri dissero che bisognava andare a casa per cancellare la brutta serata al tavolo da gioco. Novecento franchi buttati.

Quando arrivammo mi stesi sull'amaca ad ascoltare Deauville di notte, gli echi delle feste, mentre le camere da letto si spegnevano. Poi andai in bagno e mi lavai i denti e la faccia. Feci tutto in fretta, da quando la zia era morta alla toilette non potevo stare chiuso dentro a lungo, altrimenti mamma veniva a chiamarmi. Arraffai uno strappo di carta igienica e mi ritirai nel loculo, mi stesi sulla branda.

Mi rigirai. Le molle cigolavano sul lato destro. Potevo usare il braccio sinistro con una minima rotazione del polso. Ritrovai lì il senso pratico di papà, nel compimento di una masturbazione circense che mi avrebbe sostenuto per l'intera esistenza. Aspettai che il resto della casa si addormentasse. Trascorsi l'attesa preparandomi il pensiero, a dodici anni si è molta mano e poca testa, io ero diverso. Avevo capito che l'eros è l'arte di immaginare situazioni realistiche con possibilità di fallimento: mi vidi di nuovo al bar du Soleil con Marie, lei ha un vestito scollato. Ha già bevuto due rosé, mi confida del suo amore finito male. Lui era un poco di buono, solo adesso lei si sente a suo agio, grazie a me. Piange, mi tira a sé con lo sgabello e invece di abbracciarmi si appoggia alla mia spalla e io sento le sue lacrime.

Mi fermai. L'elastico del pigiama sforzava, lo abbassai. Feci attenzione al cigolio, tutto stava nel tenere sollevato il gomito ed essere il John McEnroe dell'onanismo: usare l'impugnatura Continental. Controllai la respirazione e tornai a dove ero rimasto: io che sento le lacrime di Marie, gliele asciugo e la tengo stretta. Anche lei lo fa, mi tiene stretto, ancora, e io sento che è il momento, preparo la carta igienica anche se so che rimarrà asciutta, do il colpo di grazia, la branda sussulta mentre spalanco la mascella, la voce di papà squilla al di là del muro, – La smetti di agitarti o no?

La mattina mi svegliai prima di tutti, sgattaiolai fuori e iniziai un piccolo puzzle della Tour Eiffel sul tavolo del giardino. In un'ora incastrai una miseria di tasselli, continuavo a fissare la finestra dei miei genitori con la vergogna di chi è stato preso in flagranza di reato. Quando mamma mi chiamò erano tutti in cucina a ingozzarsi di croissant e cose buone comprate da Emmanuel alla boulangerie St. Augustin. Guardai le piastrelle turchesi dietro il lavello e nessuno di loro.

– Come hai dormito, ometto? – chiese mamma.

Sollevai la testa. Papà smise di mangiare il suo croissant e mi strizzò l'occhio. Fu il primo sigillo della nostra alleanza.

Il secondo arrivò al mare. Andammo allo stabilimento e io scelsi la cabina Fellini. Quando vidi uscire Marie da Cary Grant, in due pezzi, seppi che quella notte sarei stato recidivo, e che l'eros mi provocava timidezza.

Rimasi accucciato sulla mia sdraio in maglietta e cappellino, rifiutai di passeggiare, rifiutai i racchettoni con Emmanuel che si mise a giocare con mamma. Mio padre chiacchierava con Marie sulla battigia. Mi chiamò da lui. Gli feci cenno che volevo starmene per conto mio, insistette e lo raggiunsi.

– Facciamoci un bagno.

Dissi che non ne avevo voglia, poi mi sentii toccare da dietro, era la mano di Marie che mi sollevava la maglietta e mi toglieva il cappellino, – Avanti Grand Liberò, un piccolo tuffo – sorrise, e salì all'ombrellone per appoggiare gli occhiali e i miei vestiti. Adocchiò Emmanuel che giocava con mamma. Anche papà li fissava, lo presi per un braccio e lo trascinai in acqua. Ci tuffammo, quando riemergemmo Marie era ancora all'ombrellone e si era seduta sul lettino.

– È bellissima, n'est-ce pas? – chiese papà mentre mi caricava sulle sue spalle da ballerina.

La brezza della Normandia mi gelò, – Ti piace?

– Moi, j'aime ta mère – e mi lanciò nell'oceano.

Riaffiorai e mi trovai solo, mio padre stava andando verso riva, e verso la sua sposa da più di un decennio. Mi lasciò con il suo secondo sigillo, e mio futuro patrimonio: la devozione.

Tornai a casa per primo e terminai il pilone occidentale della Tour Eiffel. Qualcosa aggrovigliava la mia testa, e il mio eros: Dio, l'utero, il sentore che mi sarebbe sfuggita qualsiasi donna, soprattutto la rincorsa di mio padre verso sua moglie. Accanirmi con i puzzle avrebbe rimesso a posto i pezzi della mia infanzia? Cominciai la terza gamba della Torre e vidi arrivare papà con la faccia buia: mi avvertì che Emmanuel e Marie avevano discusso e che dovevo fare finta di niente.

Feci una doccia e presi uno dei miei libri sugli indiani, mi rannicchiai sull'amaca. Era questione di tempo. Mamma spuntò poco dopo e si fermò da me. Mi baciò e si tolse gli occhiali da sole. Era paonazza.

– Stai lontano da Marie, intesi? – e filò dentro anche lei.

C'era stato un intreccio di uteri, e forse una vittima. Deauville era celebre per il glamour, le ambizioni piccolo-borghesi e i parvenu. Anche per il gioco, certo, e la sua aria di azzardo mi convinse a prendere il mio quaderno per annotarmi una vertigine: *Consola la bionda*. Era un taccuino con in copertina Arsenio Lupin e la sua giacca rossa. Avevo l'abitudine di scriverci le cose più grandi di me. A Milano l'avevo riempito con una ventina di scintille, *Pellerossa accompagnano chi muore con il tamburo*; *Lucia, baciarla o sposarla*; oppure *Impara dal camaleonte: scompari*.

Rimasi a dondolare sotto il fico. Emmanuel e Marie arrivarono quasi subito. Muti e veloci. Lei si affrettò, lui rallentò e prima di entrare mi sorrise. Lo ignorai e diventai camaleonte finché papà spuntò fuori con la sentenza: i nostri ospiti sarebbero tornati a Parigi l'indomani mattina.

Andai in camera e tirai fuori le carte da briscola che avevo portato dall'Italia: le mischiai e tagliai il mazzo con la sinistra. Venne l'asso di spade. Nella simbologia di mamma annunciava un successo schiacciante. Fu il momento che decise il mio destino a Deauville.

Avevo imparato a interrogare il futuro quando vivevamo a Milano. Stavamo a Porta Venezia, il quartiere della borghesia giovane, la casa la pagava l'azienda di papà che vendeva Fiori di Bach e rimedi omeopatici alle farmacie. Mamma teneva lezioni private di italiano, spendeva in Montenapoleone e per i suoi santoni. Frequentava un gruppo di fanatici che le avevano inculcato il culto delle premonizioni in cambio di centomila lire a seduta. Controllava fondi di caffè e segni zodiacali. Leggeva le carte. Si era stancata di colpo, perché l'utero è fatto per generare, non per trattenere: giustificava così le sue cadute passionali. Nel frattempo io avevo imparato. Interpretavo un mazzo di briscola meglio dell'istinto. Mi fidavo del futuro più che di me stesso. Che quella notte, prima della partenza di Emmanuel e Marie, preparò il suo coup de théâtre con dettagli significativi.

I miei pianeti si allinearono a cena, quando papà si mise a leggere "L'Équipe" in giardino. Fischiettava in giacca e camicia bianca. Mamma uscì dal bagno con l'acconciatura a mo' di ananas. Io mi rintanai nel loculo, le orecchie al muro: nella stanza dei nostri ospiti non volava una mosca. Emmanuel e Marie si presentarono di colpo, vestiti come il giorno prima. Lei aveva gli occhi gonfi, lui fumava il sigaro e fece strada verso il ristorante. Rimasi indietro di qualche passo e riuscii a sorridere a Marie, lei ricambiò. Camminava veloce, tutti camminavano veloci, appena arrivammo papà chiese al maître un tavolo in veranda. L'asso di spade diede il primo segnale quando mi ritrovai seduto di fronte a Marie. Ricordo che mangiai mezza zuppa di ostriche e due bocconi di salmone. Papà tenne viva la conversazione, lo sostenne Emmanuel e tutto filò liscio finché si inserì mamma con una filippica sulla Gauche italiana. Cos'era rimasto del comunismo? E dov'era finito l'insegnamento di Gramsci?

– Tutte chiacchiere – disse Marie: ora eravamo in Francia

e c'era da fare i conti con Giscard d'Estaing. O ci eravamo trasferiti solo per i musei?

Tremai io, e tremò papà.

– Allora è vero quel che dicono sull'insolenza dei parigini – rispose mamma.

– E cos'è che dicono dei parigini?

– Chiedilo al tuo Emmanuel, almeno avrete un argomento di conversazione.

– Chiedilo tu, al tuo Emmanuel – Marie si alzò da tavola, domandò permesso e se ne andò.

Non la seguì nessuno e io dovetti assistere alle due nature di mia madre: la soddisfazione per aver vinto la guerra degli uteri, le successive lacrime di dispiacere. Finimmo i sorbetti e facemmo una passeggiata sul lungomare di Deauville. Passammo davanti al bar du Soleil, adocchiai i due sgabelli su cui ci eravamo seduti io e Marie. Sentii la nostalgia. Dissi a papà che ero stanco e lui capì. Quando tornammo a casa evitai di salutare Emmanuel, lui si rintanò in camera e anche i miei genitori. Marie non era rientrata.

Quella notte mi addormentai a fatica, mi svegliarono la sete e un sentore di profezia. Mi alzai, uscii dal loculo, andai in cucina. Lei era seduta al tavolo.

C'erano due cose che non sopportavo: farmi vedere in mutande e capire che una situazione mi impauriva. Quella notte, davanti a Marie Lafontaine, le provai entrambe. Cercai di indietreggiare, lei tirò su la testa e mi fissò, poi disse piano – Grand, c'est toi?

Andai avanti e le dissi che volevo bere. Lei si alzò per prendere una bottiglia d'acqua nel frigorifero, me ne versò un bicchiere e me lo porse. Il rimmel le era colato su una guancia e i capelli erano scompigliati. Bevvi, e andai ad appoggiare il bicchiere sul tavolo. Poi lei disse – Vado un po' fuori, bonne nuit.

L'unico gioco d'azzardo che si avverò a Deauville quella notte appartenne a un quasi tredicenne che invece di tornarsene a letto uscì nel giardino di una villetta e aspettò finché una trentenne si accorse di lui per la seconda volta. Quando accadde, lei lo chiamò a sé – Neanche tu riesci a dormire, Grand?

Mi avvicinai all'amaca, Marie si era stesa, restai impalato.

Lei sorrise e si mise a sedere, mi disse che le dispiaceva per la serata e per la vacanza e per la figuraccia, era solo un po' nervosa, e insicura.

– Insicura?

Annuì.

Le dissi che anche a me era successo. Almeno due volte l'anno prima e l'anno ancora prima con Lucia e Giulia.

– Si vede che non ti meritavano, Libero.

– Nemmeno a te.

Mi abbracciò e mi disse di sedermi con lei. Ubbidii, avevo paura, avevo stupore. Lei mi fece spazio e io mi accucciai nell'angolo.

– Sei un gentiluomo. Beata chi ti sposa.

Il vestito le era salito alle ginocchia e la parte alta era confusa dalla notte. Mi afferrò la mano e me la tenne tra le sue, guardai la casa buia.

– Non ti preoccupare, dormirò qui – Mi tirò a sé e mi lasciò altro spazio. Finii tra i suoi capelli e la mia gamba destra le lambì il fianco sinistro, le mani le tenevo sullo stomaco come i morti. Sentivo il seno contro la spalla, mi voltai e lo vidi, mastodontico e stropicciato per la posizione. Lei si inclinò, confluimmo al centro dell'amaca, mi accarezzò la nuca e disse: – Non ho un gran fiuto per gli uomini. Mi dispiace averti rovinato la vacanza.

– Il bello di questa vacanza sei tu – mi tremò la voce, ma lo dissi, avevo un accenno di erezione. Maturò, mi girai, lei mi trattenne e tornò ad accarezzarmi la testa. Non mi mossi, ero accaldato, ancora impaurito. Premevo contro la sua gamba e sentii la sua gamba premere contro la mia intimità. Quando smise mi ritrovai con un piacere impiccato. Nella mia vita ero stato sprovveduto, adorabile, addomesticato. Cambiai le mie priorità: le toccai la coscia, fu allora che lei sussurrò Mon petit Libero. Mi strinse in un abbraccio che sapeva di sorella, mi disse Vienimi a trovare in città, lavoro all'Hôtel de Lamoignon, la biblioteca nel IV. Mi diede un bacio sulla guancia e io mi ritrovai che camminavo verso il loculo.

Andai in bagno, chiusi la porta a chiave, e prima di darmi la liberazione mi guardai allo specchio. Ero un bambino a un passo dall'adolescenza che stentava ad abbandonare la sua infanzia.

Fu una vacanza strana. Quando ci alzammo, la mattina dopo, Emmanuel e Marie non c'erano più. Forse non c'erano mai stati, trovammo un biglietto in cucina: *Merci, merci, merci*. Tre grazie che mi provarono la loro presenza a Deauville. Andai fuori, l'amaca era mossa dal vento e aveva sopra una foglia, la tolsi e mi stesi. Avvicinai il naso alle corde e sentii l'odore di salsedine, e di Normandia. Scrissi l'ultima traccia di quella notte sul mio quaderno: *Biblioteca Hôtel de Lamoignon, Marie.*

Per una settimana tornammo una famiglia. Mamma scelse la cabina Marilyn Monroe e io lasciai la decisione a papà, lui andò su John Wayne. Tenemmo l'accoppiata glamour e western per tutti i giorni di mare, placidi e guardinghi, l'ultimo pomeriggio assistetti a una scena curiosa: papà che va sott'acqua e risale sotto le gambe di mamma, la carica sopra le spalle. Lei rimane lassù e ride e urla Lasciami, lasciami. Si tuffa e quando riemerge va verso mio padre e lo abbraccia, lui la bacia.

Chiudemmo con quella bellezza. Il bilancio della vacanza contò un sodalizio con papà, settecento franchi vinti da mamma sul 27 alla roulette, cinque cene di pesce al ristorante e un'intossicazione alimentare da gamberetti, uno sguardo ricambiato con un'inglese, innumerevoli spasmi sfogati. E poi un comandamento di mio padre, il giorno della partenza: – Tu devras avoir du courage, so che sarai coraggioso.

Charmant, protettivo, franco. Papà era questo, secondo mamma. Glielo sentii dire alla sua amica Manuela di Milano quando le chiese perché si fosse innamorata di lui. Mancava qualcosa: era un uomo privo di senso della realtà. Il comandamento che mio padre mi diede a Deauville era figlio della sua verginità d'animo e di una sorta di presagio che percepiva nei miei confronti. Sapeva che dal trasferimento francese mi sarei potuto sentire in bilico. Non tanto per la lingua, quanto per l'affanno del cuore. Affanno che era stato anche il suo.

Lo capii con il liceo. Il primo giorno papà mi accompagnò insieme a mamma. Il Lycée Colbert l'aveva voluto lei perché pubblico, multietnico, culla della nuova classe dirigente progressista. Era una scuola bobo, bourgeois-bohème. L'entrata era di un nugolo di ragazzini con la pashmina al collo, io avevo una camicia di una taglia in più e la certezza che il posto di banco avrebbe deciso la mia adolescenza. Fu così. Dipese dall'ordine alfabetico: Libero Marsell finì tra Antoine Lorraine e Hélène Noisenau. Un nero e una biondina con la treccia e l'odore di mandarino. Le strinsi la mano per presentarmi e mi accorsi che non mi attraeva: troppo magra, troppo fresca. Mi guardai intorno, eravamo in trentatré, diciannove maschi e quattordici femmine. Scartai le troppo avvenenti, rimaneva una morettina con il sedere sporgente. Si chiamava Camille. Mi guardò una volta.

Colpivo alla prima occhiata, diventavo invisibile per il resto della storia. Dal mio banco vedevo i bobo che socializzavano e pensavo a Mario e Lorenzo che se n'erano andati insieme al Beccaria, a Milano. Rivolevo l'affidabilità gentile di Marione e la barbarie di Lorenzo. Rivolevo me stesso. Mi alzai di scatto e andai alla finestra. C'era il traffico parigino e un uomo sbilenco dall'altra parte della strada: papà. Dava uno sguardo a "L'Équipe", e uno alle finestre della possibile classe di suo figlio.

Andai in bagno e trattenni il pianto, quando uscii mi trovai di fronte Antoine Lorraine. Mi fissò, – Ci abitueremo, non ti preoccupare – mi appoggiò una delle sue manone sulla spalla, – Sei italiano?

– Per metà francese.

Anche lui era a metà. Congolese e parigino. Un nero con la erre moscia e una sana concretezza, – Le ragazze buone sono nelle classi avanti. Occhi aperti.

Trovai così un amico. Eravamo due metà che avrebbero fatto un intero.

Quando tornai a casa confidai a mamma la sensazione di quell'amicizia, lei annuiva mentre preparava il pasticcio di foie gras e la crostata di mele cotogne. A tavola sedeva Emmanuel. Sforzò un sorriso, io non ricambiai e raggiunsi papà che trafficava ai fornelli. Gli andai vicino e lui mi anticipò: l'avrei trovato davanti al Colbert dalle nove alle dieci, tutto il primo mese di lezioni. Un piccolo coraggio per te, mon cher Libero.

– Ma è un ometto, – mia madre si versò da bere – lascialo crescere.

La prima crescita fu nell'attività onanistica. Da pochi mesi qualcosa aveva scosso la prevedibilità del mio corpo: una peluria percettibile e l'abbassamento del timbro vocale. Erano mutazioni che si portavano dietro alcuni effetti secondari, avevo scoperto che l'autoerotismo sfiatava la mia ansia atavica. Un orgasmo equivaleva a dieci gocce di Rescue Remedy che papà mi allungava quando non riuscivo a dormire. Ne approfittavo anche di mattina prima di andare a scuola. Il risultato furono un'astenia cocciuta e due occhiaie croniche.

L'altro cambio di prospettiva era riuscire a togliermi dall'invisibilità. A scuola anche i professori faticavano a ricordarsi il mio nome e a trovarmi in mezzo agli altri. Le ragazze mi guardavano come un compagno a cui sorridere per cortesia. L'unica era Camille, aveva modi gentili e mi chiedeva se volevo un aiuto per la grammatica o per la pronuncia. Mi interessavano poco i miei coetanei, al contrario della professoressa di francese. Si chiamava Mademoiselle Rivoli. Bruna, bassina, viso ampio e un seno che faceva di tutto per mortificare. Quella mercanzia timida la trasformò in un'esca irresistibile. Cominciai a farmi notare con piccoli interventi e con un silenzio intelligente. Per Mademoiselle Rivoli io ero un immigrato che si stava impegnando il doppio per ottenere i risultati degli altri. Guadagnai una sua speciale attenzione e, un giorno, un consiglio: Marsell, legga *Lo straniero* di Albert Camus. Ci troverà dentro qualcosa.

– Chiedile di uscire – insisteva Antoine.

Mademoiselle Rivoli rimase il prototipo erotico per il primo quadrimestre. Gli sforzi si videro nei voti di metà anno: buono in francese, sufficiente in matematica, discreto in storia e così via per una media del più che sufficiente. L'unica pecca: non averle chiesto un rendez-vous e aver ignorato quel libro di Camus.

La sera della pagella organizzammo un'uscita con i miei compagni di liceo, saremmo andati a mangiare in una brasserie al Trocadéro e poi al cinema a vedere *Guerre stellari*. A tavola Antoine fece in modo di sedersi vicino a Hélène, io finii accanto a Camille che chiese subito se mi mancasse l'Italia. Mi mancava, certo, anche se nella Ville Lumière stavo bene. Le raccontai della mia vita a Milano e per la prima volta dall'inizio del liceo non mi sentii solo. Il mio esilio finì per mano di una ragazza dal sedere sporgente e dai gesti accorti. Aveva un viso bruttarello, ma il suo sorriso sconfiggeva il mio sentirmi fuori posto. Le svelai qualcosa della mia famiglia bislacca, di come avessi imparato a leggere il futuro grazie a mamma e di come papà avesse tentato di calmare i guaiti del mio vecchio cane con una mistura di Fiori di Bach e granuli omeopatici. La feci ridere e risi anche io quando mi disse che il primo giorno di scuola mi aveva scambiato per un russo denutrito o per un trapezista di un circo rumeno.

Bastò questo per sederci vicini al cinema e per un petit bisou sulla guancia dopo che Luke Skywalker riuscì a mettere in fuga Dart Fener.

In un mese accadde qualcosa di doloroso, qualcosa di dolce, qualcosa di strano e un piccolo miracolo.

Qualcosa di doloroso: compresi definitivamente che l'estetica contava quanto il fattore ormonale. Camille non appagava l'occhio. Con lei seppi che mi vergognavo a farmi vedere accanto a ragazze che ritenevo deludenti. Mi dannavo per quel razzismo estetico, decisi di forzarlo. Due giorni dopo il cinema andammo a mangiare un gelato, lei mi prese la mano e io sentii cinque dita gelide. Provai a staccarmi con i miei silenzi, Camille insistette per qualche tempo, poi capì. A scuola smettemmo di parlarci e mi dispiacque. Andò peggio ad Antoine con Hélène: si sentì dire che i *noirs* non facevano per lei. Pensai agli indiani, e provai un dispiacere più vicino all'indignazione.

Qualcosa di dolce: l'eredità di Camille furono i baci. Il suo petit bisou mi lasciò un eros diverso. Dalla sera del cinema passai le nottate seducendo il dorso della mia mano sinistra. Facevo prove a labbra chiuse, a labbra schiuse, a labbra aperte con una punta di lingua. Il cervello si distolse dall'os-

34

sessione del seno a favore della bocca. Provavo batticuori e immaginavo storie d'amore. Con Mademoiselle Rivoli, con una ragazza di terza che vedevo passare nei corridoi del liceo. Mamma stava scomparendo dai miei orizzonti, al contrario di Marie che ogni tanto si affacciava. Non l'avevo più vista, né sentita menzionare, da quella sera a Deauville.

Qualcosa di strano: mia madre che mi prende sottobraccio, vestita con un lupetto di seta, e mi porta prima a Notre-Dame, poi nella chiesa di Saint-Vincent-de-Paul vicina a casa. Il prete che ci saluta dal fondo della navata. Io che attendo su una sedia e il Cristo che mi guarda dal crocifisso. La mia camminata fino al confessionale, c'è buio, un'ombra dietro la grata che dice: Di cosa chiacchieriamo, figliolo? Ti piace il calcio? Io che gli racconto di John McEnroe, della sua bravura e della sua collera, e di come certe volte la sua collera è anche la mia. Il prete che sorride e mi chiede di parlargli d'altro e io gli dico che papà è sempre più triste perché Emmanuel è sempre più a casa nostra per colpa di mamma. Io che non ho più niente da dire e lui che sussurra Recita un *Padre nostro*, figliolo.

Un piccolo miracolo: il secondo giorno di primavera andai a casa di Antoine a fare i compiti. Abitava nel XIX, veniva al Colbert perché suo padre lavorava nel X. Ci accanimmo sulla matematica, lui era molto bravo, poi rimanemmo a chiacchierare in camera sua. Erano sette in famiglia. Verso sera qualcuno bussò alla porta, lui disse Avanti e si affacciò sua sorella maggiore, Lunette. Aveva due anni in più di noi, gli occhi chiari e le labbra grandi. Le gambe da ballerina e il seno a punta. Antoine mi disse Non guardare, porco.

Arrivai a casa per cena, mangiai lo spezzatino con i miei e ricordo che quella sera Emmanuel non c'era. Poi mi ritirai in camera e mi baciai il dorso della mano sinistra. Lunette, amore, Lunette. Appena fu l'ora andai a letto e cominciai. La mia prima pulsione sentimentale si consumò subito e mi mozzò il fiato, non per il piacere: una goccia vischiosa era uscita dalla mia intimità.

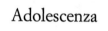

Adolescenza

Per qualche tempo mi concentrai sul mio sperma e su Dio. Contemplavo le mie evoluzioni organiche e andavo con mamma in chiesa la domenica mattina. Papà ci vedeva uscire e diceva J'ai une famille de fous, ho una moglie e un figlio squinternati.

Dopo la messa avevo l'obbligo di confessarmi con il prete di Saint-Vincent-de-Paul che si chiamava Dominique e ogni volta parlavamo di tennis, degli indiani e delle varie contraddizioni della Chiesa che mi aveva messo in testa mio padre, prima fra tutte l'atto di dolore. – A un certo punto recita "perché peccando ho meritato i tuoi castighi", – dissi, e mi avvicinai all'orecchio del prete – Però mamma dice che Dio non sa nemmeno cosa sono i castighi.

– A volte il Signore perde la pazienza, Libero.

– Per cosa la perde?

Lui si schiarì la voce, – Per i peccati violenti e per i peccati gratuiti che vuol dire comportarsi male per niente, per le malefatte politiche, per le bestemmie, per gli atti impuri e osceni che vuol dire il sesso e la troppa felicità, per i divorzi e gli aborti, per le ingiustizie e i comunisti, per l'impazienza degli uomini.

Rimasi in silenzio, – Qualcuno ce l'ho.

– Pensa alla scuola, figliolo. Cinque *Ave Maria*.

39

A scuola le cose erano andate per metà come si deve e per metà malissimo. Le cose che erano andate come si deve: io e Antoine eravamo diventati fratelli; alla fine dell'anno avevo avuto la media del 6,76; ero ancora il preferito di Mademoiselle Rivoli anche se non avevo letto *Lo straniero*; in classe ero meno invisibile e certe volte facevo ridere per le mie battute.

Tra le faccende che avevano preso una brutta piega c'erano le insufficienze in matematica e una sfioritura completa delle mie compagne che un tempo promettevano. Ma la disfatta era un'altra: a sedici anni finiti ero vergine anche di baci, al contrario di Antoine che aveva fatto progressi con una turista americana affascinata dalla erre moscia.

Comunque, durante quell'anno: John McEnroe aveva vinto Wimbledon; riuscivo a fare puzzle da mille pezzi; avevo smesso di leggere il futuro con le carte; Antoine mi teneva alla larga da sua sorella Lunette; l'estate eravamo tornati in Italia per una settimana e avevo rivisto Lorenzo e Mario. Entrambi avevano amoreggiato con due tedesche a Forte dei Marmi; Parigi mi piaceva.

In tutto questo la mia voce si era fatta scura, e anche il mio cuore: presagiva violente rivoluzioni.

E poi il miracolo si completò: mi irrobustii fisiologicamente e ottenni la completa dignità di fecondare. Prima era stata una goccia, poi due, poi indistinte. Anche il piacere era mutato, più solido e capriccioso. Mi lasciava svuotato, e un poco in ansia per il prepuzio che si rifiutava di scendere.

L'eros segnava tracce e la mia invisibilità cominciava a estinguersi: le ragazze trattenevano lo sguardo su di me e le mie lenzuola venivano cambiate con frequenza dalla donna delle pulizie. Un giorno sentii mamma dirle che era meglio cambiarle due volte alla settimana perché Libero suda molto la notte. Libero suda molto. A mio padre questo incremento di sudorazione piacque a tal punto che cominciò a indicarmi per strada le belle ragazze.

– Ammirale bene, cher Libero. E cerca le più timide.

Papà era stanco. Del lavoro, soprattutto. Aveva chiesto un part time e noi lo vedevamo trangugiare le stesse diavolerie che vendeva ai depressi: Willow, Elm, Crab Apple, Rescue Remedy. Restava in poltrona con "L'Équipe" aperta o davanti alla televisione per guardare i duelli McEnroe-Borg. Certe volte usciva a passeggiare e tornava con un vassoio di pasticcini. Mi affacciavo al finestrone della mia classe e lo adocchiavo dall'altra parte della strada con lo sguardo incagliato a terra.

Un pomeriggio lui e mamma mi annunciarono che sarebbero andati in Provenza per un fine settimana. Io sarei rimasto con Emmanuel, se volevo potevo invitare Antoine. Mi chiusi in camera e finsi di dedicarmi ai miei puzzle. Rifiutai la compagnia di Manù che provava a trattarmi come un amico di vecchia data. Mi inteneriva e mi schifava. Quando papà e mamma tornarono io ero arroccato in me stesso, loro possedevano una calma innaturale. Su Madame Marsell mancavano rimmel e rossetto, i capelli di Monsieur Marsell erano pettinati. Ricordo che a tavola quella sera restammo noi tre, e io vidi i miei genitori sorridersi. A fine serata mi dissero che avevano una sorpresa: sarei andato con mio padre alla semifinale del Roland Garros. Non fiatai.

Così vedemmo Borg-Solomon sul Centrale. Lo svedese le diede di santa ragione all'americano, assistetti di sfuggita all'incontro e mi concentrai su papà. Si faceva vento con il giornale e fissava un punto del campo senza seguire la pallina. Le nostre erano le uniche teste immobili. Ogni tanto mi metteva una mano sulla spalla e ripeteva Forza Björn!, e si spegneva come un giocattolo senza carica. Quando l'incontro finì rimanemmo sugli spalti a spiare Borg che firmava autografi, poi gli addetti che coprivano il campo, poi niente, poi ci chiesero di uscire.

Fu in quel momento che papà disse Cher Libero, per un po' starò fuori di casa.

Si separarono. Papà andò a vivere nel Marais, mamma rimase con me nell'appartamento in rue des Petits Hôtels. Dopo tre mesi ci raggiunse Emmanuel.

Mio padre era venuto a prendere le sue cose un pomeriggio in cui era sicuro di non incontrare nessuno. Io ero uscito prima da scuola per uno sciopero e lo avevo trovato con due scatoloni troppo piccoli e le mani che tremavano. I vestiti li aveva già sistemati, raccolse la sua collezione di dischi e i ritagli de "L'Équipe" che associava ai suoi momenti sentimentali. Una gara automobilistica vinta da uno sconosciuto era stata conservata perché gli ricordava quando si era laureato. La vittoria del Canada ai Mondiali di hockey era la memoria del primo appuntamento con mamma. E così via. Buttò alla rinfusa negli scatoloni anche una trentina di libri, tra quelli in cima al mucchio c'era *Lo straniero*. Lo aiutai a stipare tutto nella Peugeot 305, poi mi voltai e corsi in casa, andai nella camera da letto dei miei e mi scagliai sul cuscino di mamma, lo presi a pugni. La mia stagione famigliare era finita. E con essa la mansuetudine.

Cominciò l'epoca dell'indignazione. La prima vittima fu padre Dominique. Gli comunicai che Dio aveva poco da spartire con me, non era una questione di peccati o di castighi o di impurità. Era una semplice faccenda di antipatia. Lui biascicò qualcosa sulla pazienza, Impara da Giobbe, io lo ringraziai e lasciai il confessionale a tempo indeterminato.

Scelsi la seconda vittima con facilità. Emmanuel diventò ancora più gentile, in cambio otteneva monosillabi. Quando lo incrociai in mutande in corridoio, una domenica mattina, fuggii in direzione Belleville. Suonai a casa Lorraine e appena Antoine mi accolse vuotai il sacco. Mangiai con la sua famiglia, appollaiato su uno sgabello con il piatto sulle gambe e una pannocchia abbrustolita in mano. Ero un orfano al posto giusto. Lunette passava burro e vinaigrette, io versavo l'acqua. Aveva un profilo sottile e un'eleganza timida, mi sorrise, se ne andava in giro con dei jeans sfrangiati a metà coscia. Antoine mi lanciava occhiatacce, alla fine del pranzo gli chiesi se aveva *Lo straniero*, il libro che mi aveva consigliato Mademoiselle Rivoli.

– Vuoi far colpo anche su mia sorella?

– Perché?

– È uno dei suoi preferiti.

– Ce l'hai o no?

Suo padre l'aveva prestato e non sarebbe tornato indietro tanto presto. Era l'anatema finale di un libro che mi sfuggiva da quasi due anni.

Evitai le librerie e di chiederlo a papà. Aprii il mio quaderno di Lupin e rilessi l'appunto scritto a Deauville: *Biblioteca Hôtel de Lamoignon*. Controllai l'indirizzo sullo stradario, poi uscii e presi la metropolitana a Gare de l'Est, scesi a Saint-Paul. Imboccai rue Pavée e la percorsi fino a questo edificio storico mimetizzato tra le case del Marais. Percorsi il cortile interno, un quadrilatero di sampietrini consumati, ed entrai in biblioteca.

La incontrai vicino alla stanza di consultazione: Marie indossava un tailleur senape, i capelli raccolti in uno chignon, la matita leggera sugli occhi. Dava informazioni a una coppia di anziani in un modo timido. Li accompagnò a uno dei tavoli e si accorse di me. Restammo a fissarci.

– Libero, c'est toi?

Annuii.

Venne e mi abbracciò, mi portò nel cortile sul retro. C'era caldo, e c'era lei. La stessa bellezza, i capelli più sfilati di

43

Deauville, la pelle diafana. Socchiusi gli occhi, desideravo la cecità piuttosto che ricominciare a desiderarla. Era l'unico modo per sfuggire alla repressione che scatenava. Cercavo disperatamente, e ancora cerco, una controprova che me la declassasse. Un neo di antipatia, una smagliatura dell'anima, un cedimento morale. Marie era grazia al di là della cortesia. E sì, un piccolo dettaglio mi rimbecillì più del dovuto: i pantaloni del tailleur segnavano la forma del sesso in modo impercettibile. Ecco, qualcosa era accaduto nelle architetture del mio eros. Dopo il seno, la bocca, il sedere, il mio spettro dell'eccitazione si ampliava: la vagina, l'entità che fino allora mi aveva terrorizzato. Qualcosa di troppo grande, oscuro, pericoloso. L'avevo vista in qualche film, nelle riviste pornografiche con Antoine, in un volantino pubblicitario a Montmartre, una volta da mia madre: pelosa e buia, sconfortante. Ma irresistibile.

Le chiesi *Lo straniero*. Lei si illuminò, disse che ne aveva più di una edizione e mi consigliava la Gallimard. Mi aiutò a compilare la scheda per il prestito, avrei dovuto portare una fototessera, per il momento avrebbe firmato lei invece dei miei genitori. Come stavano, a proposito?

– Si sono separati, – la guardai – Emmanuel.

Marie annuì, mi disse di aspettarla nella stanza degli ordini, un atrio rivestito di moquette verde che sapeva di polvere. Andò a prendermi il libro al piano di sotto, un magazzino sconfinato dove conservavano i volumi che gli addetti facevano arrivare con un montacarichi.

Tornò con il romanzo, lo protese tra le mani, me lo diede. – Leggi Camus e torna subito qui. C'est un rendez-vous.

Tra me e l'appuntamento dei sogni c'era questo libriccino ingiallito.

Quando arrivai a casa mi misi a letto e annusai la copertina, sapeva di vecchio, premetti la carta con i polpastrelli, aveva le grinze. Mi procurò uno sbadiglio. Leggere mi annoiava nelle viscere, a parte le storie di indiani e cowboy e le pagine sportive del giornale. Invece accadde: finii *Lo straniero* in tre ore. Saltai la cena in omaggio al suo protagonista: perché i condannati a morte non mangiano per indifferenza. Non parlano per disillusione. Non accettano Dio per inutilità. Cercano l'amore sensuale delle Marie di turno, per niente quello romantico. Fumano senza lacrime sulla tomba della madre. Tra questi gesti inconsapevolmente eroici scelsi di battermi con la religione, di saltare il pasto (per quella volta), di ricercare il consumo carnale simulando quello sentimentale. Ma soprattutto: conobbi la possibilità dell'ingiustizia. Lo straniero era colpevole e imperterrito, quanti innocenti abbandonati, al contrario, attendevano il patibolo? Camus aveva scritto una storia di indiani.

Dovetti aspettare una notte, una mattina di scuola e un pranzo con mia madre ed Emmanuel. Poi chiesi il permesso di uscire e chiamai papà. Gli dissi che volevo passare a trovarlo, dovevo parlargli di un libro. Appena seppe il titolo mi diede appuntamento a place Saint-Germain-des-Prés numero 6. Disse di vederci entro mezz'ora, puntuali.

Papà era un uomo flemmatico dall'animo svelto. Sempre in ritardo, quando arrivai lo trovai sull'attenti davanti a un Café con i tendoni verdi e bianchi: Les Deux Magots. Si stropicciava le mani con le mani, mi fece segno di entrare e di sedermi a uno dei tavolini. Chiese cosa volessi da bere, una Coca-Cola, si mise a confabulare con un cameriere e sparì insieme a lui. Tornò con la mia ordinazione e con un ritratto in bianco e nero di un uomo seduto all'incirca dove eravamo seduti noi.

– Voilà, cher Libero: Albert Camus.

Fissai quest'uomo accigliato, la fronte ampia e gli occhi appuntiti. Papà disse che era il suo scrittore preferito e che solo la morte gli aveva impedito di completare il risveglio delle coscienze. Aveva scritto altri libri cardinali, ma *Lo straniero* era arrivato dritto dritto ai cuori. Bevvi un sorso di Coca e mi accorsi che gran parte delle persone che entravano salutavano mio padre. Mi presentò a qualcuno di loro e si diresse in fondo al Café, scomparve dietro a un séparé di specchi che nascondeva la cassa e la zona bar.

Poi mi chiamò e io lo raggiunsi. Accanto a lui, dietro a un tavolino all'imbocco delle scale che scendevano nella zona telefono, c'era un omino con gli occhiali tondi e la pipa. Fumacchiava e puntava i gomiti su un paio di quotidiani ridotti a carta straccia. Poteva avere settant'anni come cento. Alzò la testa e cercò di inquadrarmi, sorrise – Bonjour, je m'appelle Jean-Paul.

– Libero.

– C'est un prénom magnifique. Utilise-le bien – e spipacchiò due boccate.

Dissi grazie e mi ritirai da dov'ero arrivato. Papà ricomparve quando avevo finito la Coca-Cola, il ciuffo inalberato e una smorfia divertita. Mi venne all'orecchio, – Quell'uomo e Camus erano amici.

– Il vecchietto?

– Jean-Paul Sartre, mais oui.

L'eccitazione cerebrale di quei giorni sottrasse sangue alle parti basse. Accantonai ogni interesse sessuale e mi fiondai a casa di papà nei due pomeriggi successivi. Abitava in un bilocale grazioso poco distante da place de la Bastille, mi svelò di averlo acquistato con mamma qualche anno prima come investimento e per le loro fughe amorose. Ricordo le tende turchesi e due pile di libri sopra un tavolo pieghevole. Ci mettemmo lì e parlammo di questo Sartre e della nausea per l'andamento del mondo, lo strutturalismo, la sua fidanzata Simone, la moda di citarlo solo per citarlo. Mi raccontò del Nobel rifiutato e del comunismo, dell'amicizia e dei litigi con Camus. Mi svelò un'ombra sulla morte dell'autore de *Lo straniero*: dietro l'incidente d'auto che lo aveva ucciso potevano nascondersi le spie russe. Così in quel Café avevo conosciuto qualcuno più importante di McEnroe?

– Oui.

Amai papà più di sempre. Aveva cinquant'anni, le occhiaie al mento e una dolcezza che mi preoccupava. Era tenero, vivace, un po' strambo. Era un uomo solo.

Decisi di proteggerlo. Feci un piano anti-isolamento per mio padre e di boicottaggio per Emmanuel. Mamma rimase al centro, si trovò un contraddittorio inaspettato nel suo ometto di mondo. Le dissi che Dio, l'utero e il suo progressismo avevano fatto più guai dei discepoli del futuro. Che la smettessero di bluffare, lei e i suoi cliché di spiritualità che nascondevano la paura della fatica.

– Lo dici perché non hai ancora avuto una donna, Libero.

Aveva ragione, e io lo sapevo. Ma non bastò. – Hai sfasciato una famiglia davanti a tuo figlio, – e mi rintanai in camera.

Quando Emmanuel tornò a casa la trovò che piangeva mentre riordinava la dispensa. Manù venne da me e si prese la sua razione: come ci si sente a soffiare la donna al proprio migliore amico? Batté in ritirata. E io rimasi con il mio Camus stritolato nelle mani.

Prima di dormire uscii dalla mia stanza, Emmanuel guardava la televisione in salotto. Andai in camera di mamma, era rannicchiata sotto le coperte con l'abat-jour acceso. Mi sedetti sul bordo del letto e le diedi un bacio sui capelli, Scusa.

– Scusa tu, Libero.

Riportai il libro il giorno dopo. Andai alla biblioteca senza mettermi in ghingheri e mi diressi da Marie. Quando mi vide restò immobile. Aveva i capelli a coda di cavallo e un paio di pantaloni di taglio maschile.

– L'ho letto, – dissi – l'ho letto tutto.

– E?

– È bello.

Sorrise e si mosse leggera tra gli schedari. Pescò un cartoncino e andò al piano di sotto, tornò con un volume altrettanto sottile, si chiamava *Il deserto dei Tartari* e l'aveva scritto un italiano di nome Buzzati. Riconobbi la copertina perché papà aveva la stessa edizione.

Marie mi invitò in giardino, si accese una sigaretta e la fumò con l'angolo delle labbra. Mi chiese com'era la scuola nuova, se mi trovavo bene, e come andavano le cose in famiglia. Le dissi di papà e del suo rifugio non troppo lontano dalla biblioteca.

– Ti sei fidanzato, Grand?

Scossi la testa.

– Succederà tra poco.

Feci due passi e mi avvicinai a lei, da Deauville la differenza di altezza si era assottigliata. La baciai sulla guancia. Così percepii cosa voleva dire sorprendere una donna. Dava un senso di compiutezza. E quando andai a compilare i moduli per il prestito mi accorsi che sì, stava accadendo, la soggezione nei confronti del femminile era meno pronunciata. I libri spostavano la mia gravità, e attuavano una legge: avevano iniziato a mettermi al mondo.

Di quella notte ricordo il languore che il bacetto a Marie mi aveva lasciato e il lume della torcia sotto le coperte. Avevo aspettato che mamma e Emmanuel uscissero e mi ero messo il pigiama, mi ero lavato i denti, avevo spento le luci e mi ero seppellito a letto con il romanzo di Buzzati. Avevo acceso la lampada a forma di giraffa e me l'ero trascinata nel rifugio.

Aprii il libro, c'era una specie di cattedrale bianca in copertina, lo odorai, anche lui sapeva di muffa. Lessi una pagina e le altre, e man mano che andavo avanti e seguivo questo giovane uomo che non decideva niente e aveva terrore di se stesso, ecco, io sentii il pericolo: il protagonista Giovanni Drogo ero io, e il mio deserto dei Tartari rischiava di essere me stesso. Il divorzio dei miei genitori, l'invisibilità, il timore del mondo, l'inesorabile solitudine dei Marsell che mi accerchiava, l'indecisione atavica: ero già rinchiuso nella fortezza?

La mattina dopo andai da Antoine e mi autoinvitai a casa sua, dovevamo parlare di libri.
– Di libri?
Annuii, – Va bene per giovedì?
Da quel giorno, per un paio di giovedì al mese fino alla fine del liceo io e Antoine Lorraine avremmo confabulato di romanzi e delle parole che potevano cambiare la sorte. Il meccanismo era infallibile: Marie mi consigliava due titoli, io li prendevo in prestito e ne passavo uno ad Antoine. Poi ce li scambiavamo, e a fine lettura ci incontravamo per la discussione. Mi concentrai sugli scrittori americani e sugli italiani, lui preferiva i sudamericani e i russi.

E Buzzati? Nel mio quaderno di Lupin, a tre quarti, c'è una scritta in rosso: *Vendica Giovanni Drogo. Scappa dal deserto dei Tartari.* Fu per lui che facemmo uno strappo alla regola e invitammo Lunette a partecipare a una delle nostre diatribe. La sfida era tra *Un amore*, anche questo di Buzzati, e *Lolita* di Nabokov. Lunette li aveva letti e la battaglia cominciò. Nabokov era un pervertito o un genio della sensualità? Buzzati aveva scritto uno sfogo o un manifesto della fragilità maschile? Lunette tifava per Nabokov, sosteneva che nello sguardo del professor Humbert c'era la vera sconfitta delle ipocrisie. Antoine moderava la discussione: E tu Libero, che ne pensi? Io non pensavo, guardavo sua sorella, i capelli a nuvola e gli occhi come l'oceano, sempre più seno, sempre più fianchi. Le gambe da donna.

Lunette di Belleville mi aprì all'universo. Così diedi al cuore questa possibilità. Avevo diciassette anni, lei quasi venti e più di un fidanzato intorno. Antoine mi aveva rivelato una confidenza che la sorella si era lasciata sfuggire nei miei riguardi: Libero, comme il est mignon, quant'è carino.

Aveva detto questo di me: carino. Dovevo rifondare il futuro su quell'aggettivo.

Per quanto provassi a capirlo non arrivai mai alla conclusione del perché non piacessi. L'invisibilità restava il mio segno. Suscitavo simpatie e confidenze, slanci amichevoli, ammirazione, mai attrazione. Me ne rendevo conto dagli occhi delle mie compagne di classe, dalle passanti, dalla stessa Lunette. Si avvicinava al confine ma senza la volontà di oltrepassarlo: Tu es un ami formidable, Libero. Per tutte loro ero un dannato amico. Mi guardavo allo specchio: ero alto un metro e settantadue, pesavo cinquantatré chili. Mamma diceva che l'uomo appuntito piaceva solo a un tipo di donna che dovevo ancora incontrare. Portavo in giro questa curva della schiena dovuta alla crescita repentina. Gli occhi avevano un taglio allungato, il naso era proporzionato e la bocca non stonava. Mi rasavo i due peli di barba che tentavano di affiorare, e i baffetti. I brufoli mancavano. In compenso avevo stoppa al posto dei capelli. Da nudo ero ancora secco e pallido, tranne il pisello, che pareva appartenere a una corporatura massiccia. La punta affiorava, nerboruta e forte, saldamente soffocata dal prepuzio.

Antoine era più brutto di me. Nero e dinoccolato. Eppure piaceva, e si dava da fare. Aveva qualcosa di protettivo, dipendeva dalla stazza e dalla voce roca. Lo chiamai e gli dissi che avevo bisogno di una rivelazione. Quanti incontri ravvicinati aveva avuto con le femmine?

Rispose da matematico: due baci alla francese con altrettante ragazze, uno strusciamento profondo in orizzontale, quattro esplorazioni più attente. La sua sensibilità gli vietò di chiedermi il bilancio delle mie esperienze. Avremmo fatto presto: un bacio e un approccio di natura dubbia su un'amaca.

Mi appellai a Marie, sapevo che la richiesta di spiegazione avrebbe portato a una mia tenera umiliazione. Andai a trovarla per farmi dare altri romanzi, scelse *Per chi suona la campana* di Hemingway e *La città e i cani* di Vargas Llosa. Prima di andarmene le chiesi di uscire nel cortile sul retro.

– C'è qualcosa che non va, Grand?

Biascicai che sì, c'era qualcosa che non andava. Tentennai, poi vuotai il sacco: – Perché non piaccio alle donne?

Sorrise come si sorride al proprio figlio, al bastardino del canile, al mendicante ai semafori. Rimase sovrappensiero, – La tua forza è nella chimica, Libero – e mi spiegò che esisteva qualcosa di molto più succulento dell'estetica. Si chiamava alchimia della carne. Ma ci voleva pazienza.

Le dissi che non capivo.

La chimica non era attrazione, nemmeno complicità, nemmeno legame: consisteva nel ribollimento ormonale senza spiegazione. La chiave di tutto era: senza spiegazione. Al di là del viso, del corpo, dell'odore, da qualche parte in qualcuno resisteva un campo energetico che manipolava le scintille cerebrali. Quelle del finire a letto.

– E io ho le scintille, Marie?

Fu il sì migliore di sempre. Possedevo l'alchimia della carne. Come mai allora veniva ignorata?

Dovevo crescere io e dovevano crescere le donne che frequentavo, più la femminilità era adulta e più recepiva questo magnetismo. Rimasi in silenzio mentre con il piede disegnavo un cerchio perfetto nella ghiaia. Continuai a scavare. – E tu lo senti, Marie? Verso di me intendo.

Annuì, e il suo sorriso era un misto di timidezza e timore che la fraintendessi. Invece avevo capito, almeno per il momento. La ringraziai, e corsi a casa con chi mi avrebbe insegnato l'arte della seduzione: Papa Hemingway e don Mario Vargas Llosa.

Era un periodo di caos portentoso. Casa era un andirivieni di mamma ed Emmanuel che faticavano a mitigare la passione. Si concedevano una gita fuori porta un fine settimana al mese, io ero sempre invitato e mai partecipante, camminavano mano nella mano e si baciavano nei bistrot, facevano cene a lume di candela e ascoltavano Édith Piaf guardandosi negli occhi. Tanto meglio. Avevo bisogno di correre anche io, fuori dal mio deserto dei Tartari, fuori dal destino del protagonista di Buzzati: come aveva potuto crepare di solitudine? E come aveva potuto, l'altro maschio di *Un amore*, farsi fesso per una donnina insolente? Erano due isole senza mare, due sorti da evitare che probabilmente soffrivano della mia malattia: il desiderio struggente di condividere una voglia e il terrore di riuscirci. Sentivo un'impellenza di darmi al corpo, e nonostante la paura di farlo decisi il salto nel vuoto. Avevo un solo nome: Camille. La mia compagna di classe rappresentava il viatico per la catarsi e la ripartenza. Dopo la nostra frequentazione fulminea aveva attraversato un momento di astio nei miei confronti e un riavvicinamento sotto l'astro della complicità. Non averla sostituita con un'altra mi creò un'attenuante di ferro. Tornammo a scambiarci i compiti e piccole occhiate, qualche sorriso.

Così la invitai per una passeggiata al Trocadéro, sabato pomeriggio, le dissi che avevano aperto una gelateria italiana da provare. Accettò, raggiante e ignara di essere uno strumento di iniziazione.

Ci vedemmo all'ora stabilita, piazzale della Tour Eiffel. Si era messa una gonna corta e una calzamaglia a coste larghe, un rossetto che esaltava la boccuccia niente male. Portava in giro una specie di grazia che alleggeriva la sua stazza. Passeggiammo un po' e prendemmo il gelato, poi ci fermammo al Parc du Champ-de-Mars. Il giorno prima avevo provato con il dorso della mano e con il cuscino, mi sentivo del tutto impreparato. Peggio di un'interrogazione, peggio della confessione, peggio della mia nudità. Camille si mise a raccontare che quell'estate avrebbe visitato la Puglia, Lecce e il Salento. Ci ero mai stato?

La baciai dopo quel punto interrogativo. Prima a stampo, premetti forte e rimasi a occhi serrati. Sentivo il suo respiro caldo, schiusi la bocca. Fece tutto lei. La punta della lingua, il movimento circolare e poi l'affondo. Le cinsi i fianchi e lei intrecciò le sue gambe alle mie. Era una veterana o un talento naturale. Portò a effetti che non seppi gestire. Un'erezione presuntuosa, un'abbondanza di saliva e un'improvvisa timidezza. Mi bloccai, lei si scostò e sorrise. Ricominciammo.

Così Libero Marsell, ancora minorenne, si scrollò di dosso l'incombenza del bacio alla francese. Per un'intera settimana io e Camille ci vedemmo di nascosto per incontri di labbra. E sì, lei l'aveva già fatto. Io tacqui sulla mia inesperienza e provai inutilmente a ingannare la goffaggine. Mi imbarazzavo per come ero io, e mi imbarazzavo per come era lei. Insistente e sopra le righe. Seppi attraverso Camille Lacroix che avrei amato donne di apparenza discreta. La goccia che fece traboccare il vaso arrivò una domenica pomeriggio, eravamo nei pressi dell'Opéra e lei mi invitò a casa. Ero terrorizzato ma accettai. Abitava in un condominio con due portinai e un ascensore in ferro battuto. Quando entrammo in salotto capii che i suoi non c'erano. Iniziammo a baciarci seduti sul divano, e mentre provavo a tenerle testa lei si sollevò la maglietta fino al reggiseno. Sentii la pelle fresca e una mano che scendeva ai miei pantaloni: cercava la durezza, trovò un misero gonfiore. Lo accarezzò, massaggiò, scosse: lui sparì del tutto. Abbracciai Camille e con una manovra delicata interruppi il bacio.

– Cosa c'è? – chiese.

– Devo andare.

Jean-Paul Sartre morì un mese dopo. Ero a casa di papà quando sentimmo la notizia alla radio, lui stava preparando la pastasciutta alla carbonara. La tolse dal fuoco e restò con le mani sulla testa, poi disse Andiamo ai Deux Magots.

Riuscii a fare una telefonata ad Antoine, È morto il migliore amico e il peggior nemico di Camus, vieni al suo Café, vieni!, Antoine disse che sua madre non gli avrebbe mai dato il permesso.

Buttai giù la cornetta e seguii papà. C'era qualcosa in quel giorno che non ho mai dimenticato, le ali ai piedi di mio padre, le ali ai piedi di questo fiume di gente che bisbigliava della fine di Sartre. E intanto la Ville Lumière scalpitava con la sua brezza irregolare e le sue tabaccherie stipate e i suoi robivecchi a cielo aperto. Papà mi prendeva per mano e mi lasciava, Forza Libero, forza, correvamo uno vicino all'altro senza sapere se fosse contentezza o paura. Era comunanza. Con mio padre, i suoi capelli spettinati, e con chi trovammo davanti ai Deux Magots, i soliti e i nuovi. Ci facemmo largo e aspettammo tra il dentro e il fuori mentre qualcuno piangeva, altri fumavano e altri ancora cercavano il tavolo del Maestro per sempre vuoto.

– Chi viene? – chiesi a papà.

Nessuno doveva venire, era l'assenza. E quegli uomini e quelle donne erano orfani. Aspettammo un tempo che sembrò corto e invece decretò il tramonto su place Saint-Germain-des-Prés. Un nugolo di anime compresse e disorientate su cui calava l'imbrunire di Parigi e di un'epoca. Poi mi sentii chiamare, non capii chi fosse, chiamarono ancora e io vidi una mano aperta dall'altra parte della vetrata. Antoine si agitava, accanto a lui c'era Lunette.

Di quel pomeriggio ho memorie confuse. Fu papà a dire ai due fratelli di avvicinarsi e probabilmente li aiutò a farsi largo in mezzo alla folla. Rimanemmo gli uni contro gli altri mentre Monsieur Marsell raccontava ai miei amici la storia di Sartre e di Camus. L'amore di Jean-Paul e Simone de Beauvoir, e il rifiuto del Nobel e la guerra di Algeria, il comunismo, l'esistenzialismo! Era tutto finito, tutto, ora toccava a noi della nuova guardia. Lunette pendeva dalle sue labbra, i due codini e le spalle scoperte, gli occhi grandi. Papà si voltò verso di me e annuì con lentezza, lo aveva colpito.

La veglia finì con un brindisi offerto dalla casa. Prendemmo tutti un bicchiere di Pastis e lo levammo al soffitto decorato, Pour Jean-Paul!, bevemmo anche noi ragazzi e sudati e stravolti ci riversammo in boulevard Saint-Germain. Papà ci offrì une crêpe salade e una Coca-Cola in un bar all'aperto, prima di mangiare si alzò in piedi e fece tintinnare la forchetta sul bicchiere. Ci guardò: E ora, nouvelles vagues, come pensate di addentare il futuro?

Ci incontravamo ai Deux Magots. Io, Antoine, Lunette, una sua amica e qualche ragazzo dell'ultimo anno con cui parlavamo nei corridoi della scuola. Era stata Lunette a spargere la voce, papà ci sponsorizzava gli incontri lasciandoci a disposizione il suo conto aperto e salutandoci dall'altra parte del Café. Bevevamo cedrate e parlavamo di libri, *Il giovane Holden*, che inno alla rivoluzione, e di film, *Zabriskie Point*, un capolavoro!, di manifestazioni e persino di tennis e calcio. Ma c'era qualcosa che occupava il mio spirito più della conoscenza, il cervello di Lunette. Papà mi aveva messo in guardia: La ragazza è sublime e pericolosa, fais attention cher Libero, occhi aperti e cuore socchiuso. Durante le riunioni la guardavo e ascoltavo la sua voce sottile, precisa. Dava indicazioni, evitava chiacchiere all'aria, sferzava. Ballava il charleston come una farfalla. Ogni sabato pomeriggio, verso le sei, Philippe il maître metteva due brani di un vecchio disco americano. Una volta, mentre discutevamo di quel furbacchione di Henry Miller e dei suoi due *Tropici*, lei si alzò di colpo e improvvisò un tip tap a piedi nudi. La gente stava lì a fissare questa ragazza forte e lieve, dava incanto. La mia infatuazione stava virando in altro e aveva a che fare con il terrore di rivolgerle la parola. Presi coraggio quando gli altri ragazzi disertarono un incontro di ottobre, Antoine era in ritardo e mi ritrovai da solo con lei.

Chiacchierammo del più e del meno, io a monosillabi, ci confidammo l'impressione che, dopo la morte di Sartre, Les Deux Magots fosse già diventato una tana per turisti, a differenza del Café de Flore che era riuscito a santificarne il mito. Poi accennammo a mio padre e lei si lasciò sfuggire un Comme il est charmant. Il discorso finì di nuovo su Miller: era davvero misogino o gli piaceva soltanto scopare? Se fosse stata la seconda, be', avrebbe fatto meglio a mettersi in fila perché non era l'unico.

Disse così: è meglio che si metta in fila perché non è l'unico. Sciolse i capelli e si ricompose l'acconciatura, frustò la coda di cavallo. – Ho torto?

– Credo sia un misogino a cui piace scopare. – L'avevo abituata al silenzio e adesso irrompevo con uno stridore. Lunette smise di bere la cedrata e cominciò a scrutarmi come si fa con le bestie rare.

– E credo anche che non gli tiri affatto – aggiunsi.

Lei si mise una mano sulla bocca e la cedrata le andò di traverso, tossì, continuava a tossire, quando le battei la schiena per calmarla mi accorsi che non portava il reggiseno. Sostituii l'ultimo colpo con una carezza e intuii la sua consistenza. Nervosa e allo stesso tempo morbida. Si alzò in piedi,

56

A Miller non gli tira!, accennò un passo del suo tip tap americano. Allora le dissi: – Andiamo al cinema.

Lei si fermò, storse un angolo della bocca, – Sto aspettando Antoine, dobbiamo cenare da mio zio.

Tentai un sorriso, venne una smorfia. Voltai le spalle e andai al bancone per far segnare le cedrate sul conto, la salutai appena.

– Libero –, Lunette mi chiamò.

Mi voltai.

– A Miller non gli tira, e tu assomigli a tuo padre.

Il rifiuto di Lunette non mi scalfì. Dopo che declinò il mio invito al cinema alzai il mio livello di penetrazione sentimentale. Diventai uno stratega amoroso. Continuai a salutarla e a lesinare parole, inventai di tutto per non trovarmi da solo con lei. Riscoprii l'ironia, facevo sorridere il nostro gruppo con garbo e tornavo a essere un mite italoparigino. Ero l'unico maschio che non tentava di accaparrarsi la farfalla nera. Diventai il solo con cui lei poteva rilassarsi senza mai rischiare di oltrepassare il territorio dell'amicizia. Ai Deux Magots mi ritrovai a dirigere rotte, ammutinamenti, dialettiche furibonde. L'invisibilità aveva abdicato in favore di una astuta presenza.

Fu un anno fulmineo. Lunette si diplomò e si iscrisse alla Sorbona, facoltà di Scienze politiche. Io passai per il rotto della cuffia, matematica e chimica mi davano grossi problemi. Antoine invece era il migliore della classe in ogni materia tranne francese, dove il sottoscritto stupiva Mademoiselle Rivoli con interrogazioni decise. Tutti e due affrontammo la visita per il servizio di leva: l'avremmo scampato comunque per il proseguimento degli studi, lo scampammo definitivamente perché ci riformarono. Io per un soffio al cuore ereditario, lui per un daltonismo che non mi aveva mai rivelato. Il mio Antoine in bianco e nero. Quell'estate decisi di

rimanere a Parigi, spedii mamma ed Emmanuel in Costa Azzurra e mi affidai alle cure di papà. Con lui mi godevo la
Parigi da turista, compresa la Senna esplorata in canoa bipo-
sto. Mi portò a vedere il Louvre, una gran noia se non fosse
stato per un dipinto che trovai sfogliando un libro nel book-
shop e che diede forma alla mia immaginazione: *L'origine du
monde*, una vulva ritratta da Courbet nello stesso modo in
cui la intendevo io, tra spavento e istinto famelico. Avevo
trovato l'icona di un'ossessione. Le coincidenze con questa
epifania furono due, in più accadde qualcosa che mi abbatté.
    Coincidenza numero uno: Antoine mi convocò un pome-
riggio alle gradinate del Sacré-Cœur. Mi annunciò che non
era più vergine. Provai disperazione, avevamo promesso di
farlo insieme in qualche modo, conoscendo due amiche o
due gemelle. Invece gli era capitato con una nuova inquilina
del suo palazzo. Si chiamava Marion, era corsa, e aveva un
anno più di lui. Mi aveva già informato di questa brunetta
con cui si vedeva nel giardino di cemento del quartiere. Sapevo che si erano baciati, non aveva fatto in tempo ad ag-
giornarmi sul precipitare degli eventi. Marion era un boc-
concino di porcellana. In Corsica le svezzavano presto, era
successo tutto in fretta. In fretta quanto? Uno, due minuti.
Com'è dentro? Caldo, e umido. E poi? Bellissimo. Antoine
era diventato un uomo. Fui preso dal panico, mi alzai e salii
i gradini del Sacré-Cœur con l'affanno del pellegrino, quando arrivai davanti alla chiesa lo urlai senza voce, – Perché a
me no?!
    Coincidenza numero due:

Ciao Libero,
    *com'è andata la scuola? Sono passato con il 7 e mezzo, non
ti dico mio papà. Il premio è il campeggio con gli altri e il Gran
Premio di Imola del prossimo anno. Anche Lorenzo è passato,
solo rimandato in latino e greco. Non ha voglia di fare niente,*

sta sempre al bar Luna a giocare a Double Dragon e in giro con la sua Vespa. Senti, se cambi idea vieni a trovarci che ho un'amica di Anna che potrebbe andare bene, è pure simpatica. Ti avevo chiamato la scorsa settimana ma non rispondeva nessuno, poi mia madre ha detto di finirla con le telefonate internazionali. Volevo raccontarti questo: io e Anna l'abbiamo fatto. Aveva ragione Lorenzo... non sai che roba, all'inizio ho avuto dei problemi ma poi è filato tutto liscio. Chiamami che ti racconto (se ti dico "adesso no" significa che ho i miei che ascoltano). À bientôt!

Mario

La lettera arrivò due giorni dopo che Antoine mi aveva raccontato la sua iniziazione sessuale. Quando la lessi stavo per andare ai Deux Magots, mi bloccai con la testa tra le mani. Presi a calci il portaombrelli e mi precipitai fuori, filai giù in metropolitana, filai per Saint-Germain e arrivai per primo al Café. E qui accadde il qualcosa che mi abbatté: Lunette si presentò con un morettino che nessuno di noi aveva mai visto. Ciuffo di lato, barba incolta e scarpe inglesi. Teneva una borsa di pelle a tracolla e due quotidiani arrotolati sottobraccio, uno era "Libé". Ce lo presentò, si chiamava Luc e aveva a che fare con i movimenti politici studenteschi. Erano mano nella mano. Fissai Antoine e dissi che mi ero dimenticato di passare a casa per una faccenda urgente. Con la coda dell'occhio vidi Lunette che mi seguiva con lo sguardo. Fuggii per il boulevard e senza sosta fino al portone di papà, quando salii lui stava per tornare al lavoro.

– Cos'è successo?

Feci segno che non avevo voglia di parlare, lui mi prese di peso e mi portò sul divano. Si accovacciò davanti a me, rovistò nella valigetta e tirò fuori Rescue Remedy e Agrimony. Mi ordinò di aprire la bocca e sollevare la lingua.

– Voilà, l'antidoto all'amore.

Mi versò cinque gocce dell'uno e cinque dell'altro, – Sapevo che ti avrebbe fatto soffrire – e mi baciò sulla fronte.

Aspettai che papà uscisse, poi mi trascinai all'Hôtel de Lamoignon. Quando Marie vide la mia faccia scura abortì il sorriso. Lasciò la pila di romanzi nel montacarichi e mi trascinò fuori.

L'angoscia demolì le mie cautele. – Sono rimasto l'unico vergine e lei ha un altro.

Marie non fiatò. Poi disse – Se vuoi tra un'ora finisco e parliamo.

Dissi che l'avrei aspettata e l'aspettai nel cortile sul retro della biblioteca. Nella ghiaia disegnai cinque cerchi con il piede.

Andammo nel Marais, passeggiammo fino a place des Vosges e continuammo a percorrere il perimetro dei giardini finché non le raccontai di Antoine, di Mario e Lorenzo, e le accennai ai miei istinti. Perché l'alchimia della carne non dava i suoi frutti?

– Ci vuole tempo, Grand.

– Non ho più tempo io!

Marie sorrise, sentii che la confessione aveva scardinato definitivamente l'eros a favore della complicità. Eravamo amici. Mi chiese se volevo mangiare qualcosa da lei, accettai solo dopo aver telefonato a casa. Dissi a mamma che sarei rimasto da papà e a papà che avrei mangiato da mamma. Marie era patrimonio segreto della mia intimità.

Abitava in un appartamentino vicino al Père-Lachaise con la carta da parati a fiori e le lampade da fabbrica rimesse a nuovo. Un bastardino affaticato ci venne incontro: si chiamava Somerset, come Maugham, lo scrittore che Marie non aveva mai smesso di rileggere. Mi fece entrare in un salotto con due divani piccoli e i muri coperti da libri. Sugli scaffali c'erano anche delle fotografie, una di lei al mare con un'altra donna che le assomigliava e una di lei su una moto, avrà avuto vent'anni. Sul tavolino notai delle stagnole di cioccolatini e un posacenere traboccante di cicche, delle riviste di moda. Altri libri, romanzi, un saggio su Jung e un giradischi con un disco dei Pink Floyd. E un dipinto del Dalai Lama rivisto in chiave moderna e un televisore ai cui piedi aveva appoggiato una collezione di calamai. Quando mi raggiunse si era cambiata, aveva una tuta da ginnastica e i piedi scalzi. Mi offrì un vassoio con delle prugne secche avvolte nella pancetta e una Coca-Cola da dividerci.

Ci guardammo *I 400 colpi*. Truffaut per Marie aveva qualcosa di catartico. L'avevo già visto con Lunette e gli altri e da solo, non lo rivelai perché il suo effetto era ogni volta lo stesso: quel film aveva la capacità di liberarmi. Antoine Doinel ero io, e anche io volevo un mare nel mio finale di racconto. Marie chiuse le tapparelle e spense le luci, si accoccolò nell'angolo del divano e mi tirò accanto a lei. Assistetti all'odissea di Antoine con un suo braccio intorno al fianco e il respiro contro l'orecchio. Ci addormentammo prima della conclusione, quando mi svegliai, per un attimo solo, dimenticai Lunette e il suo morettino. L'oblio durò una miseria. Mi venne da piangere, e lei se ne accorse. Mi strinse di nuovo.

– Poi passa – disse.

– Ti è passata per Emmanuel?

La sentii sorridere, – Oui, Grand. C'est passé – si tirò su, aveva il viso stropicciato dal sonno, dal cilindro estrasse uno dei sospesi della mia esistenza: mi rivelò che a Deauville, quel giorno al mare, aveva visto Emmanuel baciare mia madre a ridosso della cabina.

– Cabina Cary Grant?

– Fellini, Grand Liberò. Cabina Fellini.

Stavolta la trascinai io sul divano. Era un finale all'altezza

della mia inoffensività, invece mi diedi alla rivoluzione.
– Vorrei vederti nuda – biascicai. – Vorrei vederti il seno.
Rise come mai l'avevo sentita ridere. Si calmò, rise ancora, rimase zitta.
– Vorrei vedere il tuo seno, Marie.
Non ci muovemmo. Poco dopo lei si alzò in piedi e portò via il piatto con i resti di pancetta e il posacenere traboccante. Dalla cucina ascoltai scorrere l'acqua, un tramestio di stoviglie. Il patimento per Lunette e la vergogna per Marie finivano in uno strano amalgama. La testa mi scoppiava. Feci per andarmene quando sentii i passi di Marie che tornavano.
– Scusa – dissi prima di guardarla. Poi la fissai. Era davanti alla libreria. Indossava sempre i pantaloni della tuta ma aveva un asciugamano avvolto intorno al busto, lo teneva fermo con una mano.
Se lo tolse con cura e lo ripiegò. Si mostrò.
Era un seno bianco, i capezzoli rosa e l'areola ampia. Maestoso, strabordava dai lati e rimaneva inspiegabilmente ritto e compatto. Servivano due mani per ogni mammella. Quel seno avrebbe scalfito la mia corteccia cerebrale in eterno: il Big Bang della mia memoria masturbatoria.
Si rimise l'asciugamano e io crollai a sedere. Avevo le gote che scottavano e i polsi traballanti. Bevvi un sorso di Coca-Cola e balbettai Merci.
– De rien, Grand.
L'idea di sfiorarla mi atterriva, fu lei a farlo dopo che si rivestì e tornò sul divano. Mi spettinò e chiese se stavo bene. Altroché, risposi. Ridemmo. Farfugliai di Truffaut, la prossima volta avremmo visto *Jules et Jim* se voleva. Certo che voleva. Le dissi che la pancetta era deliziosa e aspettai un po' per non essere sgarbato, poi me ne andai con un senso di leggerezza. A casa mi chiusi in bagno e mi lavai la faccia, desistetti da qualsiasi proposito erotico. Rispettai quel battesimo senza profanarlo.

L'impatto si insinuò così a fondo che per qualche tempo diventò antidoto alla gelosia. Avevo compiuto un'impresa erotica che mi aiutò a sopportare i Deux Magots con il morettino di Lunette e il tempo che scorreva senza epifanie sessuali. Nello spirito, invece, piccole sommosse si avveravano ogni giorno. Continuai a passare da Marie che mi aiutava a orientarmi tra i romanzi italiani: uno di questi, *Fontamara* di Ignazio Silone, infranse qualcosa. Credo sia stato dopo la lettura di quel libro, unita alla galera senza speranza di Camus, che decisi cosa avrei fatto del mio avvenire.

Lo comunicai a papà durante la finale degli Australian Open che stavamo guardando a casa sua. Era gennaio, e Parigi era incagliata nel gelo e in sporadiche sommosse studentesche. Il sudafricano Kriek stava battendo l'americano Denton qualche set a zero, la gioventù comunista conduceva nugoli di universitari scalpitanti per le strade della città. Gli dissi che avevo preso due decisioni. Lui tolse l'audio alla televisione e si girò verso di me. Sarei diventato un avvocato. Di quelli d'ufficio per la povera gente. Avrei aiutato i *noirs* oltre la siepe, i Malavoglia del mondo e i fontamaresi delle province. Mi sarei iscritto a Giurisprudenza.
    – France ou Italie?
    – Parigi.
    Lui si alzò e andò al mobile in radica, prese il brandy e ne versò un dito in due bicchierini. Me lo allungò, – A te, mon cher Libero.
    Bevemmo e ci abbracciammo, ricordo che mi baciò sull'orecchio come faceva quando ero piccolo. – E l'altra decisione?
    – Mi voglio operare, e lo farò per i miei diciotto anni.
    Si passò una mano fra i capelli, aggrottò la fronte, – C'est quoi? Dove?

– Il mio pene è incappucciato male.

Gli spiegai la questione e mi disse che aveva affrontato lo stesso dilemma in adolescenza. Non gli raccontai la mia deduzione: il prepuzio che imprigionava l'estremità era il chiaro simbolo di un destino sessuale che andava mutato con la circoncisione. Gli ebrei avevano conquistato il mondo a glande liberato, era solo una coincidenza? Anche la migliore letteratura apparteneva ai circoncisi: Singer, Primo Levi, Kafka.

Monsieur Marsell acconsentì, – Sarò lì con te.

L'operazione avvenne quasi un anno dopo. I miei propositi di diventare un avvocato si rinforzarono con le ondate di razzismo che attraversavano l'Europa. Ai Deux Magots eravamo sempre di più, e sempre più ragazzi di colore che Lunette aveva coinvolto alla Sorbona. Quando le discussioni vertevano sulla politica io imparavo da loro, anche per questo il liceo mi stava stretto. Luc, il morettino di Lunette con le scarpe inglesi, si era dileguato in fretta e al suo posto passarono i vari François, Bernard, Henri, Gaël, tutte presenze che in tredici mesi mi avevano sfiorato. Era la tattica stabilita da me e Marie per la conquista decisiva: rimani invisibile, aspetta il tuo tempo della Sorbona e colpisci. Almeno un giorno alla settimana io e Marie ci vedevamo per i libri in prestito e per un film a casa sua. Non parlammo più della mia richiesta indecente quel pomeriggio a casa sua.

L'unico a disertare i Deux Magots era Antoine, che aveva capitolato con Marion, la ragazza corsa del suo palazzo. Stavano sempre appiccicati, lui mi raccontò che Marion aveva l'arte della bocca e non c'erano parole per descrivere l'effetto. Disse solo: È meglio del calcio. Eravamo in due mondi diversi e la lontananza si faceva ogni giorno più grande. Chiedevo di lui a Lunette, e arrivai a lasciarle messaggi da riferirgli. Avevo trovato un altro modo per starle vicino.

Mi aggrappai al simbolismo ebraico. La circoncisione avrebbe spezzato le mie catene, intanto dovevo passare il tempo nel modo più quieto possibile. Come se la pazienza nell'attesa potesse architettare un futuro felice. E così feci: mi confidavo con me stesso e passavo i fine settimana da papà. Con mamma mi limitavo a raccontare il minimo indispensabile, mentre Emmanuel cercava inutilmente di stringere un rapporto con me. Era un equilibrio temporaneo e miracoloso, durò fino all'estate del mio ultimo anno di liceo. Dopo essermi accaparrato il mio Bac con 16/20 e les félicitations du jury, fissarono la data del mio intervento chirurgico: il 5 luglio.

Entrai in sala operatoria con papà ancora provato dalla finale di Wimbledon conclusa il giorno prima: McEnroe aveva perso contro Connors. Gli sorrisi mentre mi portavano via in barella, lui indirizzò il saluto alle mie parti basse nascoste da un camice blu.

L'intervento durò quarantacinque minuti in anestesia locale. Riuscii a vedere solo le braccia del chirurgo che armeggiava dietro a un telo issato di fronte a me. Mi portarono fuori e mi riportarono dentro per un versamento di sangue. Riuscii a guardarmelo di sfuggita rientrando sotto ai ferri, nero e gonfio come una palla da tennis infangata. Mi misi a piangere, mio padre aveva smesso di sorridere.

Uscii dalla sala operatoria un'ora più tardi. Era andato tutto bene. Avrei potuto godermi la mia carne solo dopo un mese, prima bisognava proteggere i punti di sutura con tintura di iodio e lavaggi tiepidi. Il medico mi esplicitò un avvertimento: niente autoerotismo, strusciamenti e rapporti di qualsiasi natura.

Diventai un contorsionista cinese per i venti giorni successivi. A ogni indurimento mi raccoglievo a uovo finché si esauriva. Per sfogare lo spasmo mi affidai alla mia attività onirica, sognai Marie e Lunette un paio di volte provocandomi polluzioni salvifiche.

Alla fine di luglio cadde l'ultimo punto di sutura, mancavano due mesi esatti al mio battesimo universitario. Quel giorno, in piena notte, mi alzai dal letto e accolsi nudo un'erezione. Abbassai lo sguardo per ammirarlo: il simbolo della mia nuova vita emancipata e scalpitante, pronta.

Giovinezza

Papà morì in autunno. Lo trovò la donna delle pulizie sulla poltrona di casa, la televisione accesa su Antenne 2 e un libriccino di Gianni Rodari ai suoi piedi. Io, mamma ed Emmanuel ci precipitammo all'ospedale che era cadavere da tre ore. Aveva avuto un infarto. Monsieur Marsell beveva poco, fumava meno, stava attento ai grassi saturi e faceva esercizio quattro volte alla settimana. Si era curato tutta la vita con fitoterapia e Fiori di Bach. Adesso non c'era più. Chiesi di vederlo, mamma provò a farmi desistere, insistetti. Quel giorno, prima della tragedia, stavo leggendo *1984* di Orwell perché mi era stato assegnato dal professor Clement come chiaro esempio di società senza diritto. Portai il libro con me all'ospedale, fissavo l'ultima pagina, l'ultima parola, l'ultima lettera che avevo letto prima della telefonata della donna delle pulizie. Il prima e il dopo di un figlio.

Varcai la porta dell'obitorio con Orwell nella tasca del loden ed Emmanuel accanto. Mio padre era steso su una barella di metallo, indossava lo stesso tipo di telo blu che avevo vestito per la circoncisione. Solo il viso era scoperto, disteso come prima di una partita di tennis. Gli avevano pettinato i capelli con un ciuffo abbassato. Glielo scompigliai e sentii che era freddo. Portava la catenina d'oro, e la fede che non aveva mai voluto sfilarsi. Credeva nel matrimonio, nei ritorni dopo gli addii, nell'amore intermittente. Rimasi a guardarlo per mezz'ora senza dire niente, il mio papà gelido e calmo. Poi gli dissi: Voilà, je suis seul. Tu seras avec moi. Glielo ripetei nella sua seconda lingua, Sarai con me. E lo baciai sulla punta dell'orecchio, piano, come aveva fatto lui con il suo bambino.

Al funerale parteciparono la sua azienda di rimedi naturali, gli amici francesi e italiani, rividi Mario e Lorenzo che erano venuti da Milano per la funzione e ripartirono subito con i genitori. C'era qualcuno dei Deux Magots, Philippe il maître e uno dei proprietari, c'erano tutti i miei amici: Lunette, Antoine e gli altri e qualcuno dei miei vecchi professori. Vennero persone che conoscevo a malapena e altre che non avevo mai sfiorato, reduci delle tante vite di papà. Marie l'avevo vista un'ora prima della funzione, mi aveva stretto a lungo, Tu es fort Libero, l'avevo stretta a lungo. E c'era mamma, in prima fila sorretta da me. Indossava un impermeabile chiaro e un foulard di seta, niente nero, come ci aveva sempre detto papà. Mi resi conto di quanto l'avesse amato davanti alla lapide del cimitero di Passy. Mentre calavano la bara nella terra mi sussurrò Senza di lui cosa sono?, la fissai in quel sorriso che già conoscevo: triste, ora disperato. Spesso il divorzio è un capriccio contro la vecchiaia.

Dopo che tutto finì, senza dire niente andai nell'appartamento di mio padre e cominciai a riordinare. Avevo quasi diciannove anni e uno spiccato senso dell'oblio, avrei trovato cosa doveva essere dimenticato di lui. Procedetti con minuzia. Cominciai dalla camera da letto, rovistai nelle tasche di tutti i vestiti e controllai che non ci fosse un doppiofondo nell'armadio. Trovai del tabacco da pipa, dei carnet del tram usati. Fazzoletti e volantini pubblicitari, e un biglietto del cinema Louxor che mi fece sorridere: *Le Dernier Métro* di François Truffaut. Continuai nei cassetti e nel trumeau, c'erano gocce e flaconi di Agrimony, Elm, Chestnut che usava per dormire insieme agli oli essenziali di lavanda. Un piccolo crocifisso di ferro, lo conservai, e delle monete d'oro, le misi da parte. Passai nell'altra camera che usava come ripostiglio: mi assalirono migliaia di libri. E dischi e vecchie riviste di tennis e i suoi ritagli di giornale. Conservai i ritagli e mi dedicai alla cucina, invasa di ricettari di nouvelle cuisine e di tradizione gastronomica francese e italiana. In una vecchia madia c'era un album di fotografie mie, e di mamma. Al mare in Puglia, sul Gargano, le vacanze in Andalusia e in Grecia, a Canazei e quella indimenticata in Islanda. Misi da parte e mi dedicai al salotto: la sua valigetta traboccante di rimedi miracolosi e altri romanzi, per me scelsi alcuni volumi della Pléiade. Lì dietro trovai una scatoletta con delle bustine divise con cura, ne aprii una e vidi che conteneva marijuana, pipe minuscole e una pallina di resina. Nascosi tutto in una busta di plastica. Rimaneva il bagno, papà era un metodico della toilette: nel mobiletto dello specchio c'erano dopobarba senza alcol, l'allume di rocca, una crema idratante, più un flacone di ansiolitici e una tintura per capelli. In una specie di credenza teneva gli asciugamani e le mutande, feci un'ispezione veloce: trovai due slip da donna di taglia minuta. Uno era un perizoma. Li misi nella busta. In fondo vidi una scatola che trascinai fuori: conteneva una pila di riviste pornografiche, dei gel intimi, alcune matrici dei biglietti del Crazy Horse, dei preservativi. La tessera del Partito comunista francese dell'anno prima. La presi e la scrutai, Monsieur Marsell l'aveva firmata di fretta nell'angolo destro. La misi in tasca, piansi.

Rimanere solo era un'impresa, avevo sempre qualcuno intorno. Controllavo mamma a vista, Emmanuel bastava a metà perché, diceva lei, solo un figlio porta il karma di un padre. Nel tempo che restava stipavo due ore di lezioni alla

Sorbona, un incontro al Café con Antoine e gli altri, e adesso la ricerca di un lavoretto. Papà aveva lasciato la casa nel Marais e qualche spicciolo, mi resi conto che il tenore di vita dei miei genitori era stato al di sopra delle loro possibilità. Mi informai se qualche brasserie cercasse un aiuto in più, quando Philippe venne a sapere delle mie intenzioni parlò ai proprietari dei Deux Magots: mi offrirono di servire nel pomeriggio dei giorni lavorativi e per il doppio turno nei fine settimana. Accettai, sarei stato il cameriere dei nuovi esistenzialisti e avrei potuto partecipare alle nostre riunioni alla fine del turno.

Feci due conti: i soldi delle mance e una fetta di stipendio sarebbero bastati per le tasse universitarie e per permettermi di andare a vivere nella casa del Marais. Per la parte mancante avrei attinto ai miei risparmi. Era l'unico modo per staccarmi da un lento declino materno.

Invece mamma mi stupì. Annunciò che aveva pensato a un lavoro:

Professionista offre make-up a domicilio:
l'ideale per matrimoni, feste, cerimonie e serate speciali.
L'arte del maquillage a prezzi modici.

L'aiutai a scrivere l'annuncio aggiungendo "serate speciali" e suggerii di inserirlo sui giornali cittadini e sulle riviste di seconda mano. Fu un successo: tre chiamate il primo giorno di pubblicazione. Mamma dovette acquistare mascara, ciprie e fondotinta in un'ora e muoversi da una parte all'altra di Parigi con la Peugeot 305. Elaborò la perdita sui volti degli altri e si rifece il suo: indipendenza, modernità, restyling dell'utero. In un colpo aveva ritrovato il suo progressismo in guêpière. Fu allora che cominciai a considerarla da una prospettiva insolita. Era una donna forte. La sua potenza maturava nei silenzi inediti, nella praticità acquisita, in un corpo

72

invecchiato e meno esibito. In pochi mesi reggeva la baracca sulle sue spalle borghesi, fu grazie a lei se evitammo di vendere la casa in rue des Petits Hôtels, che diventò il nido dove reincontrarsi. Ritrovammo un abbozzo di serenità e ognuno di noi portò avanti la mancanza di papà a modo suo. Io mi affidai al caos. Appartenere al segno dell'Acquario mi aiutò nei miei funambolismi, essere Toro come ascendente tramutò i miei sogni in tattiche precise. Prima di tutto non dimenticai le mie priorità: Lunette e lo studio. La difesa del cuore e dei deboli. Tra sentimento e ragione c'era la missione primordiale: l'estinzione della verginità. Papà aveva iniziato l'impresa condividendo la circoncisione, toccava a me portarla a compimento. Mi ero dato come termine ultimo i vent'anni. Il lavoro mi aiutò a conoscere persone nuove, turisti incuriositi dal mito di Sartre che sedevano ai tavolini dei Deux Magots per un caffè. Molti spagnoli, tedeschi e italiani che intrattenevo con un po' di storia del locale. Li intenerivo e li facevo sorridere con la mia camminata timida e i miei modi gentili, arrivavano mance copiose e nessuna avance. Mi concessi carezze impercettibili alle donne che mi lasciavano banconote come ringraziamento, un mignolo sfiorato, un tocco dell'indice. Antoine mi suggerì di essere meno garbato, la rudezza attirava le donne latine. Predicava bene e razzolava meglio, lui e Marion si davano da fare come conigli. Il mio amico non mi aveva mai lasciato dalla morte di papà: telefonava ogni sera e quando usciva dall'università passava da casa per un boccone. Si era iscritto all'Università Pierre e Marie Curie a Matematica, dopo che al Bac aveva infilato un bel 20/20. Tra me e sua sorella qualcosa era cambiato dal giorno del funerale. Prima la incontravo in università e mi salutava appena, ora si fermava a parlare dopo le lezioni e mi seguiva con lo sguardo mentre servivo ai tavoli. Chiedeva al fratello come stavo, se avevo bisogno di qualcosa, se poteva venire con lui da me. Rinunciava all'iniziativa personale, an-

73

che nelle discussioni al Café: la farfalla nera aveva ceduto alla malinconia e smesso di ballare il charleston. Possedeva la stessa grazia nel volto, una nuova impazienza nel corpo. Il suo fondoschiena sconvolse la Sorbona e i Deux Magots. Si presentò a casa mia qualche settimana prima di Natale. Quando al citofono sentii – Lunette – rimasi con la cornetta in mano. Aprii la porta e l'aspettai con la testa tra il dentro e il fuori, ascoltavo i passi leggeri salire, poi la vidi. Mi scusai per l'appartamento sottosopra, mi scusai ancora e la invitai a entrare. Si guardò intorno, – Era qui che viveva Monsieur Marsell? –, sfiorò il tavolo con lo stupore di una bambina, venne avanti, si sedette in bilico sulla poltrona.

– È morto dove sei seduta.

Si alzò di scatto e si mise sul divanetto, portava due orecchini lunghi che pizzicava spesso. Se ne tolse uno per rimetterlo subito, si spogliò del cappotto. Aveva jeans attillati e un lupetto di tessuto fine.

Ciondolavo in piedi, frugai tra un Faulkner e un Calvino e tirai fuori la tessera del Partito comunista di papà. Gliela mostrai.

Lunette la scrutò. – Poteva essere altrimenti?

– Si definiva borghese.

– Il comunismo è borghese.

Preparai omelette allo stracchino e pepe, insalata valeriana con spicchi di arance, pomodori, sesamo e avocado. La ricetta bella-figura di papà. Per dessert era avanzata la torta Paradiso di mamma. Bevemmo del rosé, regalo di Marie. Non ricordo una cena più muta. Alla fine Lunette si mangiò le labbra, fece una smorfia divertita.

Risi prima io.

E rise lei. – È stato come essere al cinema – sparecchiò e appoggiò i piatti nel lavello, – Ti va di andarci?

Restai fermo, e seppi com'era il desiderio: un assoluto groviglio di terrore e incredulità, – Mi va.

Era martedì. E il martedì divenne le jour du cinéma avec

Lunette. Finivo ai Deux Magots e ci trovavamo da me per provare qualche ricetta bella-figura. Poi andavamo al Louxor o in qualche altra sala a rinforzare il nostro snobismo intellettuale o a tradirlo. Misuravamo l'impatto del film in base al tempo di discussione che generava. Il primo fu *L'argent* di Bresson: ne parlammo per rue La Fayette fino a quai de la Seine. Venti minuti. Vedemmo anche *E.T.*, che provocò una passeggiata conclusa a place de la République. Un'ora e poco più. Ma la pellicola che ci costrinse a vagare più a lungo fu *Ballando ballando* di Ettore Scola. L'accompagnai fino a Belleville e tornai con il notturno delle tre e venti del mattino. Nel frattempo mi specializzavo in piatti italiani, Lunette impazzì per la pasta alla carbonara, altro lascito di papà, e i cappelletti con la scorza di limone e la ricotta che mamma aveva imparato dai suoi parenti romagnoli. Mangiavamo e passeggiavamo, la farfalla nera aveva il passo lieve e muscolare, starle accanto era imbarazzante. Gli uomini si voltavano più che con mamma e Marie, io mi sentivo fuori luogo. Troppo esile e acciaccato per tanto splendore. La superavo in statura di qualche centimetro e questo mi salvò, lei rimaneva di un'altra gerarchia estetica. Lo trasformai in vanto.

Gli altri ci lasciarono in pace. Antoine non fece mai riferimento ai cinema con sua sorella, anche il gruppo dei Deux Magots finse di ignorare quello che stava succedendo. Fu il periodo più lungo di astensione dalla mia attività onanistica. Il sangue affluiva al cuore e lì rimaneva. Con Marie eravamo d'accordo sulla strategia: mai forzare sulla malizia, mai arrivare all'amicizia. Bisognava seguire la sottrazione delle parole. In quello possedevo un talento naturale, rincarato dagli scrittori della misura: Camus, Hemingway, Malamud, Buzzati. Preparai la mia seduzione imparandola dai maestri. Ma fu Lunette a scrivere l'incipit.

Successe un giorno di marzo, avevo compiuto da un mese vent'anni ed ero ancora illibato. La scommessa persa di abbandonare la verginità spariva davanti alla bellezza dei Martedì al cinema e all'università. Avevo appena concluso la sessione di esami con una media del 18,8 su 20. Mia madre si commosse, Il mio ometto di mondo lavoratore e studioso. Chiamai Lunette per dirglielo, lei mi diede appuntamento al Trocadéro per una passeggiata.

– Vediamoci a place des Vosges.

– Al Trocadéro.

Avvertii il Café che avrei tardato e aspettai all'entrata dei giardini. Lunette arrivò con un mazzo di gerbere canarino e dei fuseaux che finivano in due anfibi neri. Rivolse lo sguardo alla Tour Eiffel.

– Andiamo di qua – disse, e mi fece strada. Passammo davanti al Musée de l'Homme e sbucammo sul lato sinistro di place du Trocadéro.

Mi fermai all'inizio di rue du Commandant Schloesing. Era la via del cimitero di papà. Lunette venne vicino e mi prese sottobraccio, bisbigliò – Antoine mi ha detto che non ci sei più andato dopo il funerale.

– Le tombe sono un'invenzione del dolore.

– Non la memoria. Vieni – e mi condusse all'entrata, fino alla lapide di famiglia. Papà ci fissava dalla fotografia scattata sulla Marmolada, lo sguardo sognatore e i capelli al vento.

C'era il silenzio dei camposanti, e c'era il nostro silenzio. Lunette mi diede il mazzo di gerbere e io lo lasciai a Monsieur Marsell. Fu in quel momento, mentre appoggiavo i fiori sulla pietra, che la farfalla nera mi prese la mano. Strinse piano, e anche io.

Passò un'intera settimana senza che la rivedessi, saltammo il Martedì al cinema. In quei sette giorni ruppi due bicchieri al Café e mi rifugiai più di una volta da Marie. Mi diede in prestito *Il filo del rasoio* di Somerset Maugham e disse che quel romanzo spiegava cosa significa stare in bilico. – Lo leggo ogni volta che mi innamoro e ogni volta che una storia finisce.

Le chiesi da quant'è che non lo apriva.

– Da Emmanuel.

Così conobbi l'inspiegabile equazione della passione: l'estetica, l'eros, i modi garbati e un cervello che contenesse sensibilità e cultura non erano direttamente proporzionali ai risultati. Marie Lafontaine ne era l'esempio. Solo più tardi credetti di intuire il perché: il maschio percepiva la sua fretta di accasarsi. E la sua fame di maternità. Così quelle mammelle eludevano il loro fine primitivo, l'allattamento, per uno più bieco, l'eccitazione. Il risultato erano le pareti di libri che Marie ergeva nel suo salotto. Non ricordo chi abbia detto la frase straziante: "Più volumi troverai in casa di una persona e maggiore sarà il suo grado di infelicità". Anche papà aveva vissuto in una biblioteca casalinga. A fronte della sua condanna, Marie provava a farla evitare agli altri. Mi ordinò una nuova strategia amorosa: l'abolizione di qualsiasi strategia. Valevano intuizioni e buon senso, e un pizzico di eleganza.

Avrei avuto tempo fino a martedì per assorbire la nuova tecnica di seduzione. Mancò il tempo, quando tornai a casa Lunette aspettava davanti al portone. La salutai e senza una parola la feci entrare. Si sedette sulla poltrona di Monsieur Marsell. Ci guardammo, ressi il suo sguardo per una miseria, feci cadere il mio sul libro di Rodari che papà stava leggendo mentre moriva.

Erano racconti per bambini: *Favole al telefono*. Le mostrai la piega sulla pagina diciannove, il libro era aperto in quel punto quando la donna delle pulizie aveva trovato il corpo. Mio padre aveva esalato l'ultimo respiro sulla storia del palazzo di gelato a Bologna che i bambini si affrettavano a leccare mentre si scioglieva. Lessi la conclusione: *Fu un gran giorno, quello, e per ordine dei dottori nessuno ebbe il mal di pancia.*

– C'est une histoire communiste – mormorò Lunette.

Mi misi sul divano e continuai con Rodari. Lei rimase sulla poltrona, iniziai un'altra favola, mi venne accanto. Leggevo del bambino che manteneva la famiglia facendo lo spaventapasseri, Lunette mi baciò.

Ancora una volta *Favole al telefono* aveva dettato un passaggio esistenziale. La morte, prima, e ora l'amour fou, almeno da parte mia. La farfalla nera possedeva l'arte delle labbra, non per dimensioni, per delicatezza. Si muovevano piano, mi baciarono in punta e affondarono, sentii la lingua morbida. Ricordo lo spavento che si faceva bisogno. Avevamo le gambe intrecciate, abbassai una mano e la feci scorrere dal suo polpaccio al ginocchio. La ritrassi perché tremavo, la appoggiai sui suoi fianchi e non la mossi più. Rimanemmo bocche finché il traffico in rue Froissart si attenuò, era sera. Quando ci staccammo la guardai, fu lei a distogliersi.

Infransi l'impasse continuando a leggere la favola del bambino spaventapasseri e del paese con la esse davanti. Sentivo il bollore delle mie guance, le cercai la mano, lei me la arraffò come rubasse. Iniziò così, un bacio e due mani che si inseguivano, l'italofrancese ancora vergine e la farfalla nera che tutti volevano. Perché fosse accaduto me lo rivelò Somerset Maugham nel suo romanzo: c'è qualcosa che conta più della bellezza, della sensualità e del potere. È la purezza. Nessun uomo, e nessuna donna, riuscirebbe a desistere davanti alla possibilità di far proprio un candore. Ed è ciò che Lunette si prese.

Diventai ebbro e in quattro giorni ruppi altrettante tazzine ai Deux Magots. Lunette rideva, gli altri non capivano. Philippe mi prese da parte e io gli dissi che per qualche ragione avevo la testa chissà dove. Suggellai il segreto. Nascimento ama nascondersi, l'aveva scritto Eraclito e il mio professore di diritto continuava a ripetercelo: perché la moralità futura dell'uomo è nei suoi segreti presenti. Intanto io e la farfalla nera continuammo con i Martedì al cinema, e con gli istinti, senza sapere bene cosa ci stava accadendo.

Capì tutto mamma, mi chiamò al telefono e mi invitò a cena la sera stessa. Quando arrivai scoprii che eravamo solo io e lei perché Emmanuel aveva un convegno a Nantes. Madame Marsell mi raccontò che il maquillage a domicilio andava a gonfie vele e che non aveva mai visto tante galline come a Parigi. Questi visi smorfiosi, queste rughe di pasticceria umana, questa moria di femminilità era certa ci stessero portando alla censura definitiva della maternità.

– L'utero è in estinzione? – le chiesi.

– Ci devo pensare – e ci pensò sul momento, – No, non è in estinzione. Ma prevedo vittime, ometto di mondo: voi maschi.

Poi sparecchiò e disse di aspettarla a tavola, mi guardai intorno e trovai la casa seppellita di ricordi. Le dormite di papà a gambe all'aria sul divano, le notti insonni di Madame Marsell per aprire il Terzo Occhio attraverso la levitazione domestica, le pentole che borbottavano all'alba. Quando mi voltai al corridoio, mamma veniva verso di me con le sue carte di briscola. Mi ordinò di spezzare il mazzo con la mano sinistra.

– Pourquoi?

– Spezza.

Spezzai, e mentre lei stendeva le carte disse che la madre di Antoine l'aveva chiamata in merito a Lunette. E a me.

– È una mia amica.

– Marie Lafontaine è una tua amica, non Lunette.

Mi mozzò il fiato, – Come sai di Marie?

– La madre di Antoine. Si è ritrovata tutti quei libri in

casa e ha estorto spiegazioni – strizzò un occhio, – È una bibliotecaria coi fiocchi.

– Anche Lunette è una mia amica.

Mamma scoppiò a ridere e osservò con minuzia la posizione delle carte, le sfiorò a una a una. Infine disse: – Usa le precauzioni, ometto.

Andai da papà e gli confidai che avevo paura. Sono vergine e Lunette no di certo, cosa devo fare? Lo guardavo nella fotografia della Marmolada, i capelli spettinati per il vento e il sorriso sornione. Gli lasciai un sasso sulla lapide. Non so da dove mi venisse questa suggestione ebraica, credo da alcuni scrittori che ammiravo, primo fra tutti Malamud, l'autore preferito di papà assieme a Camus. Mi aveva fulminato con *Il commesso*, una storia sul sacrificio e sulla dignità. Era insopportabile che la rettitudine del protagonista Morris lo facesse crepare sotto la neve, come era stata intollerabile la sua esistenza dimessa. E questa figura del ragazzo che diventa commesso nella sua bottega per espiazione: vorrebbe amargli la figlia ma non trova il modo. È un'anima in allarme. Il commesso ero io, avevo già espiato abbastanza.

Arrivai ai Deux Magots e prima di iniziare il turno mi chiusi in bagno per contemplare la mia circoncisione. Cercavo l'oracolo di una futura rivoluzione: la pelle rosea, la corona di punti rimarginati intorno al glande, l'orlo perfetto sotto il fusto. C'era la storia del mondo in quell'opera di sartoria, la migliore letteratura e il destino dei prescelti. Aveva una semplicità che commuoveva. In più giravano voci sulla rivoluzione percettiva dei circoncisi: durante il rapporto sessuale il piacere cambiava connotati. Più lento, inesorabile, sconvolgente. Il fatto che la punta fosse nuda portava a un'apparente desensibilizzazione delle aree del piacere che si riorganizzavano: più tardive nel risvegliarsi, con più controllo e potenza durante l'atto. Con quell'incoraggiamento indossai la camicia bianca e cominciai a servire. Fu un turno dedicato all'Est, con i turisti cechi e polacchi a riempire i tavolini delle prime file. I posti sotto la foto di Camus se li prese una cordata di madrileni che lasciò una mancia generosa. Me la offrì una ragazza olivastra con gli occhi andalusi e la bocca di ciliegia. Chiese se ero italiano e io le risposi che la situazione era più complicata, lei si ostinò con una smorfia di malizia. Domandò se volevo fare una passeggiata a fine turno, magari a Saint-Germain. Ringraziai e scossi la testa, stavo rifiutando il primo invito esplicito dei miei vent'anni. Mi lasciò una nuova felicità: ero stato devoto alla mia purezza.

A fine turno trovai Lunette ad aspettarmi. Sedeva dall'altra parte di place Saint-Germain, un occhio a "Libé" e uno ai Deux Magots. Mi fece segno di raggiungerla, attraversai maldestro la piazzetta e mi avvicinai. Arrotolò il quotidiano e disse J'aime quand tu es étonné. Amava il mio stupore, uno smarrimento che mi portavo dietro da quando ero bambino. Apparivo sperduto e da salvare, Lunette mi prese la mano e mi accompagnò alla metropolitana. Scendemmo giù e proseguimmo fino al Marais senza una parola, la baciai nei vagoni e poi in strada, aveva una lingua vorace e calze scure sotto una gonnellina a frappe. Arrivammo sotto casa e io mi resi conto di non averla mai toccata davvero. Presi le chiavi, tremavo, le infilai a stento nella toppa.

– Hai paura? – chiese.

– Oui, j'ai peur.

Entrammo e ricordo con precisione un'anomalia: quel giorno la casa era in ordine. Mi tolsi il cappotto e vidi che Lunette andava in bagno, sistemai le mance nel barattolo dello zucchero e accesi la televisione. Davano un documentario sui draghi di Komodo. C'era una capretta china su una pozza d'acqua che si ritrovò questo lucertolone alle spalle, il morso le staccò una zampa di netto. I draghi di

Komodo hanno in dotazione una mandibola da dinosauro e denti che sprigionano batteri letali. Mi voltai, Lunette mi fissava dalla porta del bagno, si slacciò il primo bottone della camicia. Spavento e desiderio provocarono una reazione controversa, la fuga. Avrei dato qualsiasi cosa per averla e qualsiasi cosa per andarmene: scelsi l'immobilità. Mi sentivo una capretta. Lei venne e mi accarezzò sulla guancia, mi accompagnò sulla poltrona, poi sedette sul bracciolo. Cominciò a baciarmi. Fu un bacio lungo, e io la toccai dalla schiena fino alle scapole e sui fianchi. Aveva una carne dura e liscia. E l'odore era acre e dolce, mi passò la lingua sul collo e armeggiò con la cintura, tirai indietro la pancia e lei mi sfilò i pantaloni senza slacciarli. Lui era una via di mezzo, e io rimpiansi le durezze per mamma, per Marie, per sensualità minori carpite per strada.

– Dis-moi que tu as peur.

– Ho paura – dissi in italiano.

Mi fissava, e senza abbassare la testa lo massaggiò. Mi doleva da quanto era pieno. Lo tirò fuori e mi fece scivolare le mutande alle caviglie, le mise da parte con cura. Lo strinse, e io vidi il pallore del sesso nella mano nera. Ecco cosa si provava. La perdita di se stessi. L'assoluta certezza che quello, e niente altro, fosse esistere. Lo sentii fremere tra le sue dita. Spinsi avanti il bacino, Lunette mi bloccò e fece scivolare la presa ai testicoli, li sfiorava con il palmo, poi disse Ta bitte est grosse, si aprì camicetta e reggiseno con un gioco di prestigio. Aveva tette più colme di quanto apparivano vestite. Le impugnai, Pas vite Libero, con calma, guidò piano le mie mani all'areola. Mi sbilanciai in avanti e gliele baciai con precisione, infine da incontinente. Lei gemette e io abbassai le mani all'ombelico, sfiorai l'inizio del pube, mi bloccò. Mi confinò contro lo schienale e chinò la testa, lo fece sparire in

bocca. Fu uno spasmo incredulo. Mugolai mentre lei sussurrava, Vas-y Libero, vas-y, lo rimangiò e io balbettai che stavo
venendo. Lo prese in mano e lo agitò, mi inarcai sulla poltrona, chiusi gli occhi.

Avevo cominciato a perdere il mio candore, lì, dove mio
padre era finito.

L'esterno più dell'interno: lo scrissi nel quaderno di Lupin per tradurre lo sconquasso di quella notte. Dormii solo,
immobile e supino, e quando mi svegliai seppi che qualcosa
era cambiato. Da poche ore la mia carne era diventata au-
toimmune: riconosceva solo la mano altrui. L'idea di tornare
alla masturbazione mi destabilizzò, dava un preciso senso di
vuoto e un'inconsistenza perfetta. Avevo rotto la simbiosi
con me stesso. Ero diventato il fuori. Ero negli altri, ero in
Lunette.

Saltai l'università per correre all'Hôtel de Lamoignon,
quando mi vide Marie annuì prima che aprissi bocca. Rise,
– È andata bene, Grand.

Dissi di sì, era andata bene. Anche se ero ancora vergine.

Si tenne lontana dai dettagli, ma volle sapere il disordine
del mio cuore. Ero in subbuglio, pas vrai? Allora dovevo
ascoltarla bene: mi raccontò che stava frequentando un ar-
chitetto di nome Jacques che le piaceva molto. Era sposato,
il solito copione. Però adesso aveva una strategia sicura presa da un romanzo appena uscito. Mi disse di aspettarla e
andò dentro, ritornò con *L'amante* di Marguerite Duras.

– È furba come Miller?

Scosse la testa e mi assicurò che in quelle pagine c'erano
le risposte che cercavo. Lei le aveva trovate ed era pronta a
riscoprire con Jacques ciò che sacrificava da sempre.

– Che cosa? – domandai.

– Moi-même, – lo ripeté in italiano, – Me stessa.

Nei giorni successivi venne alla luce la parte di me che era me stesso. *L'amante* mi apparve come un romanzo strabiliante per la grazia con cui una donna osava. La ragazzina e l'amante ricco eludevano i cliché lolitiani e si concedevano la verità dell'eros: il godimento. E l'approdo all'autenticità. L'aveva scritto una donna che era riuscita a mettere al tappeto Henry Miller e il suo intellettualismo sessuale. Mi colpì, senza però lasciare insegnamenti pratici. Me la dovetti cavare da solo. Vidi Lunette al cinema, andammo ad assistere all'ultima proiezione del cinema Louxor: *Qaid*, un film indiano che nessuno dei due seguì perché impegnato a occuparsi dell'altro. Ci baciavamo, mi sfiorava e la sfioravo, l'attesa generava tripudio. Aspettavo senza scalpitare, estasiato, mentre la farfalla nera custodiva la mia illibatezza come una creatura in via di estinzione. Trasformavo la vigilia in festa e avanzavo a piccoli passi verso la sacra iniziazione. Assaggiavo di lei quanto potevo, avvistavo l'evento, quando tentavo di bruciare le tappe era lei a fermarmi: mi bloccava le mani, poi mi appoggiava una guancia sul petto, Tant pis mon amour, con pazienza amore mio, è solo l'inizio.

Fu davvero l'inizio. E *L'amante* fallì, andammo oltre l'incontro dei sensi. Ero ancora illibato, ma già in prossimità del "moi-même" che Marie si era decisa a inseguire tardivamente. La grammatica della libido si appropriò del mio assetto neuronale, più della letteratura e dello studio del diritto. Dovevo apprendere, avevo perso troppo tempo. E questo era il punto che avrebbe portato alle mie future impudicizie: i tempi della repressione erano finiti troppo tardi creando pulsioni di riscatto. Un anno mancato di sessualità in adolescenza poteva corrispondere a cinque anni spregiudicati in adultità, ecco la sorte a cui andavo incontro se non avessi allineato l'anima agli ormoni.

Così Lunette architettò la caduta del mio candore con

dolcezza, e sotto la legge dell'imprevedibile. Protesse la mia verginità per giorni in cui convertii l'attesa erotica in sommossa creativa, a tratti soprannaturale. Scelsi la pazienza, e investii nell'atto mancato. Il vero amplesso è il non fatto, il mai avuto, lo sfioramento eterno: aspettavo il consumo della seduzione in un preludio felice. Irradiavo celestialità, generavo sorprese. Al lavoro mi offrii di dare una mano per sostituire lo chef ammalato con ricette bella-figura, preparai variazioni di omelette alle erbe aromatiche e miele, zuppe agropiccanti e polpette di pesce, inventai la "crêpe Magots": un intruglio di mele e mascarpone che stupì clienti e proprietari, entrando a furor di popolo nel menu. Anche a casa la mia ouverture erotica sfociò in un'empatia: accompagnai mamma nei suoi maquillage notturni al servizio di smorfiose da imbellettare per la disco, l'assistevo come autista per Parigi e nel passarle i ferri del mestiere durante il trucco. Insieme brindavamo al grottesco della nouvelle vague con un bicchierino di Pastis prima di dormire. Mamma mi fissava e rideva sotto i baffi, Stai sbocciando ometto di mondo. E poi leggevo leggevo leggevo: fu *Albertine scomparsa* che incorniciò il mio sabato del villaggio sessuale. Era il libro della *Recherche* che Proust scrisse in memoria dell'amante morto in un incidente aereo. La sua disperazione amplificò la mia gioia: io l'amore l'avevo, e stava per esplodere. Era la ricerca del tempo futuro.

Rimasi a ridosso delle Colonne d'Ercole per settimane, felice e felice, saziandomi di un nuovo alfabeto di attese che tamponò le falle della mia vita. Poi quelle colonne le oltrepassai.

Tornavamo dai Deux Magots, avevamo discusso con gli altri di Simenon. I Maigret erano al pari dei romanzi duri? Io e Lunette ci scontrammo, per me Simenon aveva una narrativa del giallo che era letteratura, per lei libri come *Lettera al mio giudice* umiliavano Maigret. Lunette rincarò la dose con l'assoluto disprezzo per la misoginia di Simenon che lo rendeva un narratore parziale. Dissi che doveva evitare di proiettare le sue manie di persecuzione femministe nei libri. Era un attacco a mia madre, mais oui, e me lo concessi. Non parlammo per tutto il tragitto di ritorno e quando fummo sotto casa evitai di chiederle di salire.

Lunette aspettò che aprissi il portone, si intrufolò sulle scale, poi nell'appartamento. Mi prese per mano e mi accompagnò in camera da letto. Mi lasciò in piedi, si sedette sul bordo del materasso e mi slacciò i pantaloni. Li sfilò e mi guardò dal basso, a lungo. Aveva questi occhi grandi che non riuscivo a sostenere. Mi prese in bocca, mi lavorò con la lingua finché mi indurii. Si sfilò i pantaloni, si tolse la maglia e restò in reggiseno, si sbarazzò delle mutandine. Le luci dei lampioni entravano dalle persiane e davano penombra. Abbassai lo sguardo e la vidi. Piccola, annerita dalla peluria rasa, il monte di Venere impercettibile.

– Hai paura, Libero?

Annuii.

Fu lei a condurmi. Ci stendemmo, lei aprì le cosce e io esplorai l'origine du monde con le labbra, e la lingua, il naso. Sapeva di buono, profumava di Lunette che era salsedine e confettura. Mi cinse il collo, mi invitò su di lei. Mi sostenni sulle braccia e mi feci guidare, lo strisciai sulle grandi labbra e per un attimo volli finisse così. Invece Lunette mi abbracciò e mi premette dentro di lei. Fece con calma, oscillò a destra e io lo fissai sparire in quella fessura minima. Gemette, la baciai, baciai il seno, afferrai le sue cosce e le braccia e ricordo i suoi occhi vitrei mentre la prendevo e perdevo la cognizione del tempo e di me stesso.

Mario, l'ho fatto. Con Lunette. Dillo a Lorenzo, così la finisce di mettere in giro certe voci. Non ti chiamo perché a casa non ho il telefono e dovrei andare da mia madre e sai com'è. Magari provo dal lavoro domani. Perché non vieni a trovarmi a Parigi con Anna? Io sono inchiodato qui tutta l'estate. Lunette ti piacerebbe, a chi non piacerebbe.
Ciao mon ami,

Libero

Facevamo l'amore ogni giorno. Nel bagno dell'università, a casa mia, sulla poltrona di Monsieur Marsell o sul letto, senza fretta. A volte nella toilette dei Deux Magots. Ignoravo il monito di mia madre: Usa le precauzioni, ometto di mondo. Provai un paio di volte, lui si afflosciò. Così inseguii il mio vigore senza barriere, con l'assoluta meraviglia di una scoperta: capii che il sesso sfidava la fantasia, e la vinceva. Praticarlo era meglio di immaginarlo. Il sabato del villaggio lasciava spazio a una domenica sublime. Con questa consapevolezza iniziò la mia stagione lumière.

Ogni pomeriggio andavo al Café, fluttuavo da un tavolo all'altro, tenevo più bicchieri nel vassoio senza farne cadere uno, controllavo anche sei ordinazioni in contemporanea. Philippe mi guardava stranito, e anche gli altri ragazzi: ormai sapevano tutti. Io e Lunette ci baciavamo davanti a loro, Antoine si copriva gli occhi. Con lui non potevo parlare della mia nuova vita erotica, per gelosia e perché ci stavamo allontanando. Ci vedevamo agli incontri e per brevi passeggiate sulla Senna, smise anche di venirmi a trovare. Lunette mi confidò di temere per l'amicizia tra me e suo fratello, la protesse invitandomi da lei, sua madre preparava riso con ananas e pollo e con tutta la famiglia ammucchiata in salotto mangiavamo e discutevamo delle nuove ondate razziste europee, dell'Italia, dei parigini e della fondue au fromage. E di

Mitterrand. E dei Bleus, la Nazionale francese univa me e suo padre e suo fratello nell'unico mio interesse calcistico. Così io e Antoine ritrovammo squarci di intesa, era la nostra fratellanza, si integrò piano piano al rapporto con Lunette. La famiglia Lorraine mi stava adottando e chiedeva di mia madre, Perché non la porti qui a cena, Lib? Farfugliavo un mezzo sì e prendevo tempo. Poi fu Lunette a insistere per invitarla, arrivai al compromesso: saremmo andati noi da lei per limitare i danni.

Mamma aveva intravisto Lunette al funerale di papà e l'aveva battezzata secondo la sua passione per i minerali: un'onice del Madagascar. Aveva continuato a chiamarla così, Onice, un sibilo elegante e sinuoso. Il giorno della cena mi chiamò al Café per essere rassicurata sui gusti alimentari della mia pietra preziosa.

– Vi aspetto per le otto.

Speravo ci fosse anche Emmanuel. Era un uomo che animava un trauma. Ma aveva una qualità che non gli sfuggì mai: la discrezione. Riusciva a contenere mamma lasciandole l'eccentricità e con me era sempre stato presente. Lui mi aveva aiutato a rimettere a posto l'appartamento del Marais, lui era venuto a prendermi dopo il lavoro per una settimana, lui aveva offerto invano l'aiuto di un amico psicoterapeuta quando mi ero ritrovato senza padre. Lui aveva dormito sul divano della mia nuova casa le prime sere dopo che ero andato a vivere da solo. Soprattutto: Emmanuel aveva permesso che io e mamma legassimo bene nella distanza, trasformando la mia assenza in esempio di sacrificio. Quando entrammo nella casa di rue des Petits Hôtels ci accolse in scarpe di vernice e con un cravattino fantasia. Fece il baciamano a Lunette e prese la bottiglia di Chardonnay che avevamo portato. Dichiarò di essere eccitato all'idea di passare una serata con degli under 60. Ridemmo, mentre mamma sbucava dalla cucina in gonna e camicetta: era ingrassata, mi baciò e si mise davanti alla farfalla nera. La fissò con incanto, a lungo, poi disse Tu es superbe, e la strinse. Le chiese se le dispiaceva essere chiamata Onice per la sua bellezza mineraria. Io e Emmanuel ci guardammo, Lunette trattenne un sorriso:

– J'aime Onice.

Ci sedemmo a tavola. Qui cominciò l'intesa tra mamma e Lunette Lorraine, che non dipese da quanto la mia fidanzata amò i cappelletti alla scorza di limone o dal fatto che si trovarono d'accordo sul riverbero femminista e sulla possibilità di convivenza tra educazione religiosa e progressismo, nemmeno dal maquillage che Madame Marsell fece a Lunette e che fu straordinario. Il legame tra le donne della mia vita andò oltre anche alla passione comune per le sculture cubiste e all'abitudine di visitare il Centre Pompidou nelle aperture serali. La scintilla nacque per una gentilezza che accadde a metà cena, quando la pirofila aveva rischiato di marchiare a fuoco le dita di mia madre. Madame Marsell la stava portando dalla cucina al tavolo: si era fermata a soffrire a metà strada, Lunette si era alzata di scatto e gliela aveva presa senza pensare al calore. L'aveva appoggiata in tavola, e mentre si soffiava sulle dita aveva detto: Anche la mia mamma è piena di cicatrici.

Prima di andarcene Madame Marsell mostrò casa alla sua ospite. La libreria occupò metà della visita, Lunette era stupefatta dalla varietà delle edizioni. Mamma le regalò *La vie aigre* di Luciano Bianciardi. Poi l'accompagnò in camera mia e prima di andare con Emmanuel in cucina la invitò a soffermarsi nel rifugio della mia adolescenza. Lunette curiosò, capì dai pochi libri che ero stato un lettore tardivo attraversato dalla febbre per gli indiani. Si imbatté nel quaderno di Lupin, lo lisciò piano, e rimise in equilibrio i dinosauri in miniatura che franavano a terra da sempre, pizzicò la mia vecchia sciarpa a righe blu e bianche. Aveva questo modo di sfiorare le cose, si posava su un fermacarte e su una penna, restava sovrappensiero per introiettare ognuna di quelle materie. Rimasi alle sue spalle, lei fissava la fotografia della mia tartaruga Robespierre, le accarezzai la nuca. Si voltò e mi abbracciò. Ci tenemmo lì e per la prima volta avvertii la paura che le succedesse qualcosa, e che la mia felicità fosse la sua, e anche i dolori e le apprensioni e le possibilità di qualcosa di buono. Non ero più vulnerabile per me stesso, ero fragile per noi. Passavo dalla prima persona singolare alla prima persona plurale. Intuii lì, in quell'abbraccio furtivo, che avrei potuto prendere le ferite di un altro essere umano e tentare di ripararle, e che io stesso avrei potuto affidare le mie. Quel giorno lo feci nella mia cameretta, le chiesi di sedersi sul letto e mi slacciai la cintura, e non dovetti spiegare che quello era l'unico modo per liberare il luogo della mia purezza dalle solitudini e dai carichi di sogni e repressioni. Dal trauma di mamma ed Emmanuel. Lunette lo fece, mi liberò, e mentre mi mangiava con le labbra dipinte da mia madre, io perdevo la mia infanzia di mansuetudine, di ometto di mondo, di individualità, a favore di un punto di non ritorno.

Allora era questo l'amore? Una prima persona plurale? Lo chiesi a papà: dalla fotografia sognante della lapide capii che sì, era anche questo.

Così io e Lunette ritagliammo su di noi l'anno che venne. Ci vedevamo alla Sorbona per un caffè o per pranzare, chiacchieravamo sulle gradinate. Lei aveva trovato un lavoretto come correttrice di bozze in una casa editrice universitaria e cominciò ad aiutare il professore di sociologia in un seminario. Le matricole si accalcavano per assistere ai suoi interventi di contenuti istituzionali intrecciati a film e romanzi. E per vederle il culo. Alla Sorbona mi scontrai con le reazioni sconcertate dei laureandi che le stavano intorno: erano scandalizzati della sua relazione con me, un italofrancese insipido e acerbo. Quei bisbigli mi scivolavano addosso, Lunette invece li ignorava a fatica e si giustificava. Litigammo molto, poi lei acquistò una fierezza di coppia che spazzò via ogni protesta. Mi smentì sviluppando una dedizione al legame che era anche la mia. Imparammo un alfabeto minuzioso che parlava di gesti piccoli e di protezioni minute. Mi facevo trovare sotto casa sua per accompagnarla in università, lasciavo ad Antoine biglietti ironici perché li mettesse sotto il cuscino della sorella, la facevano ridere prima di dormire, cucinavo stramberie associando ogni ingrediente alle nostre sfumature caratteriali, da consumarsi in picnic a place des Vosges. Toglievamo energie alle parole per darle ai sensi, le bastava guardarmi e mi bastava guardarla, così sviluppammo la nostra telepatia sentimentale. La nominavo a mente senza sentirla tutto il giorno, lei diceva di fare lo stesso, certe volte chiamava al Café per sussurrarmi un'unica frase: Leva gli occhi di dosso alle turiste.

Era gelosa, voilà. Aveva notato una rivoluzione che avevo percepito anche io: piacevo. Gli occhi delle donne mi cercavano, si soffermavano. Stavo sviluppando l'alchimia della carne che Marie aveva predetto. Philippe osservava stupefatto dal bancone: l'ex illibato per antonomasia agitava i gruppi di ragazze ai tavoli, e qualche donna matura.

– Perché non ne approfitti? – mi disse una volta.
– Moi, j'aime Lunette.

Tra i due il possessivo ero io, tendevo a controllarla con domande a trabocchetto: riusciva sempre a dissipare il dubbio gratuito. C'era qualcosa di più, e mi spaventò: quando gli uomini la fissavano, io sentivo piacere. Non era orgoglio, ma una vera e propria epifania che mi portava a sfoghi magnifici.

Il demone era arrivato e si tradusse con una domanda, una sera prima di dormire: – Pensi mai ad andare a letto con qualcun altro?

Lunette sorrise, – Quelquefois, c'est normal. Et toi?

– Qualche volta anche io.

Tenni per me le fantasie pericolose: vederla posseduta da altri, da Philippe, da quel viscido del suo professore, da un morettino che veniva alle riunioni, dai laureandi, da chi l'aveva eternamente bramata. Immaginavo i suoi lineamenti alterati durante il consumo fedifrago, sentivo il suo atto liberatorio schiacciato dal senso di colpa e lo sgomento di chi, incredibilmente, la stava possedendo. Anche mentre facevamo l'amore fingevo di essere un altro, personificavo l'estasi di chi l'aveva conquistata al di là di ogni aspettativa. Erano eccitazioni eterne. Triplicai i miei onanismi, tutti dedicati alla Lunette traditrice: e venivo venivo venivo.

Fu uno smottamento che intensificò la mia passione per lei, ci stavamo addosso, commossi e ebbri, complici. Fissammo una regola anti logorio: al massimo poteva dormire da me due volte a settimana. Lasciò uno spazzolino lilla nel bagno e una specie di camicia da notte nell'armadio. Arrivarono mesi furiosi di cinema e libri e filosofia, una divergenza di interessi l'avevamo sulla politica: lei era dentro fino al collo, a me annoiava. Le regalai la tessera del Partito comunista di papà, la mise nel portafogli.

E poi nella mia vita c'era mamma, certo. Lei e Onice uscirono insieme. Andarono a qualche mostra o a teatro e a camminare nel V arrondissement, certe volte a Notre-Dame o Saint-Vincent-de-Paul per due chiacchiere con Dio. Lunette conobbe padre Dominique e mi disse che adesso lui sapeva tutti i suoi peccati e di conseguenza anche i miei. Mamma le parlava poco di me per rispetto. E per intelligenza. A Lunette sembrava una donna eccentrica in apparenza, il midollo affondava nell'etica e nel coraggio. Era vero. La loro alleanza mi dava sollievo. E un senso preciso di solidità. L'ultimo anno e mezzo aveva cambiato il mio cervello: la collusione sentimentale e il sesso avevano invaso di endorfine i neuroni, che diventarono scaltri. All'intraprendenza intellettuale aggiunsi l'incoscienza: durante gli esami universitari mi presentavo con minor preparazione e suprema audacia. Il secondo anno andò meglio del primo. La placidità resisteva anche se in ostaggio del coito: qui davo voce alla contraddizione. Lo chiamavo Il lato insospettabile. Ebbi una prima avvisaglia la sera che vedemmo *Il colore viola* di Spielberg. Tornammo a casa in silenzio, la tenevo stretta pensando ai soprusi patiti da Celie e all'affanno del riscatto. Mentre scopavamo per lenirci dalle ingiustizie del film emerse l'insospettabilità. Lei era a pancia sotto, io la prendevo aggrappandomi ai fianchi, dal niente le schiaffeggiai il sedere. Colpii a mano aperta, ancora, Lunette alzò un pugno per dirmi di calmarmi e a quel punto sussurrai Zitta negra. Dissi così: Zitta negra, e la forzai a terra. Lei si voltò di scatto, mi fissava. Sapeva, e sapevo anche io, che stavo perdendo del tutto la purezza.

Il lato insospettabile si presentò ancora e sia io che Lunette lo ignorammo. Lei rovistava in me alla ricerca del vecchio candore che sopravvisse nelle mie insicurezze: mentre servivo al Café, durante qualche discussione sui libri, quando mi presentava gente nuova.
– Tu as peur, Lib? – Lunette insisteva su quella domanda, ogni volta, e sperava nella mia risposta affermativa.
– Oui – la rassicuravo, non ci credeva e non ci credevo più nemmeno io. La paura aveva lasciato posto all'esplorazione affettiva e a un eros controverso.
Facevamo l'amore spesso, non quanto e come i primi

tempi: lei si ritraeva per finire di leggere un romanzo o per l'ansia legata alla tesi di laurea. Allora chiedevo se potevo fare da solo. Lunette annuiva e iniziavo con il movimento di liberazione mentre le sfioravo il sedere, il seno, guardandola e inscenando nella mia testa suoi tradimenti. Cercavo le complicazioni, la normalità erotica era in affanno. Si erano estinti i toni medi, ora esistevano solo i bassi o gli acuti.

Negli ultimi mesi dormiva da me cinque volte a settimana e ognuna di quelle notti erose le nostre baruffe passionali che diventarono nuove geometrie d'intesa. Barattammo amplessi con chiacchierate serali a letto, le gambe intrecciate e la testa contro la testa, fissavamo il soffitto e immaginavamo incantesimi. Lei sarebbe diventata un politico della gente comune, io un avvocato delle cause giuste, avremmo avuto tre bambini e due cani, possibilmente una tartaruga. L'immaginazione più della realtà, questo era cambiato. Cercavamo mondi di appartenenza e ci lasciavamo sfuggire le orbite che ci avevano fatto incontrare, quelle dei dettagli e dello stupore, della solitudine vinta con l'impeto del corpo. Glielo sussurravo mentre lei dormiva rannicchiata sul fianco sinistro, mi avvicinavo e sentivo il suo respiro sottile e le bisbigliavo Torniamo a com'eravamo.

La trasformazione del nostro rapporto mi portò all'Hôtel de Lamoignon. Chiesi consiglio a Marie, le confidai la distrazione di Lunette e anche i miei furori quando la pensavo con altri.

– L'eros pretende l'imprevisto. Non temetelo, Grand. E non temete l'assestamento.

Secondo Marie mi trovavo nella curva amorosa che struttura un legame nella vera complicità. Quella che lei non era mai riuscita a superare. Nemmeno con Jacques. Disse che era un fatto di svuotamento: – Più c'è passione all'inizio, più sarà difficile dopo. Ci vuole impegno, Libero, e bisogna tirare fuori i conigli dal cilindro.

Impegno e conigli dal cilindro.

Com'era straordinariamente bella, e infelice, Marie Lafontaine. L'abbracciai.

A un mese dalla laurea di Lunette aprii il barattolo dello zucchero e tirai fuori il mio coniglio. Le mance. Le contai e presi un foglio di carta, lo divisi in dieci pezzi. Andai dalla mia farfalla che studiava in camera e mi stesi accanto a lei. Quando leggeva aveva degli occhialetti sulla punta del naso. Glieli sfilai e dissi che doveva scrivere in ogni pezzo di carta un luogo del mondo che voleva visitare con me.

– Je dois étudier, Lib! – sibilò, la baciai.

– Dieci luoghi – insistetti.

Scrisse: *New York, Italia, Lisbona, Gerusalemme, Tokyo, Polinesia, Cuba, Buenos Aires, Vietnam, Mosca.*

Fino ad allora eravamo stati insieme a Londra, ad Amsterdam e in Costa Azzurra per un fine settimana lungo. Il problema era il lavoro che mi teneva al guinzaglio. In più, c'era la questione dei soldi: le correzioni di bozze e le sostituzioni all'università le davano il giusto per campare e dare una mano ai suoi.

Questa volta avevo risparmiato ogni franco degli ultimi sei mesi e avevo obbligato Philippe a concedermi una settimana estiva di ferie. Era il mio regalo di laurea per lei. Lasciai Lunette allo studio e mi diressi all'agenzia di viaggi vicina a place des Vosges, prima di entrare pescai uno dei pezzetti di carta: *New York.*

Chiesi due biglietti aerei per il Nuovo Mondo, un pied-à-terre nel Village e uno spettacolo a Broadway.

Per le vacanze io e papà facevamo la stessa valigia. Mamma aveva quella di Louis Vuitton, noi un borsone della Spalding con le cinghie di corda. Monsieur Marsell me ne lasciava tre quarti, e in più potevo prendermi la tasca fuori. Lì mettevo un trenino o un indiano di plastica, a volte un puzzle di pochi pezzi. Poi mi sedevo sopra e papà provava a chiuderla, Forza Libero, spingi!

Andai a prendere la Spalding in rue des Petits Hôtels, era sul fondo dell'armadio con ancora l'etichetta Air France di un vecchio volo per il Marocco. La ripulii, c'era sabbia e un laccio rotto. La portai a casa. La riempii di una metà esatta.

Partimmo ai primi di settembre, Lunette salì in aereo con un panama in mano e una laurea a pieni voti alla Sorbona. Le avevano offerto un piccolo posto in università, la possibilità di un dottorato, uno stage alla redazione di "Le Monde". Decise che avrebbe scelto a Central Park mentre imboccava uno scoiattolo, passeggiando per le vie di Brooklyn o addentando un hamburger in un postaccio dell'Alphabet City.

Invece New York sparigliò le sue carte, e le nostre, come nessuno dei due avrebbe immaginato. Dipese da un insieme di coincidenze e dal demone che tornò.

Quelli dell'agenzia avevano pescato una camera in Bleecker Street, linda e a buon mercato, con il bagno in comune e una posizione invidiabile. Ricordo la febbre di Lunette: per lo stile dei newyorkesi, per il senso di adeguatezza di tutti, per i cappuccini walking, per l'instancabile sperimentazione. Mi confidò di sentirsi combattuta: eravamo nella terra del capitalismo, ma tutto le sembrava magnifique. Dovevamo andare a ballare. O a mangiare. O ad abbracciare le persone. Fu allora che tirai fuori i due biglietti per Broadway. Il ringraziamento consistette in un bacio, lungo e casto, abbarbicati sulla sedia a dondolo della nostra camera. Lei nuda, il panama in testa, io nudo che la stringevo, New York New York.

Andammo a vedere *Les Misérables*, e ci mancò poco che cambiassi idea sul teatro, mi annoiava da sempre, e sui musical. Un colossal ben fatto con dettagli kitsch intelligenti. Musiche e costumi sopra le righe, Lunette era in estasi. Uscimmo contento io, entusiasta lei. Mangiammo un hamburger al Corner Bistrot, la soffiata era di Philippe, e passeggiammo a lungo. Discutemmo di quanto la puzza sotto il naso ci precludesse le emozioni dozzinali, erano pur sempre emozioni, n'est-ce pas? Lunette faticava a cedere, promise che avrebbe usato quella vacanza per farsi sorprendere. Ci dirigemmo a Chelsea a passo lento e stupefatto. Le americane mi apprezzavano, gli americani la assaltavano di sguardi. La negritudine francese catalizzò attenzioni per l'intero tragitto. Le rivelai che il desiderio altrui mi dava estasi.

– Pourquoi?

– Non lo so perché.

Rimase sovrappensiero, poi mi baciò. Era una serata meravigliosa. Si tolse la pashmina e passeggiò con il seno più esposto. Ricordo un sentimento indefinito: gelosia e voglia, il terrore legato alla vertigine. Scegliemmo un club che le aveva consigliato un suo collega, suonavano jazz fino a mezzanotte e poi pezzi che movimentassero la serata. Mi bloccarono all'entrata, quando si accorsero che ero con Lunette mi lasciarono passare. Il mio passepartout per la Grande Mela. Bevemmo abbastanza per ingannare la noia del jazz, poi attaccarono a suonare rock e altro, ricordo gli Stones e Bowie. Lunette si scatenò. Dal tavolino la guardavo muoversi nella pista minuscola. L'atmosfera si scaldò e finimmo tutti a ballare. C'erano ragazze magnifiche, alcune strabilianti, e uomini di classe. E altri corpi, altri odori con cui l'America sbaragliava la Francia. C'era una biondina con un vestito succinto che stava addosso a un buontempone in abito scuro. Un gruppo di ragazzi con l'aria esotica li fissavano dai tavolini, alcuni si alzarono e si unirono alla coppia. Ronzavano intorno e sia il buontempone che la biondina si divertirono per l'accerchiamento. La farfalla nera danzava come ai bei tempi, inarcava la schiena e scuoteva i fianchi, si tolse il gilet di jeans e rimase in camicetta. Quando si spostò da un lato all'altro della pista intercettò due dei ragazzi esotici che le si misero intorno. Lei mi cercò e io annuii, non mi infastidiva. Avevo un piede nel territorio del diavolo. Tornai al tavolino, trangugiai il mio Martini e mi godetti lo spettacolo. Mio padre era stato un giocatore di carte con un'irresistibile attrazione per il rischio. Detestavo le carte, non il rischio. I due ragazzi strinsero Lunette tra loro, lei si divincolò e mi fissò ancora, e ancora io annuii. Permise che la incastrassero in mezzo, ballavano in una composizione incantevole. Uno era un tipo slanciato e ossuto, si agitava con la stessa leggerezza di Lunette. Poteva essere un ballerino o un musicista. Le ballava dietro, le fissava il sedere, scambiò posto con l'altro ragazzo, un tipo basso e più corpulento. Ora si sfioravano, bevvi il gin tonic di Lunette e assistetti alla prima violazione: il ragazzo ossuto prese una mano della mia fidanzata per tirarsela addosso. La teneva senza smettere di seguire il ritmo, oscillavano insieme, gli occhi chiusi, finché Lunette si divincolò. Fu lei, poco dopo, a tornare da lui. Gli andò accanto e allungò le braccia, il ragazzo le afferrò e la tirò a sé. Seconda violazione. Tremavo come prima di un amplesso. L'alcol mi isolava il senso di allarme e Lunette mi cercò ancora, io sorrisi. Volevo l'intrigo. Andai in pista e ballai fino a raggiungere il terzetto, la avvicinai. Le urlai in italiano all'orecchio: – Mi piace. – E me ne tornai ai margini, i due ragazzi mi guardarono e annuii anche a loro. Non mi alzai più. Erano al limite della pista e riuscii a vedere il patto tra i due amici, quello più corpulento abbandonò la scena dopo aver detto qualcosa all'altro. Cominciava l'attraversamento del confine. Mi trattenni quando il tipo slanciato le mise una mano sul fianco, e quando gliene mise due. Ne vidi una scendere sul sedere. Scolai il gin tonic e mi accorsi che Lunette gli indirizzava le dita sulla natica destra. Lui le prese anche la sinistra e ballarono per qualche tempo, così, come un lento su sottofondo rock'n'roll. Appoggiai un braccio sulle gambe e usai il polso per accarezzarmi, ero eccitato.

Lunette mi cercò ancora. Voleva un cenno per tornare mia, glielo negai. Era a suo agio, tronfia, regale. Capivo la sua materia più sepolta: l'assoluta brama di piacere, e di stravolgere. L'aveva dedicato a noi e all'impresa più potente che le fosse capitata, l'interruzione del mio candore. Adesso le stavo permettendo di andare oltre: poteva intorbidirlo. E lei lo fece. Ballò spostandosi di fronte a me, si appoggiava all'altro e lo guidava. Fissai lui, la camicia mezza aperta e il viso stravolto dal sudore e dalla bramosia. Ricordo che Lunette mi guardò a lungo, di colpo sorrise. Decisi per l'irreversibile: annuii per l'ultima volta. Li vidi ballare ancora un pezzo e allontanarsi attraverso la pista, li seguii. Gironzolarono per il locale, lui la teneva per un lembo della camicetta e si faceva portare in giro, aspettarono davanti alle toilette e quando furono certi di essere soli si intrufolarono in quella degli uomini. Entrai appena dopo, il bagno era un lungo corridoio con dei pisciatoi a muro e quattro cabine con i cessi. Sentii che erano nell'ultima e mi infilai in quella adiacente. Il respiro di lei e di lui, la frizione dei vestiti, la vischiosità delle labbra. Ascoltai il tintinnio della cintura, provai a masturbarmi, il terrore strozzò l'eccitazione e io mi afflosciai a terra. Vedevo i loro piedi spuntare dal séparé e i pantaloni di lui alle caviglie, chiusi gli occhi e chiamai Lunette, Lunette.

– Lunette!

Loro si bloccarono. Lei sussurrò qualcosa al ragazzo, ci fu silenzio e altro tintinnio. Lui imprecò e uscì, passando diede un pugno alla porta della mia cabina, se ne andò. Poco dopo Lunette entrò da me. Aveva la camicetta aperta e le tette strozzate dal reggiseno, un capezzolo era fuori. Mi abbracciò e mi tenne stretto, si ricompose. Uscimmo.

Prendemmo un taxi e quando arrivammo a casa ci buttammo a letto. Dormii dandole la schiena.

99

Il giorno dopo bivaccammo a Central Park senza parlare, poi andammo al MoMA. Ci separammo da subito, Lunette esplorava le sale del museo con impazienza e passava oltre, la persi del tutto davanti ai Picasso. Ci ritrovammo in una sezione temporanea dedicata alla fotografia sperimentale, c'era quest'opera su sfondo bianco con quattro linee curve che si lambivano e davano forma a una croce o a una feritoia, feci un passo indietro e capii che era il punto dove i glutei e le gambe convergono. Lo fissai, delicato e ambiguo, brutale: quel corpo mi conteneva. Conteneva la profanazione della sera prima, il suo azzardo, e il rimpianto del giorno dopo. Il candore irreversibilmente disperso. Anche Lunette lo stava fissando. Si avvicinò alla parete e continuò a scrutarlo, disse – Voglio tornare a Parigi.

La guardai allontanarsi, volevo tornare anche io a Parigi. Uscimmo insieme e ci dirigemmo a Harlem, mangiammo in un posticino che faceva costolette e patate al cartoccio. A tavola osservavo il gestore del locale, un vecchio ossuto che batteva le mani due volte a ogni ordinazione. Lunette lesse i racconti di Somerset Maugham che le aveva consigliato Marie. Avrei voluto chiamarla, la mia Marie, per raccontarle tutto, e invece restai a guardare il vecchio che applaudiva i clienti e a sbirciare il viso sconvolto della mia fidanzata. Le chiesi com'era stato in bagno con il ragazzo.

– Quoi?

– Ti è piaciuto?

Non rispose, continuava a leggere, di colpo disse che era meglio andare.

Pagammo il conto e uscimmo tra i neri di Harlem con i loro sacchi portati sulle spalle e i bambini che avvicinavano i turisti sui marciapiedi. Lunette parlò dopo un paio di isolati, disse che la sera prima era un argomento chiuso.

Mi trattenni per metà pomeriggio poi cominciai a tor-

mentarla su cosa fosse successo in quel bagno. Mi doveva i
dettagli e le minuzie, le percezioni e le impudicizie.
– Tu es fou, Lib.
Non ero pazzo, ero eccitato e distrutto. Le estorsi qual-
cosa mentre mangiavamo un hot dog davanti a Staten Island.
Disse che lei aveva fatto quello che io avevo voluto.
– Cioè?
– Arrête-toi, Libero!
Le confidai un meccanismo maschile: un uomo doveva
sapere. Solo sapendo tutto, nei particolari più reconditi, po-
teva elaborare ed esorcizzare il tradimento.
– Pas de trahison.
Certo che era stato tradimento, legalizzato, ma tradimen-
to. Le chiesi di nuovo del ragazzo quando imboccammo la
Quinta Strada, mi rispose davanti al Rockefeller Center. Disse che le era piaciuto per come si muoveva, mi raccontò che
era un insegnante brasiliano di capoeira. Aveva un buon
odore? Lei annuì. Che odore era? Un buon odore. Era mu-
scoloso? Il giusto. Il giusto più di me?
– Lib!
Le chiesi scusa e le ribadii la mia necessità di sapere. A
metà della Quinta Strada riuscii a farle ammettere che lui
l'aveva baciata. Come baciava? Lei fece una smorfia insoffe-
rente, io le cinsi un fianco e la baciai come meglio potei, il
brasiliano era meglio di me?
– Tu es incomparable.
Mi placò per poco. Quando rientrammo a casa scarnifi-
cai ogni dettaglio: la pelle di lui, liscia, le labbra, troppo sottili, come l'aveva toccata? Glielo gridai e lei disse che l'aveva
toccata come fanno gli uomini. Sul sedere, afferrandolo, e
sulle cosce e poi le aveva slacciato due bottoni della camicetta. E poi?
Lunette si mise a piangere. Aspettai che si calmasse e ri-

cominciai. Il brasiliano le aveva affondato le mani sulle tette, era riuscito a toglierne una dal reggiseno e a succhiarle il capezzolo. Come succhiava?

– Normal.

Le slacciai il reggiseno e gliele succhiai, mi scostò e si rifugiò nel bagno comune dell'albergo. Quando uscì mi trovò nudo che la aspettavo. La baciai con dolcezza e le sfilai la maglia e i pantaloni. La portai sul letto e restammo uno accanto all'altra. Le domandai se lui l'aveva toccata tra le gambe, Lunette disse che non aveva avuto il tempo. E lei, lei lo aveva fatto?

Si voltò dall'altra parte e bisbigliò Pourquoi, Lib, pourquoi tu as voulu faire ça, piangeva e aveva il corpo attraversato da tremiti. Le tolsi le mutandine, aveva toccato il brasiliano tra le gambe, n'est-ce pas?

– Oui.

Fu un sì netto, esasperato. Mi gelò. Mi acquietai accanto, immobile, e assaporai la disperazione mista al desiderio. Finì in un'erezione acre. Mi misi a cucchiaio e cercai di prenderla, lei giaceva inerte, provai ancora mentre le proteggevo il viso tra i palmi. Mi aiutò e io entrai poco alla volta, lento. Sentii un'eccitazione inedita: ero il brasiliano che l'aveva portata a casa sua, una stanzetta nel Village, e ora poteva possederla. Il fidanzato di lei aspettava fuori, un italofrancese che non la meritava. Nemmeno lui la meritava, e l'incredulità per esserci riuscito lo gettava nel visibilio.

Aumentai il ritmo e chiesi a Lunette se le era piaciuto con uno sconosciuto. Mugolava di piacere, insistetti e lei disse di smetterla, continuai più forte e le rifeci la domanda, la vidi annuire. Aveva preso in bocca il brasiliano? Ora la scopavo profondo, lei si tenne all'angolo del letto e ansimò senza fiato. Lo aveva preso in bocca o no?

Lo bisbigliò: Un petit peu.

Un poco. Mi bloccai nel momento in cui finì di pronunciarlo. Mi sporsi e le guardai le labbra, lì, dove erano state profanate, e mormorai a me stesso le parole che lei mi aveva insegnato Con pazienza, amore mio. Tant pis, mon amour. Ci addormentammo, quando mi svegliai ero solo. Lei guardava Bleecker Street dalla finestra.

Per il resto del viaggio rimase il silenzio. Passeggiavamo e bevevamo caffè, lei abbandonò Maugham e non lo sostituì con niente. Se ne stava a osservare la gente liberata da New York. L'ultima sera la passammo a un concerto gospel a Harlem, ce ne andammo quasi subito e facemmo l'ultima falcata fino al Village.

Dopo che atterrammo sul suolo francese andai direttamente ai Deux Magots per il turno pomeridiano. Ruppi due tazzine a causa del fuso orario e della malinconia, io e Lunette non ci vedemmo per tre giorni. Quando venne da me ritrovammo i nostri angoli e facemmo l'amore sulla poltrona di papà. Ci tenemmo stretti, eravamo noi, era il terrore di perdersi. E l'illusione di essersi ritrovati.

Il giorno dopo portai un petit souvenir a Marie, avevo trovato in una libreria di Brooklyn la terza edizione di *Il vecchio e il mare* e non avevo resistito. Mi abbracciò forte e io le dissi che mi era mancata.

– Alors c'était un mauvais présage.

Era un brutto segno, sì. Ma non le confidai la storia del brasiliano.

Anche a mamma portai un regalo: una matita per gli occhi comprata in un bio-vegan shop dove Lunette aveva preso un fondotinta.

– Vuoi un giro di carte?

Rifiutai, e mentre mi ingozzavo di vitello tonnato Madame Marsell mi annunciò di Emmanuel, sarebbe entrato nella società del maquillage con la buonuscita della pensione. C'era anche una novità per me: l'avevano chiamata da Milano, il marito di una sua conoscente cercava un praticante per il suo studio di avvocati. Le risposi che non mi interessava, Paris est ma vie, poi trascorremmo il resto della cena a chiacchierare della sua intenzione di andare a Gerusalemme e dell'ipotesi di affittare o vendere la casa del Marais, ci interrogammo sul destino dell'universo almeno un paio di volte e finimmo a ricordare papà che consumava la minestra con il cucchiaino da tè. Mamma aveva un'aria impavida, e un sorriso che scacciava la tristezza. Al momento dei saluti venne vicino, mi strinse forte e all'orecchio sussurrò – Anche io e tuo padre litigammo a San Francisco. L'America gioca brutti scherzi, ometto, vive la France.

Mancava Antoine. A lui avevo preso un berretto degli Yankees e una riproduzione della Statua della Libertà. Lo chiamai un venerdì sera e appena venne alla cornetta inveì – Ti sei degnato, è una settimana che provo a chiamarti.

Gli proposi di vederci al Sacré-Cœur di lì a un'ora. Quando arrivai mi aspettava ai piedi della scalinata, le braccione spalancate. Ci stringemmo e mi confidò che in nove giorni non era riuscito a farsi raccontare niente del viaggio da Lunette: era tornata a casa solo per il cambio vestiti e si era rifiondata da me.

– A quando la convivenza ufficiale, cognato?

Evitai di rispondergli tirando fuori il regalo, lui ridacchiò per la sorpresa e prima di scartarlo mi diede la notizia: si sarebbe laureato in primavera e sarebbe partito subito dopo per un master con borsa di studio in California. Gli feci i complimenti.

E gli nascosi che sua sorella non aveva dormito da me una sola notte dal nostro ritorno.

Evitai di chiamare Lunette il giorno dopo, sperai di vederla fuori dal Café che mi aspettava leggendo "Libé". Trovai solo le foglie secche di Parigi.

Alla fine del turno mangiai una omelette e lessi qualche pagina di un autore americano in finale al Pulitzer con una raccolta di racconti: Raymond Carver. Scriveva senza orpelli e aveva un modo di mostrare la povera gente che mi ricordò Camus, o almeno l'effetto che fece su di me risultò simile: una malinconia priva di speranza. Aggiungeva la possibilità di un lieve riscatto.

Mi feci dare una moneta da Philippe e chiamai Lunette, suonò a vuoto. Salii su un autobus che mi avrebbe portato a casa sua, quel giorno Parigi mi sembrò diversa, avara, con le sue geometrie regali e senza l'incanto della nostalgia. Mi urtò, e io provai sollievo solo nella periferia di Belleville, ferita e brulicante, con i suoi poveri diavoli al bivio. Quando mi trovai di fronte al condominio dei Lorraine mi appoggiai al portone e presi fiato, mi attaccai al campanello. Nessuno rispose. Mi confusi tra la gente che fumava nel bar della via e aspettai. Arrivò l'intera famiglia di Lunette alla spicciolata, non lei. Avrei voluto chiedere aiuto ad Antoine, decisi di appostarmi ancora la mattina successiva.

Mi ripresentai un altro giorno e un altro ancora, finché vidi una moto inglese metallizzata fermarsi davanti al portone. La guidava un uomo sulla quarantina con la barba e il giubbotto di pelle. Il passeggero era Lunette, i capelli legati a codini. Rimasero a parlare, si baciarono.

Tornai a casa a piedi. Passai dove eravamo passati io e lei quella notte, usciti dal cinema Louxor, dopo aver visto *Ballando ballando* di Scola. Mi fermavo ogni venti minuti per riposarmi e leggere tre-quattro pagine di Carver. In un racconto una coppia litigava per tenersi il neonato dopo la separazione, era un pomeriggio di neve sciolta. Lo strattonavano, lui da una parte e lei dall'altra. La faccenda si risolveva in modo brutale. Io ero per le soluzioni invisibili, rimosse, innocue. Brulicavano di rimpianti e foglie secche. Andai a trovare chi mi aveva trasmesso il sentimento dell'arrendevolezza. Monsieur Marsell mi guardò dalla fotografia, l'espressione sognante. Gli raccontai di Lunette e lasciai un altro sasso ebraico sulla lapide. Poi gli dissi Avevi ragione tu.

Maturità

Partii un mese dopo. Stipai i miei ventitré anni nella Spalding e in due sacche da marinaio, mi feci portare da mamma ed Emmanuel a Charles de Gaulle.

Fu una decisione che non trovò ostacoli: mamma disse che era una scelta giusta, interrogò le carte e chiamò la sua amica per comunicarle che avevo accettato il lavoro allo studio legale. Parlai io con uno dei soci, il signor Leoni, e capii che era una buona offerta: sei ore al giorno per trecentocinquantamila lire al mese, più dei piccoli incentivi. Avrei dato una mano su cause di estradizione degli extracomunitari. Lo strappo difficile avvenne con i Deux Magots e con Marie: al Café organizzarono un brindisi con i clienti più affezionati a cui parteciparono i miei amici e non Lunette. Philippe si commosse, io non versai una lacrima, bevvi cinque flûte di champagne e mi feci riaccompagnare da Antoine. Il mio amico non l'aveva presa bene, continuò a scusarsi per il comportamento della sorella, era una testa matta, e pensava che avrei dovuto superare il trauma restando a Parigi. Gli dissi che non era un trauma e che non volevo più parlare di sua sorella.

– Ti conosco, Lib.

Mon ami aveva ragione, ero frantumato. Mi schermai, non parlai con nessuno, per un primo periodo mantenni le abitudini in modo impeccabile e vestii con una sciarpa rossa di papà che avevo trovato nella casa del Marais. Caddi in un unico episodio increscioso all'Hôtel de Lamoignon: frignai guancia a guancia con Marie. Evitavo di farmi vedere per strada, prendevo il metrò il minimo indispensabile, all'università non andai più. Studiavo da casa e a mamma dissi che sarei tornato dall'Italia solo per gli esami.

Partii davvero. Decollai da Charles de Gaulle in un pomeriggio terso, e mentre l'aereo prendeva quota e il mio vicino di posto si aggrappava ai braccioli della poltrona accennando un broncio di spavento, io allungai il collo al finestrino e sbirciai la mia Parigi che dall'alto è d'argento, Adieu, e la disprezzai con tutto me stesso per la sua bellezza folgorante.

A Milano mi sistemai in un monolocale in corso Lodi, una via di pavé e rotaie del tram a ridosso del centro storico. Il proprietario era lo stesso che ci aveva affittato l'appartamento quando vivevamo in Italia. Arrivai di martedì, appena varcai la porta di casa mi sedetti sulla Spalding riempita del quaderno di Lupin, di una trentina di romanzi più qualche straccio. Ero lo straniero in patria.

Avevo avvertito Mario e Lorenzo che sarei atterrato il giovedì per ritagliarmi un giorno di invisibilità. Me ne andai a zonzo per la città, il quartiere di Porta Romana dove vivevo era una ex zona popolare che stava diventando di moda. Per i parigini sarebbe stato un perfetto arrondissement bobo, io trovai dalmata al guinzaglio e pensionati spauriti. Alcune abitazioni tenevano ancora la stufa a carbone, nella mia c'erano la caldaia autonoma e una finestra che dava su un giardino interno con un ulivo.

La prima cosa che feci fu annotare sul quaderno: *Attraversa il deserto dei Tartari*. Sapevo che la partenza da Parigi era una fuga e che mi ero rinchiuso in una fortezza contro il dolore da cui dovevo evadere. Mi presi una pizza da un egi-

ziano sotto casa e mentre mangiavo scrissi all'unica persona
che volevo sentire:

Marie mia,
   l'inchiostro che ti arriverà sarà probabilmente sporco di
rosso. Non è il mio sangue, ma una Quattro stagioni che mi sta
facendo compagnia in questo momento.
   Milano è tale e quale a come l'avevo lasciata, ha il traffico
di Parigi senza Parigi. Ma ha già mantenuto il giuramento di
farmi sentire un cane sciolto. Ti ho promesso che sfrutterò que-
sta emancipazione e lo farò. Parola d'ordine: azzardo. Non rie-
sco a piangere, così appena finisco di scrivere mi sottoporrò ai
tuoi esercizi. C'è un'altra cosa: mi manchi.

Libero

Buttai giù quelle righe su una cartolina d'epoca con le
lavandaie dei Navigli. La infilai in una busta affrancata, presi
il walkman che Marie mi aveva regalato prima della partenza
assieme a una cassetta con delle canzoni scelte da lei. C'erano Mozart, i Pink Floyd, Brian Eno, roba New Age e molto
altro che lei usava per indurre il pianto e liberare l'organismo. Disse così: Devi liberare l'organismo prima che si so-
vraccarichi di dolore e ti comprometta. Misi le cuffie e mi
stesi sul divano letto, spinsi play e pensai a Lunette. Il cinema Louxor, le riunioni al Café e i nostri sguardi clandestini,
le passeggiate a place de Vosges, le labbra morbide, Ettore
Scola, il charleston. Mi mancò il fiato e mi si seccarono gli
occhi. Uscii di casa, imboccai corso di Porta Romana e proseguii in una viuzza che sfociava in una piazza barocca senza
tempo. Piazza Sant'Alessandro. Una chiesa la dominava di
colpo, maestosa e quasi stonata, con la sua scala da matrimoni. Scelsi il terzo gradino partendo dall'alto. Papà mi faceva
sedere lì la domenica, mentre mamma era a messa. Mi acco-
modai, lui non c'era.

Marie mi spiegò che era una fase del lutto: piagnistei e crollo della libido. In principio ci sarebbe dovuta essere l'incredulità per il trauma. Io l'avevo saltata a piè pari perché sapevo dal primo incontro che Lunette presagiva il rischio. Papà mi aveva avvertito e mamma mi confermò l'intuito di Monsieur Marsell, era una ragazza straordinaria e la straordinarietà non si controlla. Mia madre la vide una volta dopo il nostro ritorno da New York, Lunette si trattenne per un caffè e trovò una scusa per dileguarsi in fretta. Ora toccava a me sparire: se non mi fossi concesso questa parabola discendente, per Marie avrei compromesso la mia magia. Magia? Oui, Grand, tu as la magie.

Quando incontrai Lorenzo e Mario avevo gli occhi pesti e una magrezza emaciata. Mi abbracciarono stritolandomi come facevamo da bambini. In loro c'erano i miei opposti. Mario Crespi veniva da una famiglia borghese con un innato senso del controllo. Pacato, nerboruto, cauto: mi aveva protetto dal primo giorno delle elementari. Un fratello maggiore anche se di un mese più giovane di me. Lorenzo Bentivoglio era scapestrato, elegante e affabulatore. Probabilmente la testa migliore che avessi mai conosciuto.

Vollero sapere della Francia, della verginità persa, del mio lavoro ai Deux Magots. E di Lunette.

– Putain – dissero in coro appena vuotai il sacco.

Mi aggiornarono: solo Mario era fidanzato, stava con Anna da sempre. Una ragazza con un cuore che non ti aspetti. E un piglio oscuro.

– Oscuro?

– A letto.

Anna lo completava, me l'avrebbe fatta conoscere quando sarei uscito da questa morte rossa. Disse così: morte rossa. E prima che aggiungessi altro mi informò che non leggeva romanzi ed era in regola con gli esami di Ingegneria. Lorenzo invece andava a zonzo con la sua Vespa Special, stava tutto il giorno al bar Luna ed era il migliore del suo corso in Scienze politiche. Aveva trovato un modo per far soldi, giocava a tressette in qualche bisca. Tirò fuori dalla giacca una banconota da cinquantamila lire. Vuoi venire?

– Ho chiuso con le carte.

Mi aggrappai a loro. Alle chiacchierate al bar con il Bentivoglio sorseggiando China Martini, e alle passeggiate con il Crespi. Il giorno prima di iniziare allo studio legale, mentre camminavamo tra i negozi di via Torino, Mario mi rifece presente che c'era un'amica di Anna che avrei potuto conoscere. Gli dissi che avevo perso ogni stimolo.

– Lei saprà come resuscitarti.

– Rien à faire, merci.

Cher Grand,

per prima cosa voglio consigliarti un libro che devi leggere, "Mentre morivo" di William Faulkner. Segui la madre Addie Bundren e il figlio Cash: ti trasporteranno nel limbo dell'addio e ti garantiranno la forza del trapasso. Sapevi che Faulkner l'ha scritto in tre settimane su una carriola capovolta quando faceva il fochista in una miniera di carbone? È la storia di un viaggio. Quel viaggio.

Ieri in bibliò sistemavo uno schedario speciale con le strenne natalizie e continuavo a voltarmi alla vetrata: ti vedevo, gli occhi curiosi e il passo sottile.

E Milano? E tutti quegli avvocati? Secondo me potresti trovarne uno per la tua Marie, nel caso prenderei un treno domani mattina. A proposito: se non hai intenzione di tornare a Parigi entro due mesi verrò io.

Ricorda: non avere fretta.

Tua

M.

Mi aveva mandato una cartolina con Betty Boop che ballava il cancan. L'avevo tradotta in italiano e l'avevo riportata sul quaderno di Lupin. Marie valeva una pagina dei miei comandamenti e l'ubbidienza ai suoi consigli: per Faulkner emerse il problema di trovarmi una biblioteca, la verità era che la mia voglia di leggere era estinta. Andava peggio con lo studio. Negli ultimi due mesi c'era stato un solo libro: *L'insostenibile leggerezza dell'essere*, abbandonato a metà perché Kundera era magnifico nei legami fragili e mi scorticò. Trovavo sollievo nel camminare e in nient'altro. Avevo evitato i parenti alla lontana, i conoscenti alla vicina e la Milano che mamma mi aveva preparato. Emmanuel mi confidò che Madame Marsell era in pena, l'idea che fossi solo la impauriva. Mi raccomandai a lui: Dille che sto agganciando il vero karma. Manù glielo riferì, lei non si placò.

Affidai il mio approdo karmico ai piedi. Mi misi in cammino anche la sera prima di iniziare allo studio legale. Mi mossi tra le vie nascoste del mio quartiere fino al parco Ravizza, un quadrato di erba spelacchiata strozzato dal cemento. Mi sedetti su una panchina, c'era un vecchio con un alano pigro, indossai il walkman e mi rialzai, feci il giro del parco undici volte. Avevo il problema del sovraccarico. La vigilia della partenza, Marie mi aveva fatto leggere un articolo sulle brusche interruzioni: un cervello abituato a produrre endorfine e dopamina con regolarità si sarebbe trovato nei guai se da un giorno all'altro avesse invertito questa tendenza. Stare insieme a Lunette equivaleva a un organismo tempestato di sostanze del benessere, il suo abbandono improvviso aveva portato una carenza chimica e un ristagno energetico. L'unico modo era trovare una fuoriuscita: lo sport (illusione da sempre), l'aggressività (irresolutezza da sempre), il cibo, le droghe, il sonno e il sesso. Dormivo cinque ore a notte, mangiavo una miseria, detestavo perdere il controllo, mancavo di erezioni: rimanevano le lacrime e il *conatus sese conservandi* spinoziano su cui il professor Balois mi aveva interrogato nell'ultimo esame sostenuto alla Sorbona. L'istinto di conservazione, quel miserabile barlume che sradica il destino quando lo crediamo irreversibile. Si palesa quatto, infimo, decisivo. Lo avvertii al parco Ravizza, aveva le sembianze di un pungolio allo stomaco: Lunette, New York, il brasiliano, la moto inglese e il quarantenne con la barba incolta, accelerai il passo e proseguii verso la Bocconi, poi in viale Toscana, l'esile tangenziale che legava Porta Romana ai canali dei Navigli. Un percorso che mi aveva mostrato Lorenzo qualche giorno prima: imboccai lo stradone e incontrai la prima ragazza, una nigeriana sulla trentina. Chiese come mi chiamavo con voce gentile. Lei era Marika e se volevo potevamo stare un po' insieme. Aveva le spalle scoperte e un collo affusolato, da farfalla nera, fissai la negritudine in lei e nella ragazza che venne dopo e in quella dopo ancora e per tutti i duecento metri del viale. Il mio *conatus* si annidava nel colore che mi aveva iniziato. Corsi indietro, mi ripresentai da Marika e le domandai se potevo accarezzarle il collo. Le dissi che non avevo soldi, volevo solo accarezzarla. Quel collo era di un amore perduto. Lei sorrise, si allontanò.

Prima che partissi, mamma mi aveva regalato un tris di camicie e mi aveva fatto accorciare tre abiti di papà, la mattina in cui iniziai allo studio legale indossai il blu e infilai nella tasca interna *Lo straniero*. Mi presentai alle nove spaccate in corso di Porta Romana 23. Mi accompagnarono dall'avvocato Leoni, un signore che aveva giocato a bridge con l'amica di mamma per anni. Poi la segretaria mi indicò il mio posto: uno stanzino con altri quattro ragazzi e un tipino in frangetta e tailleur. Avevo una scrivania con una Olivetti, una penna rossa e una blu, i correttori, dei fogli bianchi, un telefono. Davanti c'era una finestra con la tapparella di ferro abbassata a metà e il tipino in tailleur, una ragazza sulla trentina. Mi strinse la mano senza dire il nome e si rimise al lavoro.

I Deux Magots, Philippe, i turisti, il furore delle riunioni, il cinema Louxor, il Marais e la poltrona di papà, mamma ed Emmanuel, Marie e l'Hôtel de Lamoignon, la lingua francese, il Roland Garros, le cediglie. Mi mozzò il fiato. Mi sedetti e rimasi immobile, poi presi un foglio bianco e scrissi piccolo piccolo: *Per insostenibilità*. Era questo il motivo per cui avevo lasciato la Ville Lumière. L'insostenibile assenza di papà. L'insostenibile assenza di Lunette. Più di un amore finito, di una disperazione, più di un sentimento: Lunette era la depositaria della mia purezza. Lasciandomi aveva dissolto il mio corredo in balìa della morte di Monsieur Marsell: ero stato di nuovo invisibile nella Parigi della consistenza.

La sera stessa in cui avevo visto Lunette con il motociclista mi ero messo a letto. Due giorni dopo mi ero alzato e avevo deciso che mi sarei affidato a Milano e a Mario e a Lorenzo: ai miei avanzi di radici. E a uno studio legale con il compito di rigenerare l'impeto che difende gli sradicati. In venticinque minuti nessuno mi rivolse la parola. Poi il tipino di fronte si aggrappò alla corda della tapparella e tirò senza riuscire ad alzarla, aveva un vestito di maglia blu che si attillò per la posizione scomposta. L'aiutai.

– Piacere, sono Libero.

– Frida.

Si chiamava Frida Martini, aveva trentun anni ed era la responsabile della mia divisione. Avrei fatto riferimento a lei per tirare fuori gli stranieri dalle carceri esistenziali. Vantava una laurea con il massimo dei voti in Statale, abitava ad Assago e nel tempo libero faceva arrampicate e mosaici. Guardava film americani e leggeva testi di diritto. Stava per sposarsi con un tizio con le Timberland che la passava a prendere a fine giornata. Era insipida, con occhi striati di verde e un

116

corpo proporzionato. In tre ore mi chiese di fotocopiare un'intera sentenza e di compilare un modulo. Poi l'ufficio si svuotò per la pausa pranzo, io andai in un giardino pubblico di cemento a venti passi dallo studio. Tirai fuori l'unico amuleto che avevo portato da Parigi: la tessera del Partito comunista di mio padre. Lunette l'aveva data ad Antoine perché me la restituisse.

Nella prima settimana fotocopiai cinque sentenze e diventai il tuttofare che rovistava nell'archivio dello studio. Parlavo con la segretaria, una madre di famiglia con le guance pendule, e con Frida. Ci esprimevamo a monosillabi tranne quando l'aiutavo con la tapparella. Aspettavo a offrirmi, la facevo prima aggrappare alla corda: aveva un fondoschiena strano. Abbondante e compatto. Fu la prima vitalità di Milano. Mi convinse a stendermi sul divano letto del mio monolocale resuscitando la carcassa del mio eros: la pensai con concentrazione, ottenni un abbozzo di sollievo e mi addormentai.

In studio continuai con le fotocopie e un giorno della terza settimana, uscendo dallo stanzino, mi accorsi di essere deriso per come vestivo. Papà aveva uno stile che era soltanto suo, io per niente, capii davanti a uno specchio che quelle ilarità avevano fondamento: le spalline della giacca mi affossavano, per non parlare dei pantaloni da clown. Chiesi aiuto a Frida e lei mi disse che sì, bastavano pochi accorgimenti per rimettere tutto a posto. Mi diede l'indirizzo di un sarto e un sorriso, ricambiai con tre bisous sulla guancia. Ruppi il protocollo. Era una tecnica che mi aveva insegnato Philippe ai Deux Magots per le clienti interessanti che lasciavano la mancia. Un gesto azzardato che spiazzava quelle donne generose, e vulnerabili. "Frustare il puledro": è l'espressione per un approccio che salta i naturali passi della seduzione. Frustai il puledro con Frida Martini e ciò che ottenni furono

117

dei vestiti al passo con i tempi e un sorriso sincero ogni mattina. Così, a sei settimane dalla mia entrata da Leoni, qualcosa accadde alla parte di me che preservava la fiducia nella donna. I francesi la chiamano colibrì: è il battito d'ali più rapido, e impercettibile, che l'animo maschile compie per riavvicinarsi al sodalizio con Venere.

Tentavo il mio volo, avevo ali stanche. Il battito andava allenato e io cominciai a elemosinarlo appena potevo: sorridevo alla proprietaria del bar sotto casa, alla cassiera della Standa, alle donne che mi trasmettevano placidità e che non scendevano sotto i quarantacinque anni. Ogni loro risposta disinfettava la lacerazione lunettiana: così seppi che il mio colibrì era ferito a morte, ma sopravvissuto. Me ne accorsi una mattina due mesi dopo il mio arrivo in Italia. Passeggiavo per corso di Porta Romana, ero in anticipo per entrare da Leoni, proseguii a oltranza. Durante il percorso ascoltai la K. 377 di Mozart che Marie aveva detto di usare in caso di malinconia con barlumi di speranza. Suivre le violon, Grand. Dovevo seguire il violino, e io gli rimasi alle calcagna finché non arrivai in piazza Duomo. Spensi il walkman e alzai la testa: la grande madre, il femminile che curava, voilà: era una cattedrale d'avorio. Il Duomo, la Notre-Dame d'Italia, e la città che l'ospitava: Milano. Le guglie, i rosoni, le statue, e i palazzi nascosti e i cortili timidi: c'era qualcosa che veniva dalla mia Parigi, ma che era meno sfrontato. Una piccola bellezza che dava pace. Qui ero nato, qui stava la mia architettura del sollievo. Minore, discreta. Era l'occhio, prima del cuore, prima del cervello, prima dell'istinto eiaculatorio. Dovevo tornare a guardare.

Mi feci aiutare da chi deteneva il mio codice originario. Mario e Lorenzo avevano intuito che l'esplosività della Ville Lumière era il simbolo della felicità perduta, e di una giovinezza da recidere. Andava rieducato l'occhio, l'apertura al mondo. Andava stanato il colibrì e liberato in una nuova foresta.

– Sali.

Fu questa la parola, e venne da Lorenzo. Il nostro perdigiorno mi offrì il suo strumento storico di indolenza, una Vespa Special che chiamava Assunta come sua nonna. Era color salvia e la sella aveva accolto ragazze succinte, qualche donna matura, compagni di avventure e il suo bastardino Palmiro Togliatti. Me la trovai davanti allo Studio Leoni un martedì pomeriggio. Lorenzo mi ordinò di salire, erano quasi le sette, gli dissi che dovevo tornare nel mio monolocale.

– Per cosa?

– Riflettere.

– Sali.

Quando andammo a casa sua a prendere Palmiro Togliatti seppi che Lorenzo se la cavava peggio di me, abitava in un casermone alla Barona, la prima periferia milanese. Si era trasferito lì dopo che la ditta di import del padre era fallita. Volle salire da solo, tornò giù portandosi dietro questo bastardino spelacchiato con gli occhi da topo. Lo sistemammo sulla pedana. Aveva un modo di godersi il viaggio che mi trasmise, sporgeva la testa a mo' di giraffa e seguiva la vita che gli sfilava accanto.

Andavamo in giro, spericolati, ricordo i clacson delle auto che ci superavano e gli ululati di Palmiro, la tenacia con cui mi aggrappavo a Lorenzo mentre sfioravamo un frontale. E ricordo la sua voce passando nel traffico di corso Buenos Aires (la migliore concentrazione di americane, ricordatelo Libero), corso Garibaldi e Brera (il Patuscino per il pianobar, il caffè Resentin per le artiste), le esplorazioni in zona Sant'Ambrogio dove si nascondevano i grandi cortili interni: se avvistavamo un portone aperto scendevamo al volo per intrufolarci in questi giardini privati, sontuosi, catartici. Era una Milano aspra da fuori, intima oltre le facciate. Il borbottio dell'Assunta sostituì Mozart e mi accompagnò ogni sera dopo il lavoro, sempre nei fine settimana. Dividevamo la benzina, mai la guida, e nelle strade di pavé prendevo Palmiro Togliatti tra me e Lorenzo, l'Assunta sobbalzava, insieme ululavamo in onore della piccola bellezza di Milano.

Le ali del colibrì ripresero a battere poco alla volta. Al lavoro sorridevo a Frida e lei sorrideva a me, continuavamo con i tre bisous, erano cortesie che mi aiutavano a digerire mansioni noiose. Ripensai a Camus: dov'era finito l'impeto dello Straniero? E l'etica della difesa? Consisteva in una ricerca d'archivio che sapeva di polvere. Avevo lasciato la missione a Parigi, mi stavo aggrappando allo sguardo. Cercavo di riconoscere la grazia degli umani, delle cose, l'accoglienza delle donne: l'Assunta, Lorenzo, Palmiro Togliatti erano il liquido amniotico di mamma e di Marie. Soprattutto di Monsieur Marsell. Lo pensavo sempre, non lo nominavo mai. La sua mancanza aveva la forma di una tessera plastificata del Partito comunista firmata di fretta. Affiorava dal portafogli, un amuleto spuntato, la tirai fuori l'ultimo giorno di settembre perché settembre era il mese di mio padre: per l'imbrunire, per le giacche indossate a bavero alto, perché a settembre le cose cominciano, cher Libero. L'odore dei quaderni, i bistrot stipati di fumo e di racconti delle vacanze, le belle abitudini, Parigi che è già autunno.

Accesi la lampada, la trascinai con me sul divano letto e la rivolsi alla tessera, lì, sul volto di mon papa che assomigliava più a uno scienziato che a un rivoluzionario. A lui confidai come Milano può essere bella, gli dissi che gli anni di piombo e le stragi e le speculazioni edilizie l'avevano scalfita nei distintivi, meno nell'identità. Qui potevo farcela: nella città dell'imbrunire, e del ricominciare. Telefonai a mamma e glielo ripetei, lei mi raccontò che il Monsieur Marsell universitario la girava con la sua Bianchi cromata, la sigaretta e un Borsalino très charmant.

– La bicicletta a Milano è da matti.

– Mais no, ometto di mondo. È da liberi.

La sua Bianchi e la nostra Vespa. Voilà. La parcheggiammo all'Arco della Pace, una sera di ottobre, e andammo a passeggiare al parco Sempione. Era ancora possibile accamparsi, i ragazzi si ritrovavano per fumare, baciarsi, qualcuno dormiva nei sacchi a pelo. Dagli stereo suonavano i Metallica, gli Alice in Chains, gli AC/DC, le Bikini Kill. Palmiro si aggirava tra quelle felicità, io e Lorenzo comprammo due birre da un venditore abusivo e ci fermammo a berle su una panchina. Dopo aver stappato la mia, l'appoggiai a terra e tirai fuori il portafogli. Lo aprii e dal soffietto estrassi la tessera di mio padre. Gliela mostrai.

Lorenzo la fissò, sollevò il pugno, poi disse Gli somigli.

Gli assomigliavo nella costituzione fisica e in quella particolare attrazione per le grandi speranze. Papà amava Dickens, lo scrittore dei sogni realizzati, erano suoi gli unici libri che proteggeva sotto il letto. Cura per l'insonnia, siero delle illusioni. Da lui avevo ereditato le spalle strette e la fiducia nelle imprese degli uomini, così resistetti il primo periodo a Milano. Credevo nelle piccole svolte, nei miracoli sulla 34esima strada, nei gol dei portieri e negli eventi timidi che cambiano la sorte. Era il gioco alla McEnroe: servizio e corsa a rete, il destino del punto è già nelle gambe.

Il mio serve&volley arrivò un mese dopo, quando capii che i soldi non sarebbero bastati. Il rimborso di Leoni copriva metà affitto e con il gruzzolo messo via da Parigi non sarei arrivato alla primavera. Mamma ed Emmanuel mi davano quello che potevano, ci mangiavo tre settimane al mese, in più c'erano le chiamate internazionali che incidevano più del previsto. La casa nel Marais non si affittava e io fui costretto a parlarne ai ragazzi. Mario si offrì di farmi un bonifico, Lorenzo disse che cercavano un tuttofare in un'osteria sui Navigli. Mi accompagnarono per il colloquio, c'era anche Palmiro Togliatti. Il proprietario era un signore in carrozzella, capelli raccolti in uno chignon infilzato da una matita. Si chiamava Giorgio ed era sempre imbronciato. Mentre gli raccontavo della mia esperienza ai Deux Magots disse che potevo iniziare subito.

– Le vado bene?

– Vuoi un invito?

I ragazzi festeggiarono tempestandomi di pacche sulle spalle, Palmiro ululò, io non sapevo cosa pensare, mi voltai al Naviglio che un tempo era stato dei barconi e adesso era delle anatre.

La sera stessa scoprii che l'osteria, un buco con dieci tavolini di legno, era il rifugio dei randagi di Milano. Spillavamo Sangiovese di Romagna, Chardonnay e Moretti doppio malto. Al posto di due fusti di birra ne avevamo uno: in sostituzione dell'altro trovai una cesta zeppa di libri e dischi e cianfrusaglie. Sarebbe stato il posto di papà. Giorgio stava dietro al bancone, il cig cig della carrozzella dava i tempi, io servivo ai tavoli. E come disse uno dei primi clienti: Il francesino ci sa fare.

Da Leoni ottenni di uscire mezz'ora prima per attaccare in tempo all'osteria. In cambio sarei andato a prendere i panini ai miei colleghi al bar convenzionato. Lo studio doveva fornire una consulenza sul caso di tre immigrati del Burkina Faso che chiedevano asilo politico. Erano tutti in subbuglio e quel giorno saltammo la pausa pranzo. Mi domandavo come un vecchio in doppiopetto come Leoni e la sua ciurma di borghesi potesse occuparsi di un'umanità così pregna. Lo capii a fine giornata: lo Studio Leoni stava valutando la possibile espulsione dei tre cristi. L'amica di mamma aveva giocato a bridge con un fascista e io ero al suo servizio.

Ogni giorno raccoglievo le ordinazioni a una a una: Leoni mangiava cocktail di gamberi e un panino alla bresaola, gli altri crudo e brie e salse varie, Frida un'insalata nizzarda. Svolgevo la stessa professione in due contesti opposti: uno studio legale e un'osteria sudicia. La differenza stava nella musica. Ogni volta che attaccavo, Giorgio metteva Guccini, Lucio Dalla, De Gregori e certe volte i Queen o Bob Dylan. Li faceva suonare mentre apparecchiavo i tavoli con tovagliette di carta gialla e un cigno a origami creato da lui. Aveva una barba da Hemingway, il naso aggraziato e, a suo dire, lo scalpo di trecento donne. Mi chiamava LiberoSpirito tutto attaccato o Francesino per punzecchiarmi quando rompevo un bicchiere. Servivo a occhi impauriti per la bruttezza dei clienti, vecchi sdentati e giovani in solitudine, padri separati e mogli abbandonate. Anche cinesi, africani ed esuli di ogni parte dell'Italia. Trovai lì la cella dello straniero.

Giorgio tifava Inter e citava Gramsci, coltivava amori per Gabriel García Márquez e Fernando Pessoa. L'unica assonanza con me era sulle donne di colore e sugli indiani. Provai con il foie gras, mi insultò. Provai con McEnroe, il tennis non lo convinceva. Gli dissi di questa mia amica francese che mi aveva consigliato il Faulkner di *Mentre morivo*. Mi fissò e fece scivolare la carrozzella fino allo sportello che nascondeva i fusti, tirò fuori la cesta dei libri. Avevo adocchiato il romanzo di Faulkner dal secondo giorno che ero lì. Me lo diede e disse – Ci sono anche le mie gambe su queste pagine.

Giorgio mi insegnò a spillare birre a testa alta, fu un dettaglio che fece la rivoluzione. Riempivo boccali e guardavo l'umanità che avevo sfiorato nella Parigi di Belleville. Facce scorticate dalla fatica, bocche assetate, occhi pazienti di chi aveva perso troppo. Bevevano molto, parlavano niente. L'osteria era un luogo di silenzi e di tentativi di riscatto. Eravamo colibrì che si rifocillavano e Giorgio l'esempio di chi aveva ripreso il volo. Era nato il 30 marzo, vestiva camicie a righe e fibbie El Charro, buttava pane secco alle anatre del Naviglio. Come l'Holden di Salinger, disse, che nelle anatre aveva cercato la consolazione. Non fiatava durante il servizio, me lo trovavo semplicemente lì, lui e la sua carrozzina, nell'attimo che precede un guaio. Mi alleggeriva di un bicchiere prima che lo rompessi, mi ammorbidiva un cliente ubriaco, mi ordinava di lavorare duro quando vedeva la malinconia invadermi. L'ottavo giorno provai a raccontargli di Lunette, mi prese per un braccio e mi chiese come mi chiamassi.

Lo guardai stranito.

Insistette: – Come ti chiami?

– Libero, – sfuggii alla sua presa.

Giorgio mi sistemò la camicia, – Rispetti il tuo nome?

Arrivavo da Leoni con gli occhi pesti e quattro ore di sonno. Mamma intuì la nuova esistenza di suo figlio e minacciò di prendere il primo aereo se non le avessi detto la verità. Le raccontai del doppio lavoro e lei si commosse, sei il mio ometto di mondo. Le chiesi di fidarsi di me e lei disse che si sarebbe fidata di me. Evitò domande su Lunette e sullo stato del mio cuore, si limitò a: Mangia tanta pastasciutta che ti sostiene. Sondò il terreno sull'università, stavo studiando? Le risposi tacendo, spostai il discorso su quanti cani ci fossero a Milano.

– Ometto, dico sul serio. Pensa allo studio.

Dopo che mettemmo giù, a voce alta, le dissi Ti voglio bene. Poi mi affidai ai ragazzi. Mario passava in osteria per l'aperitivo, un cestino di pane fresco da bagnare in tre tipi di salse: rossa pomodoro condito, verde prezzemolo e aglio, arancione la peperonata. L'osteria non aveva mai visto un signorino come lui, Lorenzo invece era abitudinario e spuntava verso le undici, a volte con Palmiro Togliatti, sempre con l'Assunta che sgasava già dalla Darsena.

Da quando ero milanese avevo schivato l'invito dei loro genitori e l'appuntamento con la fidanzata di Mario e le sue amiche. Avevo chiesto di non portarmi nessuno in osteria. Ero invisibile e volevo esserlo. L'unica eccezione erano Marika e le ragazze: appena finivo di servire mi fermavo con il notturno in viale Toscana e me la facevo a piedi. Mi salutarono con sospetto finché raccontai a due di loro la storia di Lunette. Accettarono che mi sedessi ai margini della strada, mi bastava guardarle, guardare Marika a occhi socchiusi, la sagoma nera indefinita, la sinuosità e la grazia della posa, sei tu Lunette? Ricordi *Favole al telefono*? Ricordi il Trocadéro e il Louxor? Ricordi la poltrona del Marais e i biglietti sotto il cuscino? Le chiesi se sapesse ballare e lei continuò a ignorarmi, poi una sera qualunque si avvicinò e disse che ballare le piaceva. Ma di notte era sempre esausta. Allora ti porto di pomeriggio, conosci il charleston?

Erano giorni di volo, e di cadute. Giorgio riconosceva i miei maremoti e metteva i dischi della risalita, Rino Gaetano e gli Stones, o quelli dell'equilibrio, Fossati e Dalla. Guccini per spronarmi. Frank Zappa come ricostituente generale. Una sera di animo funesto mi afferrò per la manica e mi chiese se Lunette fosse bella.

– Meravigliosa.

Giorgio ci pensò su. – L'avventura, Libero. Quella è meravigliosa.

Spalancai gli occhi dopo che quell'uomo ruvido pronunciò: L'avventura. La mia cecità cadde, di colpo, e io cominciai a guardare. La sera stessa tornai a casa e fu come entrarci per la prima volta: il monolocale era un buco di tre metri per tre, bagno compreso. Ci stavano un divano letto e un armadio a doppia anta, un tavolino e un angolo cottura con un frigorifero da hotel. Il lusso era un telefono Panasonic senza fili. I libri li avevo ammassati nel centro e per uscire facevo la gincana. In cima a una pila c'era Faulkner. L'idea di aprirlo mi pesava, come mi atterriva lo studio: mancavano sette esami e la febbre di diventare un avvocato. Leoni aveva inquinato la missione. Smisi di pagare le tasse universitarie senza dire nulla e sparai le mie ultime cartucce nello studio legale. La mia postazione non era cambiata, a parte una confezione di evidenziatori per un nuovo compito: sottolineare le vecchie sentenze nei punti utili. Ero impeccabile, puntuale, sempre disponibile. Frida sapeva del lavoro all'osteria e si offrì di darmi una mano alleggerendomi le mansioni, rifiutai, continuai al suo servizio come un soldato.

Poi la vidi piangere. Successe il giorno in cui avevamo terminato l'impostazione della causa Burkina Faso: singhiozzava nel corridoio, corse in bagno scostandomi. Quando tornò le allungai un fazzoletto. Continuò per una settimana, si procurò una scorta di kleenex e una crisi isterica all'inizio di un mercoledì. Tremava dietro la scrivania cercando di non farsi vedere. Le chiesi di seguirmi in archivio, lei si alzò e quando ci chiudemmo nella stanza dei faldoni me la ritrovai contro un fianco che singhiozzava. Era il lavoro? No, il lavoro non c'entrava. Rimase in silenzio, si asciugò le guance e si soffiò il naso. Poi disse che stava mandando a monte il matrimonio. Amava il suo fidanzato, ma voleva riprendersi la libertà dopo tutti quegli anni. Quanti anni? Undici. L'amore è una brutta bestia, Libero. Lo so bene, Frida, sono qui a Milano per questa brutta bestia.

Diventammo confidenti così. Io le raccontai di Lunette e lei mi aggiornava tutte le mattine sullo sgretolamento del suo rapporto, il futuro marito in Timberland l'aveva presa male. Fu allora che le consigliai *Il filo del rasoio*. Lo lesse in un fine settimana, il lunedì mi scrisse un biglietto che mi allungò sulla scrivania: *In bilico come Larry, come Larry troverò la meta?* Le feci segno di raggiungermi nell'archivio e quando venne le domandai se potevo abbracciarla. Mi fissò inquieta, acconsentì. La tenni stretta, lei e il suo profumo al muschio bianco che si spruzzava in pausa pranzo, le sfiorai i capelli. Avevo due possibilità: staccarmi o sondare la malizia. Decisi di frustare il puledro. Le suggerii *L'amante*, – Un libro per passionali.

Ci pensò, – Potrebbe fare al caso mio.

Maneggiava la sensualità, inconsapevole, e sapeva rimanere nel territorio che precede la seduzione. Usava le gambe per camminare, la bocca per parlare, il seno come orpello, le natiche per sedersi: Frida Martini si atteneva alla sua funzione borghese che forse copriva l'insospettabilità. L'idea di tirargliela fuori mi destò.

Quella notte mangiai un panino assieme a Mario, Lorenzo e Palmiro Togliatti. Ci fermammo al bar Crocetta, il ritrovo storico dei tassisti in pausa, i ragazzi erano venuti a prendermi alla chiusura dell'osteria. Ordinammo tre tonno e carciofini e ricordo che Palmiro si accontentò dei pistacchi che gli passavamo sottobanco. Era notte, e io sentii sollievo. Il primo dalla morte di papà. Una quiete piena, incorruttibile. Durò un morso di pane, sapeva di salsa tartara, quando si estinse mi lasciò esausto. Mi appisolai sul posto, fu Mario a svegliarmi, mi accompagnò in macchina e lì, mentre tornavo a casa, steso sul sedile posteriore con Palmiro addosso, capii che potevo farcela.

Due giorni dopo arrivai in studio e mi accorsi che sulla scrivania di Frida, insieme alle solite scartoffie, c'erano l'impermeabile Burberry buttato alla rinfusa e un kleenex sporco di qualcosa che sembrava sangue. Era il venerdì che precedeva i Morti, Leoni l'aveva lasciato di ferie tranne per chi lavorava a un disastro petrolifero al largo della Sicilia. Del nostro ufficio dovevamo esserci io e lei. Aspettai fino alle undici, non venne mai, uscii e mi aggirai nei corridoi, quando incontrai la segretaria chiesi se Frida fosse in riunione dal capo. Mi disse di averla incrociata di mattina presto e basta. Perlustrai gli uffici e le toilette, non la trovai. Tornai da me, chiusi la porta e raggiunsi ancora la sua postazione. Quando sollevai l'impermeabile vidi che sul tavolo c'era altro sangue, erano gocce che finivano sulla sedia e sulla moquette. Controllai meglio, dalla tasca del Burberry spuntava un foglio. Era una busta sventrata e vuota, non c'era il francobollo ma una scritta in brutta calligrafia: *A Frida*. La rimisi a posto e ripulii le macchie, mi sedetti. Continuavo a fissare la busta che spuntava dallo spolverino, mi sfilai la cravatta bordeaux che Monsieur Marsell aveva riservato alle scampagnate fuori Parigi. Pensai di avvertire qualcuno, desistetti e mi diedi tempo. Non avevo direttive a parte una breve ricerca di case-history sui disastri petroliferi dell'ultimo ventennio. Mi infilai in archivio e misi sottosopra gli anni settanta, stavano in alto, avevo questo modo infallibile di arrampicarmi sulla scala e catapultare i faldoni sul pouf abbandonato nell'angolo.

Feci una pausa prima di passare al decennio successivo, da lassù l'archivio era un magazzino. C'erano plichi di documenti ammassati, confezioni di Asti Cinzano regalate a Leoni che lui non aveva mai aperto, le scrivanie con i tarli, vecchi telefoni e una serie di litografie di Milano impilate contro il muro. L'odore di polvere raschiava la gola. Le pareti erano rivestite di scaffali carichi tranne una con mensole vuote e due porte chiuse a chiave. Quel giorno una delle due porte era scostata. Passava un filo di luce, scesi dalla scala e mi avvicinai. L'aprii appena. Frida era seduta su una poltrona, quasi di spalle, aveva delle cuffie in testa e il pollice sinistro avvolto in un fazzoletto. Leggeva alla luce di una lampada azzurra. Bussai, non sentì. Bussai ancora, dalle cuffie veniva una musica ovattata, si voltò di colpo mentre me ne stavo andando.

– Libero! – urlò e si tolse le cuffie, si mise una mano sullo sterno.

– Frida, io, la porta era aperta.

– Cristo santo – aveva il fiatone e le guance rigate. Ripiegò il foglio che stava leggendo, il fazzoletto intorno al pollice finì a terra. Il dito era sporco di sangue, lo coprì di nuovo, prese fiato e disse – Mi hai spaventata.

Era un buco dimenticato nello Studio Leoni. Prima della ristrutturazione, Frida l'aveva usato come ufficio temporaneo, poi come rifugio per la siesta, poi per rifiatare ogni ora. Da un anno si rintanava lì appena poteva. Aveva comprato una lampada da Fiorucci, azzurra e con gli angeli, e aveva appeso dietro la porta un manifesto di Hopper che ritraeva una donna seduta a letto e investita della luce mattutina. Dall'archivio aveva portato una poltrona e due pouf. Li aveva rivestiti con dei foulard indiani e dei cuscini orientali. *L'amante* della Duras era su un leggio da biblioteca, accanto a un piccolo specchio e a una trousse da cui affiorava un mascara. Vidi anche un termoventilatore mezzo nascosto e una confezione aperta di Tegolini. Si era tagliata il pollice per scartare un Buddha che le aveva regalato la madre quella mattina. Troneggiava accanto alla Fiorucci, il pancione gonfio e la testa scintillante.

– Fammi vedere – le scoprii la mano e mi accorsi che il taglio era profondo. Andai in bagno, presi acqua ossigenata e cotone e glielo disinfettai con lei che si rimetteva le cuffie per distrarsi dal bruciore. Le fermai il fazzoletto con un po' di scotch. – Cosa ascolti?

– Mike Oldfield. – Spense il walkman e mi fissò, – Rimani se ti va.

Rimasi ciondoloni, mi sedetti sul pouf con la schiena appoggiata al muro, guardavo questo buco di stanza che sapeva di mio. La mia camera in rue des Petits Hôtels, lo sgabuzzino dei Deux Magots che usavamo come spogliatoio, la cucina di mamma, il loculo di Deauville, il retro dell'osteria: erano crisalidi che rimettevano al mondo, o ti sputavano nel mondo, e avevano tutte lo stesso odore: di vivo. Il nascondiglio di Frida si portò dietro quell'intimità, come quando chiedevo a Monsieur Marsell di andare al largo con il canotto e starcene io e lui, o mentre scovavo un nido di rondini, così segreto, e gli spazi sotto i letti, rassicuranti. E io quel giorno non lo confidai a Frida, né a nessun altro, che per la prima volta da Parigi, anche se per poco, anche se intimidito, mi ero sentito a casa.

Mi alzai e le dissi che dovevo finire la case-history, mi scusavo per il disturbo. Avrei mantenuto il segreto.

– Veramente?

– Bien sûr.

Il foglio che le avevo visto leggere era la lettera di addio del suo ex futuro sposo. In quel mese di distacco il ragazzo in Timberland aveva capito che la separazione era giusta, la ringraziava per aver avuto la forza dell'addio. Nella settimana che venne Frida spariva nel nascondiglio tre volte al giorno, tornava con gli occhi gonfi e i capelli scompigliati dalle cuffie. Mi ordinava cosa fare e non parlò più della mia intrusione, finché in una pausa pranzo disse: Come il rifugio di Anne Frank. Mi confidò di conoscere bene il *Diario* e di ricercare ovunque la stessa protezione che l'Alloggio segreto aveva dato ad Anne.

– Leoni ti fa sentire così?

– È l'unico libro che mi ha consigliato mio padre.

Trovammo un silenzio di comprensioni. Ci intendevamo con un'occhiata, io prevedevo i miei doveri e li svolgevo con buonumore. Alleggerivo e assistevo. Ero il signore dell'archivio, il mio modo di catapultare i faldoni sul pouf mi faceva impiegare la metà del tempo. La voce si sparse nello studio e cominciai a fare ricerca per tutti. Starnutivo per la polvere e sorridevo per l'altezza, stare in cima alla scala per cinque ore al giorno mi diede una nuova prospettiva: il caos sotto di me era il nostro groviglio, l'ordine una questione di vertigini. E di alloggi segreti.

Mi invitò ufficialmente un venerdì pomeriggio. Ero alla scrivania e stavo evidenziando una causa di risarcimento tra un privato e lo Stato. Frida si allungò nel suo tailleur di tweed e mi fece segno di raggiungerla nell'archivio dopo poco. Quando arrivai vidi che la porta del nascondiglio era socchiusa. Bussai, mi bisbigliò che potevo. Era sulla poltrona e aveva tra le mani L'amante. Disse che quella storia l'aveva sconvolta. Dov'era una liberazione come quella della protagonista? Dove poteva incontrare, testuali parole, un ricco e prestante indocinese a Milano? Sorrise e fece per ridarmi il libro, lo rifiutai: era un regalo. Frida si alzò dalla poltrona e rimase immobile, ingessata come quando lavoravamo, la Fiorucci la striava di blu. Era goffa, e insospettabilmente desiderabile. Si tenne stretto il romanzo e prese la scatola dei Tegolini, me ne offrì uno. Poi, mentre si sedeva sul pouf, accennò all'audacia della Duras nello scrivere di sesso.

– È autobiografico – Mi sistemai accanto a lei, – Credo che tutte le donne vorrebbero farlo.

Ci pensò su, – Credo di sì.

La sua brace. Covava sotto la cenere borghese. Rischiai.

– Lo faresti?

– Scrivere un libro sul sesso?

Annuii, la gonna le era salita sopra il ginocchio.

– Non sarei in grado.

– E il resto? –, tranguiai il mio Tegolino, – Il sesso della protagonista intendo.

Assaggiò il suo, – Chi non lo farebbe?

Così mi tornò in mente una fantasia nata una sera sulle gradinate del Sacré-Cœur. La mente era Antoine e l'ispirazione una delle sue ricerche da matematico sulla percezione umana. Aveva letto di questo neuroscienziato americano che era riuscito a stabilire il peso della solitudine, ricavandone una legge: se due individui soli in ugual modo si incontrano, il risultato sarà la neutralizzazione di entrambe le solitudini. Se uno dei due possiede una percezione di isolamento maggiore, subirà un aggravamento del suo stato iniziale. Antoine aveva incrociato questa prima ricerca alla teoria dei luoghi emotivi: quanto più un luogo ricalca archetipi infantili, tanto più lo stesso luogo sarà in grado di eliminare le sovrastrutture acquisite in età adulta, abbattendo i freni inibitori. Per fonderle al meglio aveva classificato le varie tipologie di solitudine in base alle condizioni esistenziali (abbandoni, lutti, traslochi, povertà e altre sciagure) e in base all'architettura delle emozioni (infanzia in case grandi, metri quadrati del benessere, giardini della felicità e così via). Riuscì a dimostrare che due persone sole che condividono un luogo caro a entrambe potrebbero rivoluzionare il loro corredo psicoemotivo, sviluppando solide intese. Il risultato fu un lavoro premiato con il massimo dei voti all'Università Pierre e Marie Curie di Parigi. E un'ulteriore teoria privata: Antoine aveva declinato quelle elucubrazioni mentali nel contesto seduttivo, stabilendo un sistema che calcolasse la possibilità di successo con una donna in ambienti specifici. Al tempo gli dissi che era perverso. Il giorno in cui Frida mi parlò della Duras gli scrissi e gli spiegai la mia situazione, poteva applicare i suoi parametri alle mie variabili? Gli chiedevo di mantenere l'assoluto riserbo e se si stesse preparando per gli Stati Uniti. Gli auguravo bonne chance e dissi che mi mancava. E questo era il motivo autentico per cui gli avevo scritto: Antoine era il mio luogo emotivo, non lo abitavo da troppo. Da lui volevo il lasciapassare per un rifugio, e per l'avventura.

Confidai il mio fermento a Palmiro Togliatti. Chiesi a Lorenzo di lasciarmelo un sabato pomeriggio, era un cane che mi faceva stare bene. Sgarrupato, affettuoso, pronto alle scommesse. Passeggiammo insieme per viale Monte Nero, la strada che da Porta Romana si arrampica elegante verso nord-est, ci piaceva risalire i binari del tram coperti di erba. Quando arrivammo a Porta Venezia gli offrii una coppetta al fiordilatte, Lorenzo mi aveva detto che era la sua passione assieme ai bastoncini di Capitan Findus. Lo fissai leccare le due boules di gelato e mettersi a odorare una cagnetta ai giardini di Palestro, la proprietaria gliela portò via e mi guardò storto.

Presi il mio bastardino in braccio e mentre mi mordicchiava il bavero del giubbotto gli raccontai che sì, quel suo modo di mettere il naso verso il nuovo, ecco, forse ero pronto anche io, forse era davvero la notte quando cadono gli ultimi spaventi. Est-ce que tu as compris, Palmiro? Hai capito, amico mio?

La lettera di Antoine arrivò quattro giorni dopo ed era scritta a mano. Mi diceva che tutto era pronto per la partenza per gli Stati Uniti e che l'idea lo eccitava e lo atterriva. Sarei andato a trovarlo in California? Nel frattempo aveva regalato ai suoi genitori la lode per la tesi e la promessa di tornare in Francia due volte all'anno. Negli ultimi tempi a Parigi si era annoiato e mi annunciò che il gruppo dei Deux Magots si era sciolto per mancanza di stimoli. Le novità erano una ventenne di larghe vedute sessuali e la possibilità di una sosta in Italia prima di attraversare l'oceano. Mi spiegò che sapeva troppo poco di questa Frida per applicare le variabili della sua teoria privata. Però conosceva me e sapeva che la mia solitudine aveva sempre portato a buoni raccolti. Non tenerla per te, mon ami. E se puoi allunga le mani. Come penultima riga scrisse: *Ti saluta Lunette*. E come ultima: *Mi manchi anche tu*.

Andai al lavoro con la lettera di Antoine in tasca. Lavorai a testa bassa fino all'orario di uscita, ero in fermento per qualcosa che ignoravo ma che in fondo sapevo: entrare in collisione con un'anima femminile diversa da Lunette mi violava. Volevo carni, non spirito, ecco la verità. Il mio cuore non tratteneva. Sentivo che non potevo tornare indietro, nemmeno andare avanti. Arrivai in osteria con quella verità e parlai a Giorgio. Gli raccontai del desiderio di brutalità, della mancanza di Parigi, dei miei amici, dell'impermeabilità al sentimento, gli accennai del nascondiglio: il peso della mia solitudine era massiccio.
– Lo so, LiberoSpirito.
Lo guardai.
– Io e te siamo due pesi massimi – sorrise.
Gli raccontai di Frida e di come custodisse qualcosa di non identificato. La carrozzina cigolò e Giorgio rimase sovrappensiero – Potreste farvi del bene. O maltrattarvi. Il rischio si accetta per il sublime. Devi farla sentire sulla tua stessa barca.
Disse così: il rischio si accetta per il sublime. Mi chiese se avevo voglia di una partita a freccette prima di aprire il locale. Accettai e facemmo dieci lanci a testa. Mi raccontò come aveva perso le gambe: era stato campione di tuffo da scogliera per tre anni consecutivi, in una gara ad Amalfi aveva sbagliato l'entrata in acqua per colpa del vento e di un dolore all'anca accusato nella tappa precedente alle Azzorre. Aveva deciso di tuffarsi lo stesso per incoscienza e per la bellezza dell'impresa. Stava per compiere i trenta e di lì a poco avrebbe dovuto sposare la sua fidanzata. Ognuno di noi, disse, accetta di superarsi per appartenere a qualcosa di altro da sé.

Se la tua amica lo avvertirà, allineerete i pesi. Lanciò l'ultima freccetta.

– E adesso al lavoro.

Io e Giorgio sconfinammo in un territorio prossimo all'amicizia. Lui evitò di essere il padre che avevo perso e io il figlio che non aveva mai avuto. Trovammo un purgatorio affettivo che mi portò a chiamarlo per consulenze culinarie o per lunghe chiacchierate consolatorie, e lui a chiedermi di passare a casa sua nei fine settimana per un po' di compagnia. Abitava in Città Studi, un quartiere spento già al tramonto, si era sistemato in un quadrilocale con la carta da parati salmone e gli infissi anni trenta. Viveva con quattro gatti, tre chitarre e le pareti rattoppate di fotografie di una giovinezza in scogliera. In cucina teneva ancora una stufa Lume dove metteva a scaldare per me un paio di pantofole. Le indossavo e continuavo a tenerle calde incrociando i piedi vicino al fuoco, mentre lui cucinava. Fu lì che ricevetti la chiave per il nascondiglio di Frida. Me la portò già inscatolata: un bollitore elettrico e una confezione di tisane al biancospino.

Arrivai in studio e portai tutto nell'archivio, sorridevo da solo per l'intuito di Giorgio, tuffatore e uomo di conquiste. Feci in tempo a salire sulla scala e a catapultare due faldoni, poi vidi entrare Frida.

– Libero, mi servirebbero due case-history del '73.

Scesi da lassù, lei mi guardò stranita, presi il bollitore e glielo diedi. Per ultime tenni le tisane, l'ennesimo lascito indiretto di Monsieur Marsell venditore di pozioni naturali. Le dissi che il biancospino si sposava con la placidità del Buddha e con i cambi di rotta.

Frida guardò il bollitore e la confezione di tisane al biancospino, tentennò, si mise in punta di piedi: e mi baciò sulla guancia. Poi rovistò nelle tasche, prese la chiave dell'alloggio segreto e aprì, accese la Fiorucci e disse Accomodati.

Bevemmo il biancospino, Frida procurò del miele di melata per quegli intrugli insapore. Ero intimidito e spasmodico, usai l'invisibilità per alleggerire la mia presenza. Mi sentivo il secondo Buddha del nascondiglio, pacifico e saggio, le consigliai di vivere il distacco dal fidanzato come un'opportunità perché eravamo isole senza mare prossime all'oceano. Isole senza mare. Venni invitato il pomeriggio dopo e il pomeriggio dopo ancora, finché diventò un appuntamento fisso. A metà mattina, e per merenda. Ci davamo un tempo massimo di dieci minuti per non insospettire. Mi mettevo su uno dei pouf, lei caricava il bollitore e aspettavamo il gorgoglio commentando poco il lavoro, più le nostre vite. Le raccontai di papà, della valigetta con i Fiori di Bach e di come il mal d'amore nel corso degli anni era stato trattato con gocce floriterapiche al brandy. Le raccontai di Parigi e della grazia schiva di Milano. Di Palmiro Togliatti e della pizza fatta dai francesi. Mi raccontò del fratello tossicodipendente, si bucava e i suoi genitori non lo avevano più accettato in casa. Era in una comunità di recupero. Mi disse di avere un debole per l'arte del Novecento e per Amsterdam, anche questo veniva da Anne Frank. Poi stavamo zitti, socchiudevamo gli occhi, scoppiavamo a ridere all'improvviso. L'alloggio segreto era un riparo che faceva sentire adeguati. Soprattutto: mi risvegliava. Ogni volta che entravo avvertivo un eros incalzante, premeva, cercai di diluirlo nelle confidenze. Chiedevo permesso sulla soglia, il mio pouf diventò solo mio, come un bracciolo della poltrona dove allungavo i piedi. Anche lei li allungava, ci sfiorammo le gambe in due occasioni. E le mani. Un giorno appoggiò la testa sulla mia spalla mentre parlavamo di come si prepara la tartare. Poi sentii che potevo.

Eravamo uno accanto all'altra e le tisane scottavano, le lasciammo sul tavolo a raffreddare e continuammo a chiacchierare, quel pomeriggio cercavamo di spiegarci perché il cielo di Milano non è mai come la Fiorucci. Le dissi che era nato d'acciaio, mentre quello di Parigi aveva il cobalto e il bianco, non le vie di mezzo. Mi ritrovai una sua mano sul ginocchio, e la mia sul suo. Lei la tenne ferma, io la feci salire e ricordo lo sforzo di continuare a parlare mentre arrivavo a metà coscia. Avvertii la consistenza della sua carne, avvampai. Frida respirava lenta, sollevò il viso verso di me. Ci baciammo adagio. Aveva le guance che bollivano e due labbra fredde. Le scostai i capelli dal viso, la spinsi alla mia bocca e lei rispose con foga.

Dipese dall'alloggio segreto o dalle confidenze, forse dalla teoria di Antoine, magari dal biancospino, se varcai quella ragazza in tailleur. O forse dipese dalla solitudine, e dal nostro stesso peso.

Riuscii a portarmi dietro la sensazione della sua coscia. Tiepida, tornita. E la sua mancanza di resistenza. Mi eccitò questo, la sua resa. Essere riuscito a eroderle l'aplomb mi costrinse a chiudermi in bagno dopo aver lasciato il nascondiglio, e a sfogare da solo l'impeto ritrovato. Fu un acme primordiale. Quando finii sapevo con certezza che la mia solitudine e ogni possibilità di sentimento sarebbero dovuti passare dal corpo. Frida Martini era quel corpo. Mi lavai la faccia e prima di rimettermi al lavoro mi guardai allo specchio: un quasi uomo che non lasciava la giovinezza di funambolismi. Sei ancora tu, Libero Marsell? Tornai alla scrivania. Frida stava sfogliando una sentenza ed era sovrappensiero, si era raccolta i capelli a chignon con uno spillone d'ambra. Di colpo mi ordinò di cercarle delle vecchie sentenze, di farlo veloce, parlò senza alzare gli occhi.

Sentivo un astio preistorico, veniva da quel senso di borghesia smorfiosa che le si addiceva e che accentrava nell'avvocatura. Frida dissimulava la sua insospettabilità con la sudditanza al lavoro. La fragilità truccata da forza, era questa sua sostanza a ribollirmi.

Raccontai a Giorgio delle fluttuazioni a cui andavo incontro. Gli approcci titubanti nel nascondiglio, i baci lunghi, le mani intrufolate, le timide esplorazioni emotive, le chiacchiere in superficie. Ma anche gli ordini sprezzanti e la freddezza repentina. Gli svelai soprattutto della leggerezza, cominciavo a sentirla. Brindammo ai saliscendi con Sangiovese e *Libertango* di Astor Piazzolla che inaugurò la risalita. Sentivo l'assenza di Lunette dileguarsi, Marie mi aveva anticipato che la vera ricostruzione era vicina. Nel frattempo mi accontentai del mio sollievo momentaneo e pensai alla domanda che mi aveva fatto Giorgio mentre asciugavamo i boccali: a cosa serviva insistere con una ragazza come Frida? Non esisteva risposta, perché la risposta era: me stesso. Rivolevo un'avventura, forzare i freni inibitori e tirar fuori l'impudicizia da chi ne appariva immune. L'audacia, adesso, nutriva i miei sentimenti.

Marie,
ho comprato un tavolino da campeggio e l'ho spostato sotto la finestra. Mentre scrivo vedo un palazzo con i mosaici intorno ai balconi, c'è un uomo che con una mano annaffia i gerani e con l'altra si sistema il colletto della camicia. Assomiglia a Marcello Mastroianni. Mi sono accorto di avere una finestra. Qualcosa è cambiato. Non è la magia, ma è della stessa pasta di quando sono salito a casa tua e abbiamo mangiato le prugne con la pancetta e ti ho chiesto di mostrarmi le tette. È oscenità o si chiama vita? Qualsiasi cosa sia la rivoglio.

Ti immagino in mezzo ai tuoi libri, salutameli e di' loro che
prima o poi li ritroverò. E adesso dimmi: come stai?

Il tuo Grand

Lorenzo si offrì di accompagnarmi a imbucare la cartolina
per Marie dall'altra parte della città. Palmiro Togliatti chiedeva di me, se n'era accorto perché sull'Assunta si voltava indietro a guardare la sella vuota del passeggero. Mi vennero a
prendere suonando il clacson dall'inizio di corso Lodi, li accolsi stropicciando le orecchie di Palmiro e facendomi abbracciare da Lorenzo. E quella stretta c'era stata solo alle
gare scolastiche di nuoto in quinta elementare, quando ero
arrivato ultimo nei cento dorso sbattendo le braccia contro
le corsie. Ero uscito dall'acqua, mi ero rimesso l'accappatoio
e per raggiungere gli spogliatoi ero passato davanti all'intera
scuola che rideva di me sugli spalti, Lorenzo aveva scavalca-
to le transenne e mi era venuto incontro.
    Accese la Vespa e io salii, Palmiro sporse il collo a giraffa.
Partimmo così, e per il tragitto restammo in silenzio con
l'Assunta che borbottava e Lorenzo che sgasò di colpo ri-
schiando di farci cappottare mentre Milano sfilava solitaria e
timidamente bella. Facemmo una deviazione a San Babila, ci
dirigemmo verso Porta Venezia e imboccammo le stradine lì
dietro, sostammo davanti alla villa con i fenicotteri rosa che
si abbeveravano nel giardino e che certe volte si avventurava-
no fino al cancello. Li vedemmo, vicinissimi, Palmiro abbaiò
e noi ripartimmo verso una buchetta della posta scelta a caso
nel quartiere Isola, un quadrilatero ricavato tra la ferrovia e
il cimitero Monumentale. Imbucai e mi offrii di pagare la
benzina. Lorenzo rifiutò e in cambio accettò una birra in un
bar di via Borsieri. Parcheggiammo l'Assunta accanto a un cartellone dell'amaro Ramazzotti e facemmo per entrare, non
accettavano cani. Così ci incamminammo a piedi e scegliem-

139

mo un altro locale nella strada parallela. Fu lì, davanti a due Dreher, che Lorenzo mi raccontò che il padre aveva trovato una più giovane e se n'era andato di casa.

– Com'è? – mi chiese. – Com'è averli divisi, intendo.

– Un pezzo di qua e uno di là, – bevvi un sorso di birra, – Ci si fa l'abitudine.

Quando uscimmo costeggiammo la ferrovia e ritrovammo via Borsieri dal fondo. La percorremmo lenti mentre gli raccontavo che l'aspetto più curioso del divorzio è la doppia famiglia, un vantaggio da usare con arte. Smise di ascoltarmi, e io di parlare, fissavamo il cartellone dell'amaro Ramazzotti e il vuoto intorno: l'Assunta mancava.

Ricordo la corsa, l'entrata al bar che ci aveva rifiutati per chiedere se avevano visto qualcosa, le due ore successive a perlustrare il quartiere Isola e la zona nord con l'aiuto di Mario. Poi l'epilogo in questura, gli occhi di Lorenzo con una nuova separazione, io che prendo l'autobus e saluto dal finestrino, Palmiro che mi fissa allontanarmi.

Quella sera Mario passò in osteria e mi annunciò di aver pensato all'unico antidoto per Lorenzo: comprargli una nuova Vespa. Conosceva un meccanico che le rimetteva a posto, c'erano due 50 Special pronte, una azzurra pastello e una rossa elaborata che però aveva un prezzo da collezionisti. Mi domandò a quanto potevo arrivare. Feci due conti, chiedendo un piccolo anticipo a Giorgio raggiungevo duecentocinquantamila. Mario si offrì di mettere il resto con il contributo di suo padre e di altri amici. Mi assicurò che la Special azzurra era una meraviglia, aveva anche la sella da due. Ci accordammo così, nessun sorriso, sapevamo che l'Assunta era stata lei e lei sola.

La mattina mi svegliai con l'eco di un sogno ancora vivido: il brasiliano di New York mi invitava a ballare in una stanza tetra, Lunette assisteva da un angolo e piangeva. L'avevo persa. E stavo perdendo me: i libri, le riunioni fervide, il cinema, la foga dell'eros, l'inconsapevolezza, il rischio. Il tennis era finito nella tomba con papà. Ero diventato un galoppino per colletti bianchi, un oste esausto. Parigi era stata davvero mia? E Lunette? E la magia, la mia magia, dov'era finita?

Il furto dell'Assunta si era riverberato sulle privazioni passate, sfogandosi nell'onirico e nelle mie parti basse. Fu un risveglio traumatico anche per un'erezione anomala, completa, la prima così insistente dall'epoca parigina. Veniva da un altro cosmo: era legata alla tristezza. Ribadii così una mia vocazione, la sessualità come estuario di vitalità, ma anche di malinconia. Era la brace che non potevo più ignorare e che divampò quel pomeriggio in studio.

Eravamo sopraffatti dal lavoro, Leoni passò in ufficio con il suo doppiopetto a lamentarsi che le cose non andavano bene. Avevamo perso due cause, dov'era finito il nostro spirito battagliero? E la nostra forza? Lo stavamo deludendo. Disse che stava pensando a dei tagli. Il risultato fu un picco d'ansia che ci strozzò. Frida si alzò e uscì dalla stanza. Io non mi mossi. Se avessi avuto papà e la sua valigetta mi sarei affidato a Rescue Remedy, mi portai al naso la sua cravatta, l'odore di Monsieur Marsell stava finendo. Aspettai un'ora, presi il Camus che tenevo nel cassetto e andai nell'archivio. Il nascondiglio era chiuso, bussai. Sentii Frida che mi diceva di andarmene. Entrai lo stesso. Lei non si voltò, era come l'avevo trovata la prima volta, seduta quasi di spalle che singhiozzava. L'abbracciai da dietro, disse Non ce la faccio più, Libero.

L'accompagnai sul pouf e mi sedetti accanto. Rimanemmo zitti, il manifesto di Hopper era caduto, mi alzai per riappenderlo e prenderle un fazzoletto. Si asciugò gli occhi, cercava di calmarsi. Si aggrappò al mio braccio e io le vidi il taglio sul pollice, era quasi rimarginato, se lo tormentava con l'unghia. Non sentivo pena, nemmeno empatia, sentivo la nuda eccitazione. E l'istinto di convertire le disgrazie altrui in miei vantaggi. Le sfiorai le labbra, le presi le mani e gliele voltai insù, le appoggiai sui palmi Lo straniero.

– È per questo romanzo che sono qui – dissi.

Lo guardò.

– Per questo romanzo, Frida – e le spiegai che aveva generato la mia febbre d'avvocato, l'indignazione nella difesa e la potenza della missione. L'avrebbe riconciliata con il nostro lavoro. Ne avremmo discusso a lettura finita, magari dopo un cinema o davanti a una pizza, se le andava.

Uscimmo a due settimane da Natale in una Milano vestita di carta da regalo. Decidemmo per un aperitivo da Moscatelli in corso Garibaldi, andammo via dal lavoro spaiati e ci trovammo all'entrata della metropolitana. Non la prendemmo, camminammo nella mia passeggiata meneghina: corso di Porta Romana, Lo straniero l'aveva fulminata, proseguimmo per Missori, come poteva non averlo letto prima?, attraversammo piazza Duomo e la galleria Vittorio Emanuele, il protagonista era colpevole eppure avrebbe accettato di difenderlo, percorremmo Brera fino in corso Garibaldi, davvero avevo lavorato nel bar di Camus?

Bevemmo due bianchi a testa, le raccontai di Marie e di come avessi iniziato a leggere sul serio, mi raccontò di come avesse letto sul serio finché era diventata avvocato. Poi ci chiudemmo al cinema Anteo a vedere il mio primo film in Italia: Full Metal Jacket. Durante la scena del combattimento tra le rovine vietnamite mi diede un bacio profondo. Ricambiai due scene dopo. Continuammo a ripetizione. Alla fine della proiezione le domandai se voleva venire da me.

Sorrise.

Entrò nel monolocale in punta di piedi, evitò di guardare

in giro e rimase impalata accanto al letto. Le chiesi di sedersi, lo fece, poi mi trascinò con lei. Iniziammo a spogliarci, aveva modi precisi e chirurgici, ci baciammo a lungo, le tolsi la camicetta e la gonna. Mi mise una mano nei pantaloni e sbottonò. Aveva una pelle di porcellana. Mi venne naturale alzarmi in piedi, lei si spostò sul ciglio del letto e lo accarezzò, quasi non lo toccava, lo impugnò di colpo con la mano, e con la bocca. Sapeva nascondere i denti e usare le guance, era esperta e allo stesso tempo goffa, di nuovo famelica. Forzava il disagio, e io con lei. La stesi sul letto e la toccai a lungo, era morbida e dura allo stesso tempo, le salii sopra.

– Il preservativo, Libero.

La ignorai, la mia prima insubordinazione, ed entrai piano. Spinsi adagio, socchiusi gli occhi e mi sforzai di vederla nera. La penetrai a fondo, dolce e accorto, poi con furia. Frida si aggrappò al mio collo, sussurrava Stai attento ti prego, teneva gli occhi chiusi come soffrisse, mi abbuffai finché si sfilò e si offrì da dietro. La presi, durò un attimo, lo splendore del suo sedere mi tramortì. Avverai così il sogno della tapparella.

Desiderai che se ne andasse mentre venivo sulla sua natica destra. Invece rimanemmo abbracciati, allo stesso modo del nascondiglio, lei mi redarguì per il preservativo mancato e disse che qualcosa le era scattato quando le avevo chiesto il consiglio per i miei vestiti démodé. Poi se ne andò davvero.

Restai sveglio buona parte della notte.

Mi destarono il suo profumo al muschio bianco sulle lenzuola e la mancanza di papà. Fu una nostalgia acre, prese il centro dello sterno e salì fino alle gote, stordiva. Ricordo che vagai per il monolocale, tirai fuori la tessera del Partito comunista, non bastò, cercai la Spalding e infilai la mano nella tasca esterna che mi concedeva nei viaggi. Mi buttai sotto la doccia, aprii l'acqua calda e rimasi sotto il getto. Glielo dissi:

Mi hai lasciato solo. Glielo ripetei: Mi hai lasciato. Poi feci quello che mi aveva insegnato fin da piccolo, quando mi permetteva di assistere mentre si radeva: cosparsi la barba di balsamo per capelli, la rendeva meno ispida, continuai con la schiuma stesa in piccoli cerchi, il rasoio leggero leggero. Mi tolsi i due peli che avevo, sciacquai con acqua gelata e completai con l'allume di rocca preso nell'appartamento del Marais il giorno in cui era morto. L'arte della toilette di Monsieur Marsell. Mi vestii con il completo che sceglieva per la domenica, un tre bottoni in frescolana con le spalline ridotte, indossai il suo montgomery di una taglia in più. Scesi le scale, uscii in strada e sarei arrivato in anticipo da Leoni se non avessi sfiorato con la coda dell'occhio questa donna, bellissima e stravolta, seduta al primo tavolino del bar che picchiettava le dita sulla vetrina per chiamarmi e che muovendo le labbra scandiva, – Grand, c'est moi.

Era la mia Marie, ed era qui. Aveva chiesto l'indirizzo di Milano a Madame Marsell, telefonando in rue des Petits Hôtels con il numero trovato nella scheda della biblioteca. Prima di sedermi a quel tavolino con lei, tenendola stretta come si tengono stretti i miraggi, l'avevo fissata a lungo al di qua della vetrina, chiusa nel suo cappottino nero con gli occhi stanchi per la nottata in treno. Marie non aveva detto niente, mi aveva fatto segno di entrare e sedermi, poi aveva ordinato due cappuccini nel suo italiano, standomi vicino più che riusciva. E io avevo capito che era lei, che era davvero lei, appena avevo sentito l'odore di torta in forno che inseguivo da Deauville.

Era venuta perché era venuta. E perché Marcello Mastroianni l'aspettava alla finestra. Non poteva di certo perdersi una passione da dolce vita, n'est-ce pas?

Fu strano condurla al portone di casa, accompagnarla per le scale, scusarsi per il disordine, invitarla a entrare. Marie si fermò sulla soglia e si mise una mano sulla bocca, rise di colpo davanti alle cataste di vestiti e all'odore di chiuso e alla polvere che sbiancava i mobili. Appoggiò la valigia e corse alla finestra, la aprì, si scostò di lato e si mise a scrutare la facciata del condominio di fronte.

Le indicai il balcone giusto.

Annuì, ma non cercò Mastroianni. Mi guardava come fosse cieca, mi passò le dita dalla fronte al collo, risalì alle orecchie e di nuovo al pomo d'Adamo, e agli zigomi, finì spettinandomi la nuca. Mi fece segno di andare al lavoro, lei si sarebbe appostata lì, doveva studiare la preda e concentrare il suo talento seduttivo. Aveva solo due giorni di tempo.

– È troppo poco!

– La bibliò, Grand. Non posso lasciarla di più – mi aggiustò la cravatta, – Basteranno, – poi mi baciò sulla fronte, e questo era il suo bacio, me ne diede un altro, e questo era da parte di Madame Marsell.

Due giorni bastarono. Perché quella mattina in studio io finsi una febbre da cavallo e tornai a casa prima di pranzo. Evitai Frida chiusa in riunione da Leoni, sgattaiolai fuori dopo aver avvisato la segretaria e corsi. Corsi per Porta Romana, corsi per l'incrocio che mi separava dalla mia via, corsi per la fretta che solo Parigi aveva visto, con il montgomery di papà che mi sballottava per l'andatura e la foga di passare nel traffico, con il fiato a singhiozzo per l'impazienza e il terrore di capire che da solo, d'ora in poi, non ce l'avrei più fatta. Mi fermai davanti alla pasticceria Sommariva e comprai due bignè, mi rimisi a correre con la pasta choux che si rompeva e la certezza che quella e soltanto quella era la possibilità. La possibilità di segnare Milano. E il pavé di corso Lodi e i binari dei tram e le aiuole che calpestai e tutto il resto, ogni materia che era stata solo materia, ora aveva la diversità che mi aiutava a essere dove volevo essere. Suonai il citofono, Marie rispose in francese e aprì, feci un gradino alla volta e quando chiesi permesso per entrare capii che qualcosa era già accaduto, ed era irreversibile. Il monolocale era una casa. Il letto era stato rifatto con le lenzuola pulite e il pavimento di graniglia era tornato ocra. L'odore di chiuso non c'era più, e nemmeno quello di muschio bianco e di umido. I maglioni e i jeans erano stati piegati e sistemati nell'armadio. La lavatrice stava girando. Niente era stato violato, i libri erano ammassati nello stesso modo e anche le mie cose e i mobili e le cianfrusaglie, solo che adesso erano a colori. Il biancore della polvere, questo mancava. E lei era lì, in maglietta, i capelli a mo' di ananas e i pantaloni della tuta, le mie ciabatte: posò uno straccio e disse che non sarei dovuto venir via così presto dallo studio, l'ultima cosa che voleva era mettere sottosopra il mio futuro da avvocato. Poi andò nella sua valigia e prese una busta, me la diede.

Ometto di mondo,
    vedi di trattarla bene. È stata una sorpresa anche per me, da quando ho saputo che sarebbe venuta sono più tranquilla. Ti ricordi quel ristorantino sui Navigli dove ci portava papà? È perfetto per festeggiarvi, mi permetto di lasciarti un incentivo. Ah, dimenticavo: adesso la tua Marie è una mia spia.

                                        La mamma

L'incentivo per il ristorantino erano cinquantamila lire. Mi feci raccontare com'era andata la faccenda: dopo la telefonata di Marie, mamma era passata in bibliò senza preavviso e le aveva lasciato la busta. Era stata Marie a chiederle se aveva voglia di prendere un caffè con lei. E lì, mentre sedevano a un tavolino in rue Pavée, Madame Marsell l'aveva ringraziata per averle telefonato e per i libri consigliati a suo figlio, poi avevano chiacchierato di tutto e un po'.

– Anche di Emmanuel?

– Rien à faire, Grand.

Non domandai cosa si fossero dette, non domandai più niente. Aspettai che si cambiasse, lo fece canticchiando il suo Aznavour, e diedi il via alla nostra Milano che fu timida e attenta e per certi versi scorbutica. E l'effetto iniziale fu lo stesso, gli italiani si giravano a guardarla come i francesi, peggio dei francesi, e lei ridacchiava divertita e stretta al suo Liberò in una sciarpa azzurra che le arrivava alle caviglie.

Ricordo quel pranzo, al bar Crocetta, con la paura di essere visto dai miei colleghi, a mangiare panino tonno e carciofini perché era questo che Marie aveva chiesto: ricalcare le tracce di Grand a Milano. Le stesse tracce della mia solitudine. Lo fai per mia madre, Marie? Lo faccio per noi, Libero, c'era qualcosa che mancava, ecco perché sono qui. Il panino al tonno era il qualcosa, come lo sarebbe stata la passeggiata fino al Duomo, con i piccioni che la spaventarono per un decollo pazzo, e giù a Brera per un caffè da Moscatelli. Come la sosta trafelata sulla via del ritorno davanti allo Studio Leoni, con lei che si staccò da me ed entrò nell'atrio del palazzo, per poi tornare indietro e portarci fino a casa, divertiti ed esausti, ancora increduli di essere insieme. Arrivammo e aprimmo il letto e ci buttammo così, io da una parte e lei dall'altra, ignorando Mastroianni e il Panasonic che suonava, ci addormentammo. Mi svegliai che lei era rannicchiata contro il mio fianco, e io pensai all'amaca di Deauville, al suo divano con Truffaut e al monolocale di adesso, stavano tutti in questa donna irresistibile e mai davvero voluta, che teneva insieme la traccia di cos'ero stato e di cosa potevo essere.

La feci desistere dal trovarsi un hotel. Le giurai che non le avrei fatto richieste indecenti, mi giurò che la mia Milano l'aveva sollevata per la sua sostanza. Dura, burbera, autentica.

– Nessuna illusione – sentenziò.

Era una città che non illudeva, questo contava. Al contrario di Parigi, che fa promesse e strazia all'ultimo. Disse così: strazia all'ultimo. Le raccontai che mancavano ancora alcune tappe della Milano di Libero Marsell. Le avrei mostrato la più importante quella sera, se non era toppo stanca.

E gliela mostrai.

Arrivammo in osteria per l'inizio del turno, Marie rimase fuori mentre sistemavo i tavoli e lucidavo i boccali. Passeggiò per il Naviglio, si soffermò davanti al canale, spulciò i libri al mercatino dell'usato di fronte alla Darsena. Poi entrò, si avviò al bancone, mi disse Bonsoir e si sedette sullo sgabello di fronte alla cassa. Le servii un Sangiovese, quando Giorgio arrivò la trovò così. E quella fu l'unica volta che lo vidi in imbarazzo. Si tenne in disparte, non venne mai da me, disse solo – Francesino, stasera prevedo gente.

Si presentò lei. Si alzò dallo sgabello e andò da Giorgio che rimaneva a buttare pane secco alle anatre del canale. Non so cosa si dissero, a un certo punto anche Marie cominciò a buttare pane secco, e lui a ridere. Quando tornarono il locale era mezzo stipato, avevo messo un disco di Serge Gainsbourg in onore della nostra ospite parigina. Cominciò la serata e io mi godetti la meraviglia dei randagi di Milano per la bella francese, e quella di Giorgio, che la invitò a bere un bicchiere con lui e avrebbe continuato tutta la notte se io non l'avessi portata via alla chiusura.

L'alchimia della carne di Marie Lafontaine. La sua *magie*. Attecchì all'osteria e il giorno successivo, che protessi dall'invito insistente di Giorgio per un pranzo e anche dalla possibilità di farla conoscere a Mario e Lorenzo e Palmiro Togliatti. La tenni per me, ancora, dopo aver passato la notte nello stesso letto. Quella sera dormimmo vicini come nel pomeriggio e io scoprii che Marie russava. Un sottile brontolio che mi tenne sveglio. La vedevo nella penombra, era supina e la coperta le scopriva un fianco. Sentivo l'odore, la forma immobile e raccolta, ritrovai l'audacia che credevo dimenticata. Mi voltai, allungai una mano e strinsi un lembo di lenzuola. Lo sollevai appena, e fu come se tutti gli impeti passati, e i desideri presenti, si fossero riversati in quel tentativo timido. Abbassai la testa e intravidi il pigiama che sforzava per la spinta del seno, avvicinai il naso al tepore del corpo, ai capelli, al collo, e immaginai che sì, alla fine ce l'avevo fatta, alla fine era stata mia.

Quando mi svegliai lei era alla finestra, alzò le spalle e disse – Mastroianni n'est pas là, Grand.

Iniziò così il nostro secondo e ultimo giorno, con Marie malinconica per aver mancato una passione da dolce vita. Di quelle ore ricordo la sua invisibilità. Le parole tolte, gli sguardi aggiunti, i sorrisi sor"io"nioni e un attaccamento ancora più vivo a noi due. Intuii qualcosa di sconosciuto, forse un accenno del suo carattere che riservava agli amanti e che aveva a che fare con una specie di paura. Me lo disse a colazione, mangiando dei biscotti alla nocciola e bevendo il cappuccino, l'idea di dover partire e di lasciarmi la rendeva inconsistente.

– Rimani.

– C'est la même chose.

Non avrebbe fatto differenza, il distacco prima o poi ci sarebbe stato. Così mi guidò lei in una Milano che visitammo sotto il segno della casualità, dopo che chiamai da Leoni per avvertire che non sarei passato in studio. Avvertii anche Giorgio, gli chiesi di poter attaccare in osteria a metà turno perché il treno della mia ospite sarebbe partito alle dieci dalla stazione Centrale. Prima di quell'appuntamento io e Marie gironzolammo senza meta e di lei seppi che aveva una sorella, abitava in Normandia, e che i genitori si godevano la pensione in Borgogna. La madre aveva gestito una boulangerie per tutta la vita, il padre era stato un professore di francese. C'era una chicca: si era sposata a vent'anni con un compagno di liceo, il matrimonio era durato sette mesi. Le chiesi dove fosse lui adesso. Prima di rispondere si tolse la sciarpa azzurra e me la avvolse al collo. Il suo ex sposo faceva il viticoltore in Alsazia, nemmeno lui si era costruito una famiglia. Voilà, il peccato originale. Lo disse mentre sfilavamo per un parco Sempione calato nella nebbia. Rimanemmo nella foschia anche quando si dissolse, la nostra invisibilità, ci apparteneva finché non tornammo nel monolocale e ci stendemmo a letto. Marie mi passò una mano sotto il collo, – Ieri notte non riuscivi a dormire, vero Grand? – e si trattenne divertita.

Rimasi immobile, guardavo l'attaccapanni e la sciarpa che lo strozzava come un boa. Mi voltai piano, appena incrociai il suo sguardo scoppiammo a ridere. Le confidai che anche Monsieur Marsell mi aveva colto in flagrante a Deauville, e che da allora era diventato il mio più grande alleato.

– Tuo padre veniva in bibliò: spesso c'era lui dietro i libri che ti consigliavo. Gli avevo promesso di non dirti niente.

Mi raccontò di come lei e papà si fossero incontrati per caso nel Marais, poco dopo la vacanza di Deauville, e di come lui passasse ogni tanto in biblioteca per lasciare un biglietto con un titolo scritto di fretta. Erano suggerimenti per il suo bambino che lei e i suoi colleghi si trovavano d'incanto sul desk di consultazione.

La fissai.

– *Addio alle armi*, *Fontamara*, *Il commesso*. Qualcun altro, Grand.

Ripescai più letture che riuscii a ricordarmi, scossi la testa per la pazzia di Monsieur Marsell che era dolcezza e imprevedibilità e stramberia. Andai in bagno, chiusi a chiave la porta e rimasi con la schiena appoggiata alla parete: strizzai gli occhi e conservai il volto di papà, faticavo a ricordare la forma del viso, trovai la smorfia sorniona. Mandai giù l'acqua e uscii, Marie era in piedi al centro della stanza. Venne subito. La tenni stretta, mi spettinò e disse che le incursioni alla bibliò di Monsieur Marsell andavano festeggiate con una pizza. Ordinammo una Quattro stagioni per me, e una alle verdure per lei. Le mangiammo sul tavolo da campeggio davanti alla finestra, circondati dallo zigzag dei miei romanzi e con la radio che faceva canzonacce. Il nostro Marcello non si fece vedere, in compenso il Panasonic squillò a metà della cena. Scommettemmo che fosse Madame Marsell, invece era Frida. Mi chiedeva come stavo, raccontò delle pressioni di Leoni al lavoro e domandò come mai non avevo risposto alle sue telefonate, erano due giorni che provava a chiamarmi. Mi giustificai che era per via della febbre troppo alta, comunque l'indomani sarei tornato. Disse che era felice di rivedermi. Le dissi che lo ero anche io.

Riattaccai imprecando: rimaneva un quarto d'ora per finire la pizza, chiudere la valigia e sistemare le ultime cose. Facemmo tutto senza fretta e ricordo che alla fine Marie chiese di rimanere da sola nel monolocale, voleva salutare per bene il rifugio del suo Libero. Scesi per primo, quando mi raggiunse smettemmo di parlarci. Tirai la sua valigia fino alla colonna dei taxi, salii con lei e usai una parte dei soldi di mamma per regalarci l'ultimo viaggio insieme, mentre Milano ci accompagnava con le sue luci giallognole. Arrivammo puntuali, l'orologio della Centrale disse che avevamo ancora venti minuti. Raggiungemmo il binario, il treno era già lì. Marie mi domandò se la telefonata ricevuta durante la pizza era di un piccolo amore. Dissi che non lo sapevo, era tutto aggrovigliato.

151

– Un segno – lo disse in italiano. – Un segno e capisci, Grand, uno.

Poi mi fece promettere di ricominciare a leggere. Il fatto che non avessimo parlato di libri non voleva dire che si fosse arresa alla mia pigrizia. – Promets-moi.

– Je te le promets.

Voleva una seconda promessa: dovevo continuare a essere quello che ero stato l'altra notte nel letto, mentre lei fingeva di dormire e io sollevavo il lenzuolo.

Tacqui.

Lei sorrise, prese la valigia e venne verso di me, l'abbracciai prima io. Rimanemmo così finché sentimmo che era l'ora.

Per il ritorno mi concessi un altro taxi. Durante il viaggio guardai fuori dal finestrino la Milano che adesso era un impasto di due Libero. Marie era stata il ponte. Lo capii scendendo in Porta Romana con il suo pavé e i marciapiedi sottili e le case basse: adesso erano i miei. Percorsi la strada verso il monolocale e sentii che no, stavolta la nostalgia non sarebbe finita in solitudine, avrebbe dato qualcosa di buono. Aprii il portone e salii le scale, entrai in casa: fissai i cartoni delle pizze sul tavolino da campeggio, la porta del bagno lasciata socchiusa da Marie, la cicca della sigaretta nel posacenere, la forma del suo peso sul lato sinistro del divano letto. Sul lato destro, appoggiato al mio cuscino, c'era un libro. Mi avvicinai e vidi che era *Mentre morivo*. L'aveva preso dalla pila, spolverato, posato lì. E quella era la mia terza promessa da onorare.

L'eredità di Marie cominciò dal segno che mi aveva detto di cercare in Frida. Dopo che tornai in ufficio mi barcamenai nell'attesa di trovarlo, in una settimana ottenni ordini a denti stretti, un incontro nell'alloggio segreto, per due volte finimmo a letto. Sentivo un'immobilità, e il rischio di una nuova palude. Poi successe.

Il segno arrivò il pomeriggio in cui mi rivelò che si chiamava così in onore di Frida Khalo. Sua madre aveva scelto quel nome perché conteneva il riscatto femminile e l'inclinazione al sacrificio. Me lo raccontò mentre eravamo in fila per la mostra della pittrice messicana a Palazzo Reale: il giorno prima mi ero trovato sulla scrivania due biglietti e un post-it con scritto *È un invito*.

– Sai Libero cosa disse la Khalo prima di morire? *Spero che l'uscita sia gioiosa e spero di non tornare mai più.*

L'uscita gioiosa. Guardavo questa trentenne milanese che poteva sembrare un cannibale, che per certi versi lo era, legata a una madre che non ti aspetti. Mi domandavo in che modo avesse assorbito la patina che si portava dietro.

– Mio padre – disse lei senza che le chiedessi niente. – È stato lui a spegnere mamma, una donna nata in miseria che voleva cambiare vita. A lei non importava che fosse un certo tipo di uomo – Sorrise: – Io non farò la stessa fine.

Salimmo alla mostra e dopo aver lasciato i cappotti al guardaroba, prima di entrare, mi sentii prendere la mano. Guardammo così il dipinto di apertura, intrecciati, era l'autoritratto di una Khalo trafitta da frecce e vivisezionata sulla colonna vertebrale, simbolo delle fratture che l'avevano costretta all'immobilità. Non riuscivo a staccarmi da quel fisico di donna martoriato e consapevole, si portava addosso la forza della rivoluzione. Liberai la mano di Frida dalla mia, infastidito, lei rimase sospesa, si ritrasse di colpo e proseguì da sola verso il secondo dipinto. La guardai, ancora, come poteva stare bene nel suo nome?

Ribellioni, volubilità, appetito per la vita. Raccontai ai ragazzi del mio risveglio esistenziale dopo la partenza di Marie.

Lorenzo si accese una sigaretta e mi diede una pacca sulle spalle, aveva lasciato a casa Palmiro perché adesso era sua madre ad averne bisogno. Mario chiese se avevo intenzione di fidanzarmi con un'avvocatessa.

– No di certo.

– Sono tutte craxiane.

Per festeggiare il senno ritrovato mi portarono al Tombon de San Marc, una tana per veri milanesi, dove bevemmo birra rossa e conoscemmo alcune amiche di Lorenzo e la sua presunta ragazza. Vanessa, spiccia e scheletrica, con un tatuaggio vistoso sulla mano e un cappello da uomo. Con lei discutemmo di socialismo e di Berlinguer, delle ostriche normanne, meglio se condite con il pepe, e del cinema spaesato di Fellini. E di Sartre che ne pensavo? Scoperchiai la memoria. Le raccontai per filo e per segno, poi decidemmo tutti quanti di uscire in strada per ripercorrere il tragitto che Buzzati era solito fare per ispirazione e ritualità: San Marco, Pontaccio, Solferino, due viuzze di Brera e corso Garibaldi con la casa della Laide di *Un amore*. Passeggiavamo tutti insieme, i cappelli foderati di pelo calcati sulla testa, senza fretta, con io che mi voltavo a immaginarla insieme a noi, la sciarpa azzurra che le arrivava alle caviglie e la sua allure che faceva girare gli italiani, Merci de tout mia Marie. Parigi era tornata, Parigi era a Milano.

Lorenzo intuì che iniziavo a sentirmi a casa, così mi invitò ogni volta che si vedevano al Tombon. Andavamo al cinema il sabato pomeriggio e la domenica, rivedemmo *Full Metal Jacket* e il film cambiò. Il monologo del sergente ci fece sbellicare e la violenza ci raggelò. Kubrick era un visionario neorealista. Frida aveva raffreddato una pellicola straordinaria come Lunette aveva esaltato il Louxor. Ritrovai una nuova stagione. Ci muovevamo in tre, io Lorenzo e Vanessa, a volte in cinque quando si aggregavano Silvia e Nina, le altre amiche di lei. Eroticamente nulle, comunque stimolanti: avevo il cervello pregno.

Mario veniva poco, confidò a Lorenzo di sentirsi un pesce fuor d'acqua per la sua formazione poco intellettuale, la stessa che gli impediva di tener testa a una lettrice come Anna. Disse anche di avercela con me: non avevo mai accettato di incontrare la sua fidanzata e la sua famiglia.

Lo chiamai e mi autoinvitai per una cena. Lui disse – Ti sei deciso, – poi aggiunse – La Vespa è pronta.

E quella della Vespa fu una sera di meraviglie. Io e Mario ci accordammo nei minimi particolari, lui l'avrebbe guidata fino all'osteria e insieme l'avremmo impacchettata. Nel frattempo avrei chiamato Lorenzo per dargli appuntamento, la scusa era che avevo bisogno di un aiuto per ammassare dei tavoli inutilizzati.

– Sai guidare con le marce, Marione?

– Per chi mi hai preso?

Mi chiamò che si era fermato a metà strada, non riusciva più a metterla in moto. Lo raggiunsi e mi accorsi che il serbatoio era a secco.

Mentre facevamo il pieno ammirai il nostro regalo, era una Special rimessa a nuovo con pezzi originali e vernice pastello rifinita. Sella antracite per due, pianale comodo per Palmiro. La guidai d'un fiato fino ai Navigli, filava come il maestrale, la parcheggiammo sul retro dell'osteria in una stanzetta dove tenevamo i fusti di birra e le scorte.

Per impacchettarla Giorgio ci diede una confezione di carta da alimenti, il tocco finale fu un fiocco blu. Il resto era già stato preparato e si avverò con assoluta precisione: quando Lorenzo arrivò, dopo la chiusura dell'osteria, trovò le saracinesche a metà. Andò Giorgio ad accoglierlo e lo ringraziò per l'aiuto, gli disse che io e i tavoli eravamo sul retro, poi lo accompagnò nella stanzetta chiusa. Lorenzo bussò due volte, io gli aprii e lui si ritrovò al buio.

– Libero?

Mario accese la luce: seduti sui fusti di birra c'erano sua madre e Palmiro, Vanessa e le ragazze, alcuni amici della vecchia compagnia e uno scroscio di applausi.

Lorenzo venne avanti, faticava a tenere gli occhi aperti, lo stupore pesava su questo ragazzo selvaggio e gentile che non aveva mai chiesto niente. Ci guardò e noi gli dicemmo È per te.

– Per me.

– Per te.

Girò intorno al pacco, scartò un pezzetto e si bloccò. Non versò lacrime, non fiatò. Lo fece sua madre. Lui biascicava solo È per me. E noi eravamo lì, a incitarlo, quando diede un colpo alla pedalina e fece gas davanti all'osteria, mentre ci salutava e accelerava, una freccia nella notte dei Navigli.

Grand!

Ieri sera ho rivisto "Una giornata particolare" con il nostro Marcello: mi fa sognare. Facciamo un patto, tieni d'occhio il misterioso annaffiatore di gerani così quando torno a Milano ne sapremo di più.

Dal mio rientro a Parigi qualcosa è cambiato anche per me. Ha a che fare con la polvere tolta dalle cose. Per festeggiare ho passato un fine settimana alle terme di Budapest con le mie amiche d'infanzia e non sai le risate. Quattro tardone con la testa da bambine.

Ti penso sempre, ieri più di sempre: in bibliò è venuto un sedicenne che mi ha chiesto un consiglio di lettura. Ho deciso per "La collina dei conigli" e mentre glielo davo ti vedevo a mille chilometri di distanza con la paura di scegliere tra la vita e l'oscenità, senza sapere che sono la stessa cosa. L'osceno è il tumulto privato che ognuno ha, e che i liberi vivono. Si chiama esistere, e a volte diventa sentimento. Tieniti stretta la tua meravigliosa indecenza, Grand. E ricordati le due promesse.

Ci vediamo nella Parigi natalizia.

M.

Invece per quel Natale pattuii con mamma di non tornare. Dovevo lavorare ogni sera in osteria ed ero finalmente coraggioso, sarei andato a trovarla in febbraio per il mio compleanno. Accettò solo perché le assicurai che ci saremmo sentiti spesso e che avrei riflettuto sulla faccenda di iscrivermi alla Statale per finire gli studi. E perché Marie l'aveva tranquillizzata sulle mie condizioni. Si erano viste per un aperitivo, come potevo non averla portata al ristorantino sui Navigli? Si lasciò sfuggire: È una donna che mi piace. Da quel momento Madame Marsell cominciò a chiamarmi tre volte a settimana e a insistere sulla laurea. Con la stessa cadenza io e Frida scopammo. Fu un appuntamento che lei pretese più di me, alla stregua dei suoi ordini lavorativi. In pausa pranzo, la domenica mattina, a tarda notte. Non perse mai le sue labbra fredde, cercava abbracci, per averli recitava un eros che non le apparteneva. Fingeva spontaneità e si imbalsamava in fisicità scomposte. Aveva nostalgia per lo sposo perduto, e curiosità per una liberazione alla Duras. Il senso di antipatia non mi abbandonò, crebbe, s'insinuò anche nell'alloggio segreto e cominciò a erodere il suo potere emotivo. Un martedì sera passò a trovarmi in osteria, in jeans e piumino, il cambio d'abito non l'aveva sciolta. Si intimidì davanti a Giorgio, canticchiò *Luci a San Siro* di Vecchioni fingendo di sapere le parole. Si spaventò davanti all'umanità che ordinava Moretti doppio malto, quando ne spillai una per lei chiese una cedrata. In compenso aveva un talento nascosto per le freccette, vinse tre partite su cinque. Era una donna intricata con un senso di dedizione. Si adattò come poteva alle mie esigenze erotiche: capì l'importanza del sesso orale, e le posizioni che mi ricordavano Lunette. Le evitò e ne scelse altre che mi intenerirono per la sua goffaggine. Cercammo di ripararci a tentoni.

Fu l'incipit dell'era post abbandonica, la mia corazza cominciava a sgretolarsi e io mi buttai su me stesso attraverso esili tentativi di legame. Frida Martini era una ragazza senza fulgore che a suo modo aveva dato il via alla ricostruzione.

– Proteggetevi. In tutti i sensi.

L'imperativo venne da Giorgio appena seppe che io e Frida andavamo a letto senza furore e senza preservativo: da quando apparecchiavo alla chiusura dell'osteria, Giorgio mi parlava del momento giusto per lasciare andare una persona risparmiando squarci inutili, lui aveva fatto lo stesso con la sua fidanzata appena era finito in carrozzella.

– Ma io non sono in carrozzella.

– Sei sicuro? – mi fece l'occhiolino, – Se non gira lascia perdere, LiberoSpirito.

Insistette sugli addii costruttivi per poco, mi tormentò sull'Aids allo sfinimento. E mi mostrava la Sandra, una ragazza tutt'ossa che chiedeva i limoni a fine serata e mi indicò Mauro, un trentenne che beveva Sangiovese mentre guardava giocare a freccette. I clienti lo chiamavano Gengiva perché le aveva consumate. Anche lui soffriva dell'Aiz, lo pronunciava così, e l'aveva trasmesso alla fidanzata. Dissi a Giorgio che io il preservativo non lo sapevo mettere. Però avevo un'intuizione su come provare a educarmi. Gliela confidai.

– È una buona idea. Offro io – disse.

Decidemmo di vederci il lunedì sera, turno di chiusura dell'osteria. Alle undici.

Arrivò all'appuntamento a casa mia con la sua Uno tappezzata di adesivi dell'Inter. La guidava con i comandi al volante, un giochetto che era costato un occhio della testa. Nel tragitto parlò soprattutto di Marie, sarebbe tornata a Milano? Mi rivelò che l'aveva colpito per come lo faceva sentire a suo agio. E per le tette, certo. Imboccò viale Toscana e la percorse lento finché gli indicai Marika.

– È nera nera – Giorgio accostò e tirò giù il finestrino. Gliela presentai e lui le spiegò tutto. Le assicurò che l'avrebbe riaccompagnata lì. Concordò diecimila lire e mentre la pagava lei scoppiò a ridere, nessuno le aveva mai chiesto una cosa del genere. La Uno ci riportò sotto casa, io e Marika salimmo. Il francesino che veniva da Parigi e la nera in minigonna di paillette.

Le dissi che ero nervoso.

– Ci penso io, tranchilo.

Si guardò intorno, il monolocale era sottosopra. Andò in bagno e si lavò. Quando uscì l'aspettavo davanti alla finestra, la casa di Mastroianni era spenta e i fiori confusi nella notte. Marika venne da me, mi prese una mano e se la portò sui seni, erano appuntiti, mi massaggiò tra le gambe. Odorava di sapone, mi slacciò i pantaloni e mi spogliò. Lo sentii indurirsi.

– Hai il pisello forte – estrasse il preservativo dalla borsa e mi disse di scartarlo.

Ubbidii e mi accorsi che stavo perdendo durezza.

– Tranchilo – mi massaggiò di nuovo e spiegò come riconoscere il verso giusto del profilattico. Lo premetti contro la punta e lo feci scendere a metà, mi incartai.

– Fatti aiutare dal pisello – e mi mostrò come andava srotolato premendo sul fusto. Ci riuscii a tre quarti, lei completò l'opera e io me lo fissai.

– Proviamo ancora – Marika tirò fuori altri due preservativi. Fu allora che socchiusi gli occhi, e la chiamai Lunette. Ritrovai la mia negritudine, me lo accarezzava e io allungai una mano su un seno, sul collo. Presi un preservativo e migliorai, tentennai sul verso giusto. Il terzo andò bene. Rimanemmo uno davanti all'altra.

– Prova con me – Marika sorrise.

Le dissi che non avevo soldi.

Sorrise ancora e mi fece sedere, si mise a cavalcioni e poco alla volta io lo vidi sparire nel triangolo.

– Controlla la base sempre – ansimò mentre mostrava come l'anello doveva rimanere fissato durante la penetrazione.

Le volevo bene e l'abbracciai. Lei non smise di prendermi, – Senti?

Annuii, premetti il viso contro il suo petto e lei continuò a muoversi. Era un piacere attenuato che la circoncisione aiutò a sciogliere. Le afferrai il sedere, mi lasciai cadere all'indietro e socchiusi gli occhi per l'ultima volta. Me la godetti così, la mia Lunette, sfocata, finché crollai e le dissi Mon amour, je jouis, mon amour.

Marika mi accarezzò, piano, poi si sfilò da me. E io lo vidi, bianco e sottovuoto, nella sua seconda vita di plastica.

Il preservativo preparò l'audacia. Aspettavo nuovi incontri, se capitava mi dedicavo a Frida. Si stupì di come fossi diventato coscienzioso e spento, la prendevo da dietro mendicando orgasmi senza felicità. Mi inseguiva, le sfuggivo. A volte telefonava e io non rispondevo, dal mio tavolo da campeggio ascoltavo gli squilli a vuoto del Panasonic con una punta di sadismo. Al lavoro eravamo impeccabili: più ci affidavamo alla carne, più ostentavamo indifferenza. Continuai con le mansioni da schiavo mentre gli inviti nell'alloggio segreto si diradavano. Vedevo la porta scostata o chiusa con lei dietro, rimanevo in bilico sulla scala e catapultavo faldoni tagliato fuori dal mio luogo emotivo. Un pomeriggio bussai, mi disse che voleva stare sola, la sera stessa mi concesse di entrare per una tisana. La bevemmo in piedi.

Il tumulto si spostò nelle notti dell'osteria, servivo ai tavoli con scioltezza e con due preservativi in tasca. Cominciai a usarli: una ragazza della Brianza che veniva ogni tanto per la birra rossa di Giorgio. Consumammo nella sua macchina e io sentii la tristezza. Poi capitò una donna sulla quarantina, alticcia e con la pelle di cartapesta. Intuii la sua gloria sfiorita, e quanto un tempo gli uomini avessero bramato per averla. La presi nel bagno dell'osteria, godendo mentre affondavo le mani nelle natiche cadenti. Giorgio suonava Guccini, Vecchioni, il tango argentino, e registrava le mie conquiste con una tacca sul bancone. Mi confidò che la sera del preservativo, prima di riportare a casa Marika, le aveva usato una delicatezza di labbra per diecimila lire. Le ragazze di colore sanno di cognac.

Libertà e malinconia andavano di pari passo, sfogavo il mio nuovo esistenzialismo con masturbazioni che mi facevano riappropriare del corpo. Ero voracità e quiete. La ricostruzione contemplava l'ossimoro e il rifugio nelle abitudini private: le chiacchiere con Marika e le ragazze che adesso mi chiamavano Tranchilo, il tragitto che andava dal Duomo a Brera. Spesso in solitudine, a volte con i ragazzi e con Vanessa e le sue amiche. Conobbi la Milano dei panettoni e dell'inaspettato.

Fu Mario a mostrarmi un'altra piccola bellezza: la zona austera della Statale e quella bucolica dell'Università Cattolica, le vie invisibili intorno alla casa del Manzoni, labirinti di un'aristocrazia decaduta e di ristoranti in livrea, di clochard in fuga e di architetture prima avare, di colpo sorprendenti. La gelida e accogliente Milano, contraddittoria al mio stesso modo. Con gli abitanti schivi e curiosi e il fascino delle sue chiese timide: l'Incoronata di corso Garibal-

di, rossa e fatata, e la basilica di San Calimero dietro la Crocetta, incastonata in una viuzza dimenticata. Lì accesi un
cero, Pour toi, mon papa.

Marie,
   del Natale a Parigi mi mancherete tu e il gelo della Senna.
Non verrò per le feste, l'osceno si sta trasformando in linfa e io
non posso interrompere questa chimica.
   Qualche mattina, nel dormiveglia, mi capita di sentire la
ghiaia dell'Hôtel de Lamoignon sotto i piedi e di vederti dietro
la vetrina della bibliò. Non leggo più. Ho lasciato "Mentre mo-
rivo" alla polvere. Credo sia il contraccolpo, adesso sento il
bisogno di azzannare la vita. Se facessi una riunione ai Deux
Magots lascerei il tavolo per bere con Philippe e infastidire le
turiste. Era prevista questa fame? Ho ribattezzato la mia carne
con incontri senza sangue. Ma credo di piacere: il y a une peti-
te magie de Grand, peut-être. Torno in febbraio, non dimenti-
carmi.

Il tuo Libero

La spedii pensando al concetto di ribattezzare il corpo in
seguito a una separazione. Io e Marie ne avevamo parlato
passeggiando nella nebbia di Sempione: in una storia d'amore ci si appropria dell'altro e l'altro si appropria di noi. Le
mani, gli occhi, il volto, la pelle, i sessi, e più il tempo di legame dura e più l'identità singola si dissolve. Diventa due.
L'abbandono la frantuma e apre il bivio: ritrovarci in un
nuovo legame dopo qualche tempo o diventare se stessi nella
brutalità. Avevo scelto una strada di mezzo, forse inesistente.

La strada di me stesso cominciò quel Natale, sotto il segno di Monsieur Marsell che aveva fatto del 25 dicembre la
sua ossessione. Mamma raccontava che mio padre aveva cer-

cato di farmi ereditare il suo senso natalizio già da neonato, leggendomi storie su Santa Claus e sugli elfi che incartano i regali al Polo Nord. Si era travestito in tuta rossa e barba bianca fino ai miei dodici anni, aveva continuato a trasmettermi la sua atmosfera con cocciutaggine anche dopo. E ci era riuscito. Dai primi di dicembre germinava in me un senso di possibilità. Glielo dissi la sera della Vigilia mentre sostituivo un fusto di Moretti nella stanzetta dell'osteria, Joyeux Noël mon papa, et merci pour ça. Poi mi buttai nella mischia, visto che Giorgio aveva organizzato un veglione a base di Negroni, gara di freccette e la tombola con in premio un cotechino, un disco dei Queen e i libri selezionati da lui.

Avevo allestito l'osteria con luci intermittenti e abeti nani carichi di caramelle Rossana che i clienti sgranocchiarono in un'ora. C'erano Gengiva e gli altri tossici, il pugno di cinesi e nordafricani, e i clienti storici, c'erano Lorenzo e Palmiro e la Vespa azzurra battezzata Assuntina legata al palo con doppio catenaccio. Passò Frida dopo la messa di mezzanotte, fuori l'aspettavano gli amici e lei entrò trafelata e in imbarazzo, mi diede un bisou veloce sulla guancia e io le dissi Buon Natale. E c'era questa signora avvolta in una nuvola di fumo che in quelle ore scrisse su un quaderno e ci guardò sorniona. Sul tardi la vidi alzarsi e andarsene verso la porta. Auguri, balbettai accompagnandola fuori. Lei restò muta, il suo augurio era nel fazzoletto che trovai sul tavolo su cui aveva annotato in stampatello: ci sono notti che non accadono mai.

E forse era stato così, quella notte accadde per immaginazione, anche quando mi risvegliai a casa di Giorgio la mattina di Natale, dopo aver dormito sul divano con uno dei suoi gatti tra i piedi e il profumo di arrosto che si insinuava dalla cucina. Giorgio stava sfornellando con una papalina rossa, appena mi vide disse Erano dieci anni che non festeggiavo in due la nascita di Cristo.

163

Mangiammo agnolotti in brodo, lesso con mostarda e patate al forno, cipolla caramellata, lamponi e zucchero, panettone. Mi mostrò la sua fidanzata storica in una fotografia che teneva in una cornice di fiammiferi, loro due abbracciati in Sardegna, entrambi in pareo. Era una bionda acqua e sapone, un po' hippie. Bellissima.

Passammo il pomeriggio con la coperta sulle gambe e le pantofole calde di stufa: riguardammo *Amarcord*. E ripetemmo in coro la frase dello zio di Titta al Grand Hotel quando racconta della serata con una turista e di come lei gli avesse concesso l'intimità posteriore. Non fiatammo davanti alla nebbia di Fellini, alla Gradisca e al grammofono che suonava contro i fascisti. Il nostro Natale fu il pensiero di Aurelio, il padre di Titta, quando disse Un babbo fa per cento figlioli e cento figlioli non fanno per un babbo, questa è la verità. Ci sono notti che non accadono mai.

Santo Stefano diventò la cena che avevo promesso a Mario e alla sua famiglia. Cercai una scusa per rimandare, mi arresi quando mi telefonò la mattina per dirmi quanto suo padre e sua madre non vedessero l'ora di abbracciarmi. E poi c'erano il risotto con l'ossobuco, il bollito e la mostarda, persino i nervetti in umido. C'erano zii e zie, nonni e nonne, e c'era la sua fidanzata. Non passavo a casa sua da prima di trasferirmi a Parigi, viveva in un appartamento con soffitti di sei metri, vecchie litografie di Milano, copie del Caravaggio, un De Chirico originale, cucù, specchi d'argento, velluti. Indossai uno dei vestiti di papà, senza cravatta, e mi feci trovare in orario davanti al portone. Mario mi venne a prendere in Bmw, raggiungemmo corso Venezia, il fortino altolocato dai palazzi liberty, e parcheggiammo in un cortile stipato di berline scure. Salimmo in ascensore e quando arrivammo sul pianerottolo sentii un assedio di voci dietro la porta.

Ho una memoria confusa di quel giorno. I parenti che si

presentavano, un brindisi in mio onore appena arrivato, la puzza di vecchio della mamma e il dopobarba del padre, la stretta frizzante della zia e i lampadari di Swarovski e la radica del mobiletto dei liquori. Una nonna la ricordo bene. Si chiamava Olivia ed era una nonnina di spirito che mi protesse per tutta la serata. Mi mostrò casa, mi trattenne nel corridoio per farmi riprendere fiato, interruppe la pedanteria di due zii di Mario, mi prese per mano e mi introdusse in un salotto dove si accalcavano alcuni cugini, uno lussemburghese con cui parlai in francese, e un altro gruppetto. Si fece largo e mi presentò questa ragazza semplice in camicetta bianca smanicata e pantaloni di taglio maschile. Aveva le braccia affusolate, non magre, e un modo curioso di pendere in avanti quando si presentò.

– Anna.

Il viso era ampio e di un biancore assoluto: aveva molto di Claudia Cardinale. Sorrise, il piccolo incisivo invadeva il maggiore.

– Libero.

Era castana, i capelli le finivano sul seno abbondante. Aveva l'impressione di avermi già visto, forse era dovuto ai racconti di Mario. Bazzicavo in zona Statale?

Le dissi che era difficile, al massimo sui Navigli o in Porta Romana. Indugiò su di me, ma non mi guardava, era sovrappensiero. Di colpo esclamò: – Ti ho visto all'Anteo.

Abbassai la testa e cercai nonna Olivia, parlava con il lussemburghese.

– Davano *Full Metal Jacket*. – Anna si mise sull'attenti come il soldato Joker, imbracciò un fucile immaginario – I morti sanno soltanto una cosa: che è meglio essere vivi – e si spostò i capelli dal lato destro al sinistro.

Conobbi così Anna Cedrini. Con un'imitazione del soldato semplice Joker sul fronte vietnamita. Aveva una memoria fotografica spiazzante: si ricordava del gessato che indossavo e di una ragazza bassetta in tailleur.

– Ero appena uscito dal lavoro con una collega – avvampai.

Mi presentò agli altri, pura formalità, poi chiacchierammo io e lei di Kubrick e di *Shining*, le gemelle nel corridoio dell'Overlook Hotel avevano traumatizzato la nostra adolescenza. Ricordo una sensazione, il tempo ebbe una gran fretta. In mezz'ora passammo dal cinema, adorava Dario Argento, ai viaggi, Lisbona città del cuore, allo sport, tifava Juventus da sempre. Mi disse che si sarebbe laureata quell'estate, Lettere moderne, e che mi dovevo preparare alla cena natalizia più impegnativa del secolo. Ce l'avrei fatta?

– Ho un po' d'ansia.

– Segui nonna Olivia, perché sarà lei a tirarti fuori da questo Vietnam milanese.

– Vietnam che? – Mario ci sorprese da dietro e baciò Anna. Disse di averci guardato chiacchierare da lontano: era stata una scena che aveva chiuso il cerchio della sua giovinezza.

E della mia.

Mangiai con l'escamotage del cibo schiacciato contro il piatto. La madre di Mario mi servì due volte il risotto e per il bis stipai i chicchi contro il bordo. L'impressione che diedi era di averne apprezzato una buona metà. Quando rifiutai il bollito e le zie di Mario insistettero perché almeno lo assaggiassi, intervenne nonna Olivia, – Voi laggiù, dico a voi: non state ingrassando il maiale!

Risi e adocchiai Anna dall'altra parte del tavolo. Mi stava guardando e sorrideva. L'avevo cercata durante l'antipasto, mi aveva cercato durante l'antipasto. E fino al mascarpone.

Dopo il caffè ci incontrammo vicino al divano con le zampe da cane, Mario e nonna Olivia erano andati a salutare uno zio che se ne andava.

– So che stai pensando di iscriverti in Statale – Anna venne verso di me.

Annuii.

– Se passi mi trovi al terzo piano, ufficio 34.

Le strinsi la mano, rimanemmo indecisi, poi ci baciammo sulle guance. A Mario, mentre mi riaccompagnava a casa, dissi che aveva una fidanzata incantevole. L'aveva davvero trovata in piscina?

– In piscina – confermò.

Scesi dalla Bmw e lo ringraziai. Mi incamminai inquieto verso Brera.

In quel gennaio Giorgio aggiunse tre tacche sul bancone dell'osteria. Un'amica niente male di Vanessa, la cassiera della Standa, la figlia di una conoscente di mamma che mi offrì un tè di benvenuto milanese. C'era l'avventura, mancava l'eros. Provai a ricalibrarlo una sera, poco prima dell'uscita dallo studio, quando Frida mi disse che sarebbe rimasta per degli straordinari.

– Lavorerai per molto?

Disse che non lo sapeva, l'avvertii che sarei ripassato alle undici per quattro chiacchiere e di non farsi problemi se voleva andare a casa prima. Non ci eravamo più visti dalla vigilia di Natale, a parte una telefonata per farci gli auguri di buon anno.

Chiesi due ore libere a Giorgio e mi ripresentai da Leoni. Frida stava ancora lavorando.

Le dissi a bruciapelo della tapparella, era quello il momento in cui mi aveva colpito. Lo sforzo proteso e il sedere rivolto.

– Me n'ero accorta – mise il tappo all'evidenziatore e si legò i capelli.

– Lo faresti?

– Libero, sto lavorando.

– Solo un attimo.

– Volevo parlartene da un po'. Penso...

– Solo un attimo, Frida. Solo stasera.

Mi guardò con tenerezza, e con astio. Gli stessi sentimenti ci appartenevano. Ripose il chewing-gum nel fazzolettino, si alzò e si voltò, le mani aggrappate alla corda della tapparella. Rimasi seduto, le chiesi di domandarmi aiuto come aveva fatto in quei mesi.

Si ammutolì, poi disse – Mi aiuti Libero, per favore?

Girai intorno alla scrivania e mi aggrappai dove lei teneva le mani. Feci scivolare le dita alla schiena inarcata. Le sollevai la gonna, le calai le mutandine. La presi così, senza protezione, con lei che agguantava la corda per tenersi ferma. Mi chinai sopra e sentii l'odore di muschio bianco dietro le orecchie, la avvinghiai, la premetti contro la finestra e mi trattenni l'attimo prima dell'orgasmo. L'avevo sentito: il logorio dei corpi, la stanchezza dell'incontro. E l'aveva sentito anche lei. La percezione che cambia l'eros, eravamo amanti scaduti, all'inizio della noia. Eros svuotato come le altre tacche. Il segno ultimo.

La abbracciai, Frida mi accarezzò, e mentre stringevo la sua carne stanca, mentre le afferravo i fianchi e mi preparavo a venire, io la ringraziai. Ci eravamo ribattezzati il corpo, e un pezzetto di spirito. E quella era la nostra uscita gioiosa.

Qualcosa era davvero cambiato. Vivevo la femmina, la donna ancora sfuggiva. Mi sentivo in crisalide. La seduzione costava meno e avveniva con schiettezza. Avevo accantonato pudori e insicurezze, a favore di un modo spiccio che non mi faceva perdere tempo e che portava a un assaggio dei corpi. Le domande erano: Ti va di venire da me?, oppure Mi piaci molto, sono sincero, e sto per chiederti di uscire, accetti?

La seconda variazione manteneva un'aura di distanza che ammorbidiva. Sceglievo la preda in base a precise anatomie:

un sedere perfetto compensava un viso bruttarello, un seno prosperoso superava una pelle di rughe, e via dicendo. Quando una ragazza dimostrava più di una dote, invece, subentrava un desiderio completo, un'infatuazione che mi faceva vacillare. Più entrava il cuore, meno affiorava la mia nuova insolenza. Le reazioni del femminile variavano: a mia domanda esplicita seguivano spesso ironie, risate di nervosismo, stupori, lusinghe, rabbie, risposte affermative mascherate da finte indignazioni ("Che modo è?", "Hai rovinato tutto", "Ma tu fai sempre così?", "Mi hai spiazzato"). Da quando ero a Milano, Giorgio aveva inciso il legno ventun volte. Quasi due dozzine di scalpi femminili. Era la carneficina che voleva disperdere una tentazione inconfessabile: la cena di Santo Stefano aveva lasciato il pensiero di Anna, ecco la verità.

Ometto di mondo,
    ricorda: l'università. Il mio terzo occhio vede che tentenni e ti ha scritto. Se non per te, fallo per tuo padre.

La mamma

Le righe di Madame Marsell arrivarono a due settimane dalla mia partenza per Parigi. Le aveva scritte sul retro di una fotografia spedita in busta chiusa: c'eravamo io, lei e papà seduti sul primo ramo di una Jacaranda in Messico, con Monsieur Marsell che fingeva di perdere l'equilibrio.

Il giorno dopo chiesi un pomeriggio libero a Leoni e andai in Statale. Restai davanti all'entrata, impalato, guardavo le bifore e i busti sporgenti della Ca' Granda, il viavai di studenti, me stesso in bilico. Guardai le mie Clarks: papà aveva fatto incidere le iniziali del nome tra la fodera e lo scamosciato, la L e la M spuntavano nel loro filo d'argento. Le fissai a lungo, poi alzai la testa. A destra c'era la via per l'iscrizione. Chiusi gli occhi e andai a sinistra, imboccai la porta e salii al terzo piano. Cercai l'ufficio 34. Anna stava parlando con uno studente, mi sedetti e aspettai. Venne fuori al termine del colloquio con una maglia a collo alto e dei jeans attillati. Il sorriso mi intimidì, mi voltai verso lo studente che se ne andava.

– Do una mano alle matricole – disse e lo fece ancora, si spostò i capelli da destra a sinistra. – Benvenuto.

– Grazie –, abbassai gli occhi sulle Clarks, – Con chi posso parlare per il cambio dalla Sorbona?

Mi fece segno di non muovermi, prese le sue cose dall'ufficio e chiuse la porta a chiave. Mi guidò fino all'area delle materie giuridiche. Consultammo il piano di studi e chiedemmo in segreteria le modalità di trasferimento, il recupero esami e i costi. Era un'impresa che nascondeva uno straniamento: gli studenti erano il mio passato di polvere, mi sentivo innaturale. Lo confidai ad Anna.

– Quanti esami ti mancano?

– Sette.

– I morti sanno solo una cosa, che è meglio essere vivi, – citò di nuovo *Full Metal Jacket*, – Non puoi buttare tutto, Libero.

Si piegò per allacciarsi gli stivaletti in punta di dita, e tornò in piedi con lentezza – Iscriviti – Mi fissò.

E io realizzai un dettaglio che avevo cercato di rimuovere: sopra la bocca, quasi impercettibile, aveva un neo che le dava qualcosa di materno, e subdolo. Anna era accogliente, ma sfuggiva. Incastonava l'idea della complicità maschile in un corpo malizioso. In quel neo c'era la sua insospettabilità.

Dissi che l'avrei fatto per mia madre: avrei chiesto il trasferimento dalla Sorbona.

Anna si bloccò in mezzo al cortile, – Allora festeggiamo – rovistò nella borsa e tirò fuori il pacchetto di Diana Blu e "la Repubblica". Lo sfogliò alla penultima pagina, poi disse Andiamo all'Anteo.

Rifiutai con la scusa che dovevo correre in osteria e non avremmo fatto in tempo per la proiezione pomeridiana. Anna disse di sapere dove lavoravo, una sera lei e Mario erano passati perché lui voleva presentarle da lontano il suo amico parigino che rifiutava un incontro ufficiale.

– Sostenevamo che ti vergognassi di qualcosa.
– Ero invisibile.

Le dissi che ci saremmo incrociati di nuovo in facoltà o con nonna Olivia e tutta la squadra di parenti o una sera con Mario, io lavoravo sempre tranne il lunedì. Ci stringemmo la mano e ci baciammo sulla guancia.

– A presto – e me ne andai, eravamo all'entrata del vicolo Santa Caterina, una breccia ricavata tra pietre del Quattrocento. Lo attraversai e rallentai fino a fermarmi. I morti sanno solo una cosa: che è meglio essere vivi. Feci dietrofront e imboccai di nuovo il vicolo. Anna era di spalle e si era incamminata verso l'università, la chiamai.

– Pensavo che oggi è martedì – dissi.
Si voltò.
– Il martedì noi all'osteria apriamo più tardi.

Scegliemmo *Il piccolo diavolo* di Benigni, che davano al President. Se la giocò con *L'insostenibile leggerezza dell'essere* dell'Anteo ma io mi opposi. Volle sapere il perché e ne parlammo mentre raggiungevamo il cinema. Per Anna, Kundera aveva legato ribellione sociale e sentimentale, c'era stato un amore più politico di quello tra Tomáš e Tereza? Alzai le spalle e dissi che di amori politici forse non ne avevamo bisogno. Continuammo a punzecchiarci fino alla biglietteria, insistette per dividere, io offrii i popcorn. Prima che si spegnessero le luci disse – E comunque Tomáš e Tereza si amavano davvero.

L'ultima parola fu mia, – Infatti lui era poligamo.

All'uscita del film le dissi che dovevamo chiamare Mario per raccontargli il nostro pomeriggio, forse avremmo dovuto farlo prima, n'est-ce pas? Mi informò che stava lavorando a un progetto per una galleria al Brennero con il padre e non poteva essere disturbato fino alle sei.

– Lo chiamo io dall'osteria.

– Sarà contento di sapere che siamo andati al cinema.

Fu così. Era entusiasta, disse che stavo recuperando il tempo perso con lui e il suo mondo. Anna era una tosta, non dovevo badare alle cocciutaggini e all'impertinenza. Non vedeva l'ora che conoscessi le sue amiche – Soprattutto la Marzia, che ha qualcosa di buono.

Giorgio stava con le orecchie puntate, quando finii la telefonata finse di aggiungere una tacca al bancone. Gli lanciai lo straccio, Jamais, mai perdio! E mentre imprecavo per quell'illazione, di colpo, pensai a Emmanuel: lui, che aveva portato via mamma al suo migliore amico. Lui, che non volevo essere io.

Giorgio mi puntò il dito, – Evita di vederla, LiberoSpirito.

Invece successe per altri due film. *Le mille luci di New York*, tratto dal libro di Jay McInerney, che mi riportò a Lunette. Ricordo uno squarcio di nostalgia, fulmineo, e l'epifania del suo antidoto. Quel giorno mangiammo caramelle gommose, coccodrilli verdi e rossi, mentre il lunedì successivo ci strafogammo di Cipster davanti a *La sposa americana* di Giovanni Soldati, che aveva poco a che vedere con il romanzo. Che scrittore magnifico Mario Soldati, non è vero? Anna me lo chiese con la bocca piena di patatine e la

172

sensazione comune, irreversibile, che qualcosa stava accadendo.

Le presentai Giorgio il giorno dopo, poco prima della mia partenza parigina. Anna gli fece i complimenti per aver concentrato la vera Milano in un'osteria – Parola di meneghina.

Prima di andarsene, mentre mi allacciavo la parannanza, mi chiese l'indirizzo di Parigi perché voleva spedirmi una cosa che si era dimenticata a casa.

– Starò via pochi giorni.

– Ho sempre voluto spedire qualcosa a Parigi.

Strappai un angolo da una tovaglietta di carta gialla, scrissi: *22, rue des Petits Hôtels, Paris 75010.*

Per quella sera e per la successiva Giorgio e la sua carrozzella mi ronzarono intorno con avvertimenti: – Lasciala perdere perché non puoi. Se sei capace assaggia e scappa, altrimenti dattela a gambe senza rimpianti.

Annuii, e quello fu il primo proposito che mi imposi per l'anno nuovo. Gli altri furono di immediata realizzazione: la promessa a Lorenzo che da Parigi gli avrei portato il manifesto del Moulin Rouge e un incontro con Marika. Accettò per ventimila lire. Cercai di baciarla, non volle, mi prese per mano, Tranchilo, e mi accompagnò sul letto. Fece tutto lei, e mentre si muoveva sopra di me, e mi sorrideva, io socchiusi gli occhi e cercai la farfalla nera. Era un'ombra incombente. Così concepii l'ultimo proposito: vedere Lunette, affrontare i miei Tartari.

Quella notte rimasi con l'odore di Marika addosso. Mi nauseava, e vivificava. Dopo aver riempito la Spalding di stracci e di regali per mamma, presi il quaderno di Lupin e scrissi: *Ritrovare la purezza*. Poi andai alla finestra e con un dito tolsi la polvere da *Mentre morivo*. Lo misi in valigia.

Atterrai a Charles de Gaulle il giorno prima del mio venticinquesimo compleanno. Mi aspettavano Madame Marsell ed Emmanuel, Antoine era subito dietro. Li abbracciai e mamma sussurrò Sei più bello, ometto mio. Poi fu il turno di Antoine, mi prese la valigia e mentre mi stritolava disse di trovarci ai Deux Magots quella sera alle dieci, adesso doveva tornare in università.

Mia madre era invecchiata, più corpulenta, gli occhi sporgenti in un viso stravolto. Spiegò che le avevano trovato dei problemi alla tiroide, rien de sérieux, stava già correndo ai ripari con una dieta riattiva-metabolismo. Il maquillage andava alla grande, in macchina mi aprì l'agenda e vidi il calendario zeppo di appuntamenti. Avevano assunto due ragazze. Emmanuel gestiva tempistiche e finanze e la portava in giro da un posto all'altro con la Peugeot 305. La sera frequentavano i bistrot e si divertivano come ragazzini. C'era una novità: avevano affittato la casa del Marais e dal prossimo mese avrei ricevuto metà dei soldi, come li avrei usati?

– Tasse della Statale, Giurisprudenza – annunciai.

– Ti sei iscritto? – si mangiò le parole.

– Oui.

Si sporse dai sedili per abbracciarmi e mentre mi stringeva, ancora e ancora, io lo riconobbi: ero a casa. Le dissi che la salutavano tutti, Mario e famiglia eccetera eccetera, e che l'avvocato Leoni era uno squalo. Chiesi a Emmanuel di fermarsi a un metrò qualsiasi, volevo fare un giro per Parigi e promettevo di essere puntuale per cena.

Prima di infilarmi nella stazione di place de Clichy alzai la testa al cielo della Ville Lumière, cobalto, lo guardai ancora quando emersi al Trocadéro. Passai davanti al Musée de l'Homme e imboccai rue du Commandant Schloesing. Varcai il cimitero di Passy e dissi: C'est moi, papa. Sulla lapide c'era un mazzo di tulipani, e nell'angolo cinque gerbere canarino legate con un nastro celeste. Cambiai l'acqua nei vasi, poi presi una gerbera e la misi sotto la fotografia. Ça va, Monsieur Marsell? Gli raccontai di Milano, di Giorgio e dell'osteria, dei ragazzi e di Palmiro, di Marika. Dei cinema con la fidanzata di Mario. Gli confidai di sentirmi sulle sue orme, anche io mi sarei concesso intorno ai cinquanta qualche seratina al Crazy Horse, un bilocale in solitudine, i Fiori di Bach da prendere prima di dormire. Addirittura la tessera del Partito comunista. Prima, però, anche per un istante, rivolevo il candore: Aide-moi, papa, perché non ho il coraggio.

Mamma preparò œuf cocotte, cappelletti con la scorza di limone e noce moscata, crostata di mele cotogne. A tavola mi trovai due sconosciute: Sophie e Alexandra, le due ragazze che la aiutavano con il maquillage. La prima aveva una frangia con due ciocche mechate. Il viso era grazioso, rovinato da un naso aquilino. Alexandra era filiforme e con le curve al posto giusto, appena si alzò per andare in bagno le guardai il sedere. Da sotto il tavolo Emmanuel mi fece segno comme ci comme ça, poi disse Non dovevi già essere fuori a quest'ora, Libero? Sentivo affetto per quest'uomo arguto, sempre discreto. Senza accorgermene, gli avevo abbuonato la separazione dei miei genitori.

Baciai mamma e salutai le due ragazze. Mezz'ora dopo, stavo abbracciando Philippe ai Deux Magots. C'erano i due proprietari, i camerieri vecchi e nuovi e qualche habitué. Mi dissero che gli altri avevano continuato a riunirsi ancora per qualche settimana, poi tutto era finito. Anche Lunette? Anche, e non aveva più ballato. Facemmo un brindisi, À la santé de Libero Marsell!, mi invitarono a sedermi sotto la fotografia di Camus.

Antoine mi raggiunse mentre bevevo il secondo Pastis. Mi aggiornò subito: non sarebbe passato da Milano perché aveva anticipato la partenza per gli Stati Uniti di due settimane. Ma soprattutto aveva consumato con due laureande di Chimica. Contemporaneamente.

Lo fissai.

Raccontò che facevano parte del progetto di scambio universitario tra la Francia e gli Stati Uniti, lo stesso a cui avrebbe partecipato lui. Antoine doveva fare da tutor a queste due ragazze di Berkeley, l'ultima sera si era ritrovato nudo con loro che se lo contendevano.

– Com'è stato?

– Superbe.

Parlammo di dettagli, si erano date da fare tra loro? Assolutamente sì. Le aveva soddisfatte? No di certo. Che effetto faceva? Era come quando da bambino sogni che ti portino al negozio di giocattoli e ti dicano Scegli quello che vuoi. Gli chiesi se aveva usato il preservativo e lui mi rassicurò, per chi l'avevo preso? In California ne sarebbero successe delle belle, mi aspettava.

Gli raccontai della mia carneficina milanese, tralasciando gli eccessi. Mi ero chiesto quanto delle mie rivelazioni sarebbe arrivato a Lunette. Gli accennai di una ragazza con cui passeggiavo e andavo al cinema. Secondo Antoine aveva ragione mia madre: ero più bello. Mi guardai nello specchio del bancone, la barba incolta e il naso incastonato tra gli zigomi ampi, avevo questi occhi allungati. I capelli più lunghi, si arricciavano dietro e ai lati.

Gli chiesi di Lunette.

Antoine sorseggiò il suo Pastis, poi disse che stava bene e

che aveva cominciato a lavorare all'università con un contratto di sei mesi. Viveva in un appartamentino a Belleville e frequentava la Gioventù comunista. Di colpo mi abbracciò.

– Ha qualcuno?

Disse che se lo avessi chiesto una seconda volta mi avrebbe risposto.

Non glielo chiesi, gli domandai invece il suo numero di telefono.

– Lunette non usa il telefono.

– Ti prego.

Antoine sbuffò, prese un tovagliolino e fece segno a Philippe di portargli una penna.

Il giorno del mio compleanno mi venne a svegliare mamma con un vassoio di croissant e un cappuccino. Dovevo fare colazione a letto, Bon anniversaire ometto di mondo!, lei avrebbe pensato a trovare la colonna sonora. Scelse i *Carmina Burana* perché, sostenne, un quarto di secolo merita impeto. Mi chiese com'era andata con Antoine e cosa pensassi di Sophie e Alexandra, fui sincero e lei alzò le spalle. Disse che sarebbe corsa nel XIII arrondissement per un maquillage, se avevo bisogno di qualcosa c'era Emmanuel. E salutami Marie, mi strizzò l'occhio, prima o poi la vedrai, n'est-ce pas?

Appena Madame Marsell uscì chiesi a Manù questa cosa della tiroide. Lui chiuse "Le Monde" e mi rassicurò che era soltanto un disturbo dovuto alla menopausa, – E adesso vai nella tua Parigi.

Mi vestii e mi precipitai in strada con un altro croissant in mano, presi il metrò fino a Saint-Paul e quando risalii mi fermai a guardare rue Pavée, un attimo, poi cominciai a correre, corsi fino all'ingresso dell'Hôtel de Lamoignon, corsi ancora, mi bloccai sul primo sampietrino del cortile. Mi avvicinai lentamente, e la vidi: Marie stava guidando due donne tra i tavoli di consultazione. Indossava una gonna di lana e un giacchino. Aspettai che finisse, mi mostrai.

– Grand, c'est toi.

Feci due passi e la strinsi alla vita, la tirai su. Quando mi staccai si era commossa. Mi disse di aspettarla nel cortile, la vidi affrettarsi allo schedario di narrativa francese, servire altre due persone, riordinare alla bell'e meglio un espositore e firmare un modulo. Mi raggiunse.

– Libero.

Ci abbracciammo e rimanemmo così. Le dissi che non volevo anticiparle nulla e non volevo che mi anticipasse nulla di quanto era successo. Quella sera le avrei parlato di qualcosa di strano e di Faulkner. Era un invito a cena: un ristorantino di Montmartre, rue des Trois-Frères, alle nove.

Si asciugò gli occhi, – Avec plaisir.

È Cash Bundren, il personaggio di *Mentre morivo*, che di colpo incarnò il senso di cosa intendevo per letteratura. Cash aveva una madre, Addie Bundren, ed era l'unico della famiglia che potesse darle una casa dopo morta: faceva il falegname e cominciò a costruirle la bara quando la mamma era in fin di vita e ancora riusciva a sentire il rumore della sega nel garage della fattoria. Assieme ai quattro fratelli e al padre trasporterà il cadavere materno verso il luogo di sepoltura che lei aveva indicato. Rimane il vero depositario della tragedia. Si romperà una gamba durante l'odissea, patirà in silenzio fino alla meta, consolandosi con il suo amore per la musica. È suo il senso che Faulkner lascia al romanzo nel finale: Cash è sul carro, la madre appena sepolta, tiene tra le mani un vecchio grammofono che ha sempre desiderato e che ha trovato per caso. L'eredità compiuta dell'utero.

Al ristorante di rue des Trois-Frères dissi a Marie che era stato un romanzo complicato e straziante. Mi interruppi per ordinare filet mignon con salsa al Roquefort, legumes. Un cabernet. Avevo letto il romanzo in volo dall'Italia, quando ero atterrato avevo capito il mio viaggio con la morte sul carretto. Aveva le sembianze di un padre stroncato da un infarto mentre leggeva una favola, di una nera di Belleville, di una Milano in solitudine: sarei riuscito anche io a trovare il mio grammofono? Le portavo i saluti di Giorgio, dell'osteria, le raccontai di Leoni e di Frida, delle tacche, di Marika. Della prima promessa mantenuta.

– Cerca ancora nel caos, Grand. Il tuo grammofono è lì.

– Et toi, tu l'as trouvé, Marie?

Lei stava bene, era sola. E felice. Aveva fatto pace con la rassegnazione. L'istinto di maternità era stato un tormento fino all'ultimo. *Mentre morivo* e Addie Bundren avevano simboleggiato quella rinuncia.

Mi trattenni nel dirle cosa pensavo: era una donna che se la stava raccontando. Detestavo chi farfugliava storielle per attutire la caduta, mi insospettiva, e con tutta probabilità era lo stesso sospetto che allontanava gli uomini da lei. Dietro quel volto irresistibile, dietro quelle tette maestose, dietro quel cervello si intravedeva un destino incompiuto che mi addolorava. L'effetto di Marie sulla maggior parte dei maschi era uno: portarsela a letto. Lei stessa faceva credere che le bastasse quello, nient'altro, dissimulando il cuore. E se, invece, le fosse bastato solo quello?

Appoggiai la forchetta e la guardai bene nel vestitino rouge che le imbastiva il seno. Un filo di rossetto, i capelli legati. Aveva quarantaquattro anni e io le volevo bene. Mi sporsi, la baciai sulla bocca.

– Grand.

– C'est mon anniversaire – mi giustificai.

– C'est vrai?

La baciai di nuovo e ripetei che sì, era il mio compleanno.

179

Le avevo appoggiato le labbra senza malizia e lei lo aveva sentito.

– Tu as quel âge?

Quando dissi che compivo venticinque anni, Marie sollevò il calice e propose un brindisi ai tavoli del locale. Ricevetti un augurio collettivo, poi le raccontai di Anna.

Tornammo in taxi, ci facemmo lasciare a venti minuti da casa sua. Passeggiammo a braccetto, le confidai che ero lusingato di avere una donna così bella al mio fianco. Restammo in silenzio, pensavo al consiglio che mi aveva dato: Non fare niente, Grand, lascia che sia Anna a muoversi. Se dovesse capitare avrai Mario meno sulla coscienza.

Attraversammo la Senna, tre bateaux mouches erano accodati. Continuammo muti, lei mi appoggiò la testa sulla spalla senza smettere di camminare. Arrivammo davanti al suo portone e io le chiesi se potevamo fare l'amore. Non provai imbarazzo, Milano mi aveva lasciato questa brutalità.

Sorrise, si mise una mano sulla bocca e rise di gusto. Le dissi che mi sentivo di chiederglielo, al di là di seduzioni, sentimenti, legami. Il pensiero di averla mi tormentava da quel giorno in amaca a Deauville, tuttora nutriva le mie immaginazioni, come potevo chiudere il cerchio? Mi unii alla sua risata.

Marie si avvicinò e mi sussurrò all'orecchio che era la sua condanna, l'eros, e che non avrebbe permesso di rovinare una cosa pura che la vita le aveva riservato. Poi mi baciò, piano, Bon anniversaire.

La mattina dopo la chiamai. Dovevo esorcizzare la goffaggine della sera prima. Marie rispose dopo qualche squillo, appena sentii la sua voce dissi che era stato il compleanno più bello di sempre, aveva ripensato alla proposta indecente?

– Sei un porco, Grand.

– Sei la mia migliore amica, Marie.

Tacque, poi mi fece giurare che l'avrei salutata prima della partenza. Le promisi che non ci saremmo mai persi.

– Promets-moi encore.

– Je te le promets.

Non le avevo detto dei miei intenti con Lunette. Nascimento ama nascondersi. Chiusi la telefonata e aspettai in pigiama con l'orecchio al salotto, mamma ed Emmanuel erano già usciti. Presi il tovagliolo su cui Antoine aveva scritto il numero della sorella. Gironzolai per la casa, andai in cucina e mangiucchiai i rimasugli di crostata, tornai in camera, mi afflosciai sul letto della mia adolescenza. Dalla porta socchiusa si vedeva il corridoio con l'attaccapanni e la stanza di mamma, lì, dove l'avevo spiata con Emmanuel. Mi alzai e andai nello studiolo, sollevai la cornetta e composi il numero. Abortii il respiro. Lunette rispose dopo cinque squilli, tentennai poi le dissi che ero io, avevo chiesto il telefono a suo fratello.

– Libero.

La sua voce era la stessa di quando stavamo insieme. Tirai il fiato, – Je voudrais parler avec toi, un petit peu.

Tacque.

– Solo due parole – ripetei in italiano.

Non parlò e io sentii il fruscio della cornetta, di colpo mi diede appuntamento all'università, aveva un ufficio suo. Le dissi che ne avrei approfittato per firmare i documenti di trasferimento, prima di chiudere sussurrai Merci.

Mi aspettava appoggiata allo stipite della porta con i codini che puntavano al cielo. Tormentava una collana di perle di fiume. Aveva il broncio di quando era impaurita. Mi ero messo la camicia blu e avevo preso dai souvenir di mamma una bustina di zafferano con sopra il Duomo di Milano. Gliela diedi, lei mi ringraziò e mi invitò a entrare. Riceveva gli studenti in una specie di sgabuzzino arredato con tre sedie, una scrivania e una macchina da scrivere. Dissi che mi ricordava uno studio di avvocati. Le strappai un sorriso.

Era lei. Ed era lì. Si sistemò dietro la scrivania come fossi uno studente e spostò lo sguardo sulla finestra che dava nel piazzale. Le raccontai di Milano, mi ammutolii. Le domandai se la mia telefonata l'avesse infastidita.

– Sorpresa.

Stupore, ancora una volta. La nostra storia aveva attecchito dall'imprevedibilità. E da un'attrazione che resisteva, almeno da parte mia. C'era ancora la leggerezza da farfalla e qualcosa di più greve negli occhi. C'era la sua negritudine.

Le chiesi se aveva voglia di guardarmi un momento. Tentennò, lo fece, si distolse subito.

– Lunette – allungai la mano sulla scrivania.

Me la prese.

Pianse di colpo, e piansi anche io. Non per nostalgia, non per desiderio, ma perché le cose finiscono.

Ci prendemmo un caffè ai distributori automatici, le rivelai la mia crisi di lettore e la mia bulimia cinematografica. Anche lei si dava meno ai romanzi, più ai saggi, e ovviamente agli elaborati contorti degli studenti. Mi fece gli auguri di buon compleanno.

– Hai qualcuno, adesso – chiesi senza interrogativo.

Si girò la collana di perle di fiume e gettò il bicchiere del caffè nel cestino. Smise di guardarmi.

– Lunette.

Sorrise, – Ho qualcuno, sì.

Annuii e dissi che l'avrei riaccompagnata in ufficio, quando arrivammo le chiesi se era il quarantenne con la moto inglese.

Vidi per la seconda volta lo stupore. Sussurrò che non era lui. Era un ragazzo della Gioventù comunista. E io, avevo qualcuno?

Scossi la testa, – Nessuno –, e la verità mi liberò.

Camminai per tre ore finché, sfiancato, arrivai a casa. Mi buttai a letto, poi mamma bussò e chiese permesso. Si sedette sul bordo del materasso come quando ero bambino, mi chiese se avessi visto Lunette.

– Oui.

– Sei un uomo coraggioso, Libero – mi scompigliò i capelli e io le feci spazio, si stese accanto. Fissavamo il soffitto, le crepe che papà aveva stuccato ogni primavera e l'angolo sinistro con l'alone di muffa che non era riuscito a togliere. Sentii le ossa e i muscoli e i dettagli del corpo riappropriarsi di un tepore, era la tenerezza, dopo i mattatoi milanesi, dopo la battaglia degli affetti, mia madre me la restituiva. Le diedi un bacio sulla testa, dal niente lei disse – Mi dispiace – e io mi accorsi che si era girata verso la porta, guardava lo spiraglio della sua camera, – Mi dispiace per quel giorno – ripeté, e anche io adesso guardavo lo spiraglio del mio trauma. Restammo fermi, poi l'abbracciai e la tenni lì, la mia mamma, e capii che mi era mancata come nessuno. Ci appoggiammo alla testiera del letto, Madame Marsell aggiustò il cuscino dietro la schiena e chiese se avessi firmato i documenti per le pratiche universitarie. L'avevo fatto, si fidasse una buona volta.

Si fidava, era solo che quella mattina avevano consegnato una busta con l'intestazione della Statale di Milano. Andò in salotto e me la portò.

La aprii. Dentro trovai la copertina strappata de *L'insostenibile leggerezza dell'essere*, dietro una scritta a penna blu:

E comunque Tomáš e Tereza si amavano davvero. Lunedì sera? Anna.

Ripartii da Parigi con il volo delle sei e venti di mattina. Mamma faticò a lasciarmi, quando salutai Emmanuel gli dissi – Prenditi cura di lei.

– E tu prenditi cura di te, Libero.

Atterrai in orario, Milano mi stupì per la brezza che spazzava la nebbia e restituiva il cielo. Sull'autobus tirai fuori la copertina strappata, *Lunedì sera?*

Lasciai la valigia a casa, feci una doccia e mi precipitai in studio. Avevo arretrati che sommergevano la scrivania, salutai Frida e i ragazzi e mi misi sotto. Sollevavo la testa solo per guardare la mia amante scaduta, incorniciata dal tailleur e dalla dedizione per Leoni, mi dava indifferenza. Restava la gratitudine, si aggiungeva la collera per quel nome che non aveva saputo vivere. Il tuo coraggio, Frida? E la tua lotta all'illusione? Lo pensai, poi forzai qualche gentilezza, lei rimase sulle sue e prima di pranzo mi chiese se potevamo vederci nell'archivio. Quando arrivò io ero già lì. Mi sorrise, prese la chiave e aprì il nascondiglio, mi invitò. Accese la Fiorucci. C'erano i due pouf, mancava lo specchio con la trousse. Uno dei due cuscini orientali era scomparso. Il bollitore l'aveva messo in un angolo. Andò al tavolo e prese il Buddha.

– Tienilo tu.

– Perché?

Indicò il manifesto di Hopper, la donna investita dalla mattina, – Mi hai fatta sentire così –, e aggiunse, – Mi hai fatto bene.

La guardai, – Anche tu mi hai fatto bene.

Ci tenemmo lì, e fu una vicinanza da alloggio segreto, l'abbracciai prima di lasciare l'archivio. Poi uscimmo e tornammo in ufficio, avevo il Buddha in mano con il suo pancione e l'aria serafica, lo appoggiai sulla scrivania e presi un foglio A4, lo infilai nella Olivetti. Scrissi la mia prima lettera di dimissioni. Andai da Leoni e gliela diedi.

Festeggiammo l'addio allo studio legale con Giorgio e tutta l'osteria. Sangiovese e aperitivo ai tre colori, un hip hip urrà e Rino Gaetano in sottofondo. Spillavo calici e boccali, dicevo au revoir alla mia vecchia Parigi e buongiorno alla mia nuova Milano fatta di clienti sdentati e di sette esami da finire. Poi Giorgio mi chiamò nella stanzetta dei fusti: c'era qualcuno fuori che aveva chiesto di me.

Tornai dietro al bancone, mi sporsi e in strada vidi Anna stretta nel cappotto.

Giorgio mi afferrò per una manica, – Se sei capace assaggia e scappa, altrimenti dattela a gambe – e si picchiò un pugno sulla coscia.

Andai, Anna batteva i piedi per il freddo. Si tirò su il colletto. Si vedevano solo gli occhi, ridevano, e i capelli riuniti su un lato.

– Entra, si gela.

Scosse la testa.

Tirai fuori la copertina di Kundera, gliela mostrai e dissi Non posso.

– Martedì?

– Non posso, mai.

Adultità

Ho sposato Anna per amore, e per come scopa. Oltre l'eros, oltre la sua insuperabile attitudine a farmi sentire vivo, le ho chiesto la mano un giorno di settembre per avermi restituito il nome.

Dovette perderla Mario per averla io. Dal mio ritorno parigino mi ostinai a proteggere la nostra amicizia con l'aiuto di Giorgio, che mi seguì in questa liturgia del rispetto. Zigzagava tra i tavoli dell'osteria e ripeteva la formula della resistenza che gli avevo fatto leggere in una lettera di Antoine: $Y = (C \times SC) + D$, ovvero: la resistenza alla tentazione (Y) era il risultato della costanza (C) moltiplicata per un ipotetico senso di colpa (SC) più una serie di distrazioni (D) che andavano dosate al momento giusto. Le distrazioni erano le trentuno tacche che aveva inciso in un anno e mezzo. Marika esclusa. Più dell'atto mi eccitava la seduzione e dove lo consumavo: arrivai ad accoppiarmi per strada come un cane e a esplicitare le mie voglie senza filtro. Allargai lo spettro ormonale alle donne mature, eredità di Marie, e divennero le mie preferite: qualcuna con un matrimonio alle spalle, la maggior parte sposate. Era il contrappasso che avevo subìto, diventavo l'amante che permetteva il tradimento. Ero il motociclista barbuto di Lunette. Così venne la rabbia, la fase del lutto che credevo di aver saltato: seducevo e abbandonavo, spesso illudendo. Mi scoprii momentaneamente sadico. Mi muovevo di notte, finito il lavoro, certe volte durante, quando i Navigli si gonfiavano di avventura e Milano tramava malizie. Il femminile si presentava dopo avermi visto in osteria, tornava alla chiusura, oppure nei locali o nei luoghi di ritrovo: biblioteche, bocciofile, bar, per le viuzze di Brera. All'apparenza ero un ragazzo a modo, lavoratore, di buone letture, ligio, sempre educato. La mia fisionomia mi aiutava grazie al volto simmetrico e alle proporzioni armoniose. Le brave ragazze si accalcavano alle vetrate dell'osteria, le volpine sul retro. Giorgio le fissava divertito e si rimetteva a lucidare i boccali. Lorenzo mi passava a prendere con l'Assuntina e mi presentava alla sua corte dei miracoli: mi fece conoscere un'amica divorziata, io conquistai la ragazza del bar in viale Sabotino, Laura, e una grafica pubblicitaria, Michela, e una professoressa, Sandra, e la fauna che capitava. Si compì la magia che Marie aveva predetto: attraevo per una purezza ritrovata che feci di tutto per preservare. C'era riuscito l'Holden di Salinger a New York, poteva riuscirci il Libero di Monsieur Marsell a Milano. Mi aiutarono i romanzi, mi buttai sugli americani come mai avevo fatto: i cazzotti di Hemingway e la brillantina di Fitzgerald, la fragilità erotica di Roth, l'esplorazione di Jack London e la sagacia di Saul Bellow. Trovavo conforto negli ebrei perché indagavano le contraddizioni attraverso i rituali, come me, che mi masturbavo due volte al giorno con religiosa costanza. Nell'autoerotismo ritrovavo una dolcezza che rischiava di estinguersi, le morbidezze di Marie, la dedizione di Lunette. Certe volte piangevo, mentre tornavo a casa dal lavoro, a notte fonda, o al risveglio, o dopo essermi unito con un'estranea. La mancanza resisteva.

La lenii con la poesia, non la capivo ma la sentivo. Walt Whitman, il paroliere del corpo e delle anime in bilico d'America: lui arpionò il mio caos, e mi costrinse a contemplarlo. Mi insegnò l'arte dell'attesa,

Se subito non mi trovi non scoraggiarti/ Se non mi trovi in un posto cercami in un altro/ In qualche posto mi sono fermato e t'attendo. Whitman mi obbligò a rovistare nei miei angoli reconditi. Avvertiva la diversità e la agognava, nasceva qui il suo istinto placido e furioso, mai sazio. Non avevo la sua arte poetica, non avevo arti tranne l'alfabeto del sentimento: elemosinavo legami camuffati da seduzioni, collezionavo carne per avere cuori. Nell'abbuffata vedevo l'anticamera all'incontro salvifico. Contemplazione whitmaniana. Usavo il preservativo, le buone maniere, le scappatoie veloci. Ero convinto che a ogni amplesso corrispondesse un'aurora boreale, guardavo il cielo e vedevo nubi.

Giorgio si mise di mezzo, diceva che la bulimia portava all'idealizzazione dei ricordi. Aveva ragione: Parigi tornava come un'epoca perduta, Marie come un'amica sognata, Lunette come un amore inimitabile. Ma la discesa agli inferi era l'unico modo per mantenere la formula della resistenza, per non cercare Anna Cedrini, Università Statale, terzo piano, ufficio 34. Almeno fino alla mia iscrizione di settembre.

Dopo che Anna passò in osteria non la rividi per due settimane. Dopo che non la rividi continuai a fissare la copertina di Kundera e quella domanda: *Lunedì sera?* Provavo a spiegarmi il perché, arrivai alla conclusione che lei ricalcava Lunette. Per personalità, interessi, contraddizioni. Stavo pretendendo lo stesso copione sentimentale, l'eccezione era il candore della pelle. E se invece fosse stato l'incisivo sopra l'incisivo o il modo naturale di spostarsi i capelli? E se fosse stata, per dirla alla Marie, alchimia della carne? Eppure Anna non era mai entrata nei miei pensieri libidici, solo in quelli patetici: desideravo una serata al cinema con lei, primo spettacolo, e una pizza ai quattro formaggi da dividerci. L'idea mi struggeva. E se fosse stato, semplicemente, l'incontro che vale il tradimento di un'amicizia?

191

Evitavo di vedere Mario, mi limitavo a parlargli al telefono. Lui chiamava in osteria per sapere come stavo e per proporre una seratina di confidenze che stroncavo sul nascere. Mi salutava nonna Olivia, mi salutavano i suoi genitori e non vedevano l'ora di riavermi a colazione. Io mi buttavo su incontri grevi per non pensare alla sua fidanzata, la stessa che un giorno aveva definito: maestosa. Senza accorgermene avevo deciso che per un po' l'avrei evitato, *conatus sese conservandi*. Puro istinto di sopravvivenza.

Ingannai il tempo per placarmi, e misi radici. Mi alzavo alle dieci per andare a correre al parco Ravizza, il mio quadrato verde soffocato dal cemento, scendevo alla Crocetta e intorno all'università sperando di incontrarla. Mangiavo in una focacceria e mi fermavo in piazza Sant'Alessandro. Quando finivo presto in osteria passavo davanti al cinema President e mi rivedevo con lei alla biglietteria, con il dubbio che tutto fosse stato un miraggio.

Arredai casa con un letto a doghe e comprai degli asciugamani Caleffi. Chiamavo mamma più del solito, stava bene e l'impresa di maquillage andava a gonfie vele. Nel frattempo lei aveva sentito Leoni, era dispiaciuto e poco convinto della mia scelta. Emmanuel scoppiava di salute, anche se qualche giorno prima aveva fatto una capatina ai Deux Magots perché gli mancava Libero.

E poi c'era la mia Marie: le scrivevo che il mio mattatoio, ne ero sicuro, mi stava facendo brutto e insulso e feroce. Lei rispondeva che, ne era sicura, mi stava facendo uomo. Scrisse: *Il mattatoio è bellezza, Grand*. Mi raccontò che dopo la mia toccata e fuga a Parigi le avevo lasciato una nostalgia ostinata.

Feci un piano economico a lungo termine: tra la paga all'osteria, metà affitto del Marais e qualcosa che avevo messo via potevo permettermi l'università e un'esistenza più che dignitosa. Passai una domenica intera a montare due librerie e a sistemare i miei libri, fu il segno della ricostruzione.

Così arrivò un lunedì qualunque. Era il 22 di maggio e Milano bruciava. Mi alzai dal letto, mi infilai la camicia di jeans e i pantaloni blu. Presi un bombolone al bar e rinunciai al caffè, comprai il "Corriere della Sera". La prima pagina era sulla protesta di piazza Tienanmen, gli studenti avevano iniziato lo sciopero della fame, continuai a sfogliare e trovai un elzeviro su Gadda che lessi mentre camminavo lungo corso di Porta Romana: l'ingegnere aveva scritto il *Pasticciaccio* controvoglia e quando lo aveva finito si sentiva poco convinto. Terminai l'articolo davanti allo Studio Leoni, accelerai a testa bassa fino al vicolo Santa Caterina. Si intravedeva l'Università Statale. Mi fermai, le braccia lungo i fianchi, mi ostinavo a guardare l'entrata e il suo viavai da formicaio, mi feci vento con il "Corriere" e lo riaprii alla pagina degli spettacoli. Davano tre giorni di *Balla coi lupi* in lingua originale. Era una storia di indiani, me lo ripetei, e mentre me lo ripetevo impalato e in bilico, mi venne in mente papà che leggeva "L'Équipe" fuori dal mio liceo, il volto spaurito e lo sguardo che cercava la finestra di suo figlio. Le petit courage pour son Libero. E io lo sentii, il piccolo coraggio di papà, mi apparteneva più di sempre. Piegai con cura il giornale, lo lisciai e feci coincidere gli angoli, lo arrotolai nella tasca dietro. Proseguii in via Festa del Perdono, giù dritto all'entrata della Statale. Varcai la soglia e percorsi il portico fino all'entrata delle discipline umanistiche, salii la prima rampa di scale e la seconda e la terza. Mi infilai nel corridoio e feci una decina di passi, mi bloccai davanti all'ufficio 34. La porta era aperta, Anna si rigirava un evidenziatore nelle mani e leggeva.

– Voglio andare al cinema, – dissi.

Alzò la testa e non si mosse. Mise il tappo all'evidenziatore.

– Danno *Balla coi lupi* in originale. Conosco poco l'inglese ma molto gli indiani.

– Stasera ho un impegno, Libero. E adesso una montagna di elaborati da correggere.

Tirai fuori il giornale e chiesi permesso, lo aprii sulla scrivania, presi l'evidenziatore e cerchiai il cinema, l'Odeon, e l'orario, le 20 e 15. Sottolineai tre volte il film: *Balla coi lupi.* Dalla tasca tolsi la copertina strappata di Kundera, era ridotta a un cencio, – Avevo paura, Anna.

Whitman fu l'incipit e il finale di quel lunedì:
Tra i rumori della folla ce ne stiamo noi due,/ felici di essere insieme, parlando poco,/ forse nemmeno una parola.
Aspettai che Anna terminasse di correggere l'elaborato, poi uscimmo in strada. L'inizio della nostra intimità fu nei passi. Camminammo lenti, uno accanto all'altra e certe volte una dietro l'altro, zitti. Dall'università al Duomo impiegammo quaranta minuti. Sostavamo davanti alle vetrine, io la aspettavo, mi aspettava lei. Deviammo in piazza Sant'Alessandro per una pausa sui gradini della chiesa. Ricordo la mia incredulità e i suoi silenzi. Ci infilammo al cinema con cento parole dette,
Eravamo insieme/ tutto il resto l'ho dimenticato.

Tornai al caos per disperdere le tracce di quel lunedì che io e Anna concludemmo con la promessa inopportuna di ritrovarci la settimana dopo. Affidai il mio tentativo di distrazione a Marika e a una vecchia conoscenza di Lorenzo, una trentacinquenne separata con cui avevo condiviso sfoghi ben congegnati. L'appuntamento era da lei, abitava in un attico dietro San Babila con la moquette avorio e una chaise longue color cammello. Ci accoppiammo lì, sulla chaise longue che sapeva di grasso di foca, e ricordo che mentre mi facevo cavalcare, piano e bene, il telefono squillò a lungo. Lo ignorammo, scattò la segreteria e dopo il bip la voce dell'ex marito cominciò a raccontare che era stato dal dentista per una devitalizzazione e che aveva trovato questo posticino dove facevano una paella eccezionale, se voleva l'avrebbe invitata anche l'indomani sera. La voce dell'ex marito iniziò a tremare e la trentacinquenne si piegò su di me, mi premette le mani sulle orecchie per non farmi sentire e continuò a starmi sopra, riuscivo ad ascoltare i gemiti della mia amante e le disperazioni del suo ex marito, le diceva che era la donna della sua vita e voleva un'altra possibilità. Disse qualcos'altro su un viaggio in Kenya e io fissai il corpo che stavo avendo, ero lo stesso che lui non avrebbe più avuto, per me contava una miseria. La fermai, l'uomo riuscì a dire Come puoi buttare tutto, Elena?, la segreteria si interruppe e io con lei. Mi ritrovai in piedi, guardavo la mia amante risentita e la mia carne fredda, fissai il telefono sulla console in radica. Era tempo di ballare coi miei lupi. Mi rivestii, la feci a piedi fino a casa, come potevo buttare tutto?

Fu l'ultima distrazione prima della resa. Il lunedì successivo andai nella libreria di Porta Romana e comprai *Il commesso* di Malamud. Lo feci incartare e sul biglietto scrissi: *Aspetta la neve*. Alle sette in punto lo diedi ad Anna in piazza Sant'Alessandro. Indossava un paio di fuseaux e la maglietta dei Rolling Stones. Scartò il pacchetto e disse che conosceva quel romanzo, la neve del finale le aveva fatto odiare la neve. Aveva setacciato tutto Malamud perché era l'eroe della normalità, come il timido della compagnia, bruttino e quasi scaduto, che alla fine conquista la ragazza più bella dopo aver fatto azzuffare i galli tra loro.

Cominciò quel giorno l'appuntamento fisso del lunedì. Lo chiamammo i Lunedì al sole, come un film delizioso che sarebbe uscito anni dopo. Ribattezzai così i Martedì al cinema di Lunette. Io e Anna camminavamo senza toccarci, a venti centimetri di distanza, uno a sinistra e l'altra a destra, invertivamo le posizioni, e ancora, stormi di rondini in migrazione.

Infransi la regola di vederci un giorno alla settimana, spesso le portavo una focaccia in facoltà e mangiavamo insieme. Infranse la regola di vederci solo quei due giorni, si presentava all'osteria all'ora di chiusura. Evitava che Giorgio la incrociasse aspettandomi sul retro e certe volte alla fermata del notturno. Veniva con la Golf del padre e mi portava sotto il monolocale. Non salì mai e io non le chiesi mai di farlo. Si attenne al confine, tranne una sera, dopo che ci fermammo sotto il mio portone perché in macchina faceva troppo caldo. Mi anticipò che stava per dirmi due cose che probabilmente sarebbero diventate tre. La prima era che voleva mostrarmi un piccolo segreto della sua vita, appena possibile: le bastavano due ore mattutine.

La seconda cosa riguardava Mario: lui sapeva solo di un paio di film condivisi tra me e lei, in più a breve mi avrebbe invitato nella sua casa di Siracusa per una vacanza.

– Non accetterò, Anna.

La terza cosa era che voleva che accettassi.

– Sono a disagio.

– Al diavolo il disagio.

Le diedi la buonanotte e salii in casa.

Iniziai a dedicare a lei il mio autoerotismo. Avevo interrotto l'indigestione sessuale dall'incontro con la divorziata trentacinquenne. L'astinenza mi aveva portato a picchi di ansia e a un accumulo di energia progressivo. All'osteria rompevo calici e tazzine, in casa faticavo a dormire. La libido strozzava il fiato, mi ero messo a correre anche di sera e a ingozzarmi di panini tonno e carciofini al bar Crocetta. Non ero ingrassato di un etto, anche questo era il lascito di Monsieur Marsell.

Dedicai ad Anna due masturbazioni al giorno: appena sveglio e quando mi mettevo a letto. Immaginavo un suo bacio, magari alla francese, lei sopra, ma non riuscivo a visualizzarla. Era santificata, così mi aggrappai al "piglio oscuro" con cui Mario l'aveva etichettata. Lo sentivo, e ne ero terrorizzato.

Venne a prendermi la mattina di due giorni dopo per mostrarmi il piccolo segreto della sua vita. Attraversammo in Golf due isolati, senza parlare, Anna canticchiava una canzone e ogni tanto si voltava verso di me con una smorfia divertita. Si fermò davanti a una specie di villetta malmessa in zona Corvetto, la periferia sud di fatiscenze e mercati rionali. Suonò due volte il clacson, un nordafricano spuntò dal niente e aprì il cancello, le fece segno di parcheggiare davanti a un muro imbrattato di graffiti. Si chiamava Mohammed ed era il direttore.
– Direttore di cosa?
– Siamo in un centro culturale per stranieri.
Mi portarono dentro, il Centro aveva quattro classi. Entrammo in quella dei più piccoli. C'erano nordafricani di cinque-sei anni, qualche cinese, alcuni indiani. Anna li salutò e mi chiese di sedermi vicino a un soldo di cacio di nome Affe con un accenno di moccio al naso. Gli feci ciao e lui si accucciò. Guardava Anna, e anche gli altri la guardavano. Capii che era la loro maestra.
Anna parlò di Pinocchio, del Gatto e la Volpe e dell'albero degli zecchini. Faceva vedere le illustrazioni e scriveva alla lavagna parole che loro ricopiavano sul quaderno. Mi chiese di girare tra i banchi per controllare. Qualcuno si era appisolato, un paio si punzecchiavano, in tre si tiravano i tappi delle penne. La maggior parte se la cavò, al massimo dimenticavano la *b* di albero e la doppia *p* di Mastro Geppetto. Affe volle sapere come andava a finire la storia. Presi

197

un fazzoletto e mentre gli pulivo il moccio ascoltai Anna che raccontava.

La fissai allo stesso modo dei suoi allievi, curiosi e spaesati, e la vidi. Era una donna paziente, una possibile madre, una maestra che si batteva per le parole. La Claudia Cardinale di Milano insegnava allo Straniero.

Cominciai a frequentare il Centro. Andavo con Anna quando aveva lezione e la aiutavo con Affe e gli altri bambini. Giravo tra i banchi, a volte stavo alla lavagna per scrivere mentre Anna mostrava le figure. La aiutai con i senegalesi e con chi parlava francese, riuscivamo a comunicare meglio con i genitori e loro ritrovarono un sollievo in un italofrancese dall'accento curioso. Scegliemmo insieme le storie: *Pinocchio*, *I ragazzi della via Pál* in edizione ridotta, *Topolino*, *Oliver Twist* a fumetti, altre cominciammo a inventarcele. Ne scrissi una sugli indiani: il figlio di un capo Sioux non voleva andare a scuola e si nascondeva in cima alla tenda mentre tutta la tribù lo cercava. Affe mi scrutava, mi scrutavano i cinesi, mi scrutava Anna in ultima fila, seguiva la lezione con la nuca appoggiata al muro e gli occhi socchiusi. Alzò la mano per fare una domanda, come aveva fatto l'indianino Sioux ad arrampicarsi sulla tenda?

Andai alla lavagna e disegnai la tenda e un abbozzo di bambino ai suoi piedi. Poi, in un'altra parte di lavagna, una nuvola di fumo sotto l'abbozzo di bambino. Infine la nuvola che lo portava in cima alla tenda.

Guardai Affe, sorrideva.

Alla fine della lezione Mohammed mi convocò nel suo ufficio-sgabuzzino per chiedermi di aggiungermi agli insegnanti. Dissi che non ero nemmeno laureato. Insistette, avrei avuto una classe di piccoli e una di adulti, c'erano molti senegalesi: Anna gli aveva detto che nascondevo un buon bagaglio di letture, e poi serviva il francese. Accettai.

Veniva a prendermi il mercoledì alle nove e mezzo, facevamo colazione al bar sotto casa. Anna mangiava come un camionista: una girella crema e uvetta, un mini croissant integrale al miele e un cappuccino tiepido. Se andavamo con la Golf metteva una musicassetta con Elton John e qualche pezzo dei Queen. A volte prendevamo il tram e allora compravamo il "Corriere" per segnare i film della settimana e commentare le pagine della cultura e dello sport: Calvino era sopravvalutato? E quelli del Gruppo 63, perché non si rimettevano insieme? Platini era stato l'acquisto del secolo per la Juventus, più di Sivori. Ero tornato a sbirciare le notizie sul tennis, l'eccentricità di Agassi, le dissi che non mi capitava dalla morte di mio padre. Volle sapere di Monsieur Marsell e io le raccontai della separazione dei miei genitori, della morte in poltrona di papà, arrivai a lambire i confini fragili della mia famiglia. Finché le svelai: e i pompini. Il trauma originale.

Scoppiò in una delle sue risate, cercò di trattenersi, ricominciò. Le accennai le conseguenze che aveva avuto sulla mia psiche, il fatto che avevo girato intorno a mia madre e al suo amante in una pena dantesca e che avevo inseguito l'edipico per gran parte della mia giovinezza.

– E i pompini?

– Anche.

Avevamo varcato la malizia con lo zampino di Monsieur Marsell. E scoperchiato un vasetto di Pandora che finsi di sigillare. Avevo timore e un assoluto desiderio di mettere un piede nel territorio proibito.

Nella mia prima lezione al Centro parlai di Gianni Rodari. Ad Affe e ai bambini raccontai di questo palazzo di gelato che si scioglieva in una piazza e che bisognava mangiare prima che fosse troppo tardi. Lo disegnai e feci scrivere *palazzo* e *gelato*. Chi di loro sarebbe corso a leccarlo? Si sbracciarono, così dissi a ognuno il da farsi: bisognava trovare un volontario per il cancello di cioccolato, un volontario per il portone di vaniglia, uno per le finestre di pistacchio e naturalmente uno per il lampadario di panna montata. Alla fine della lezione chiesi il permesso a Mohammed di andare al bar a prendere undici cornetti Motta. Quando tornai in classe con i gelati diventai ufficialmente il nuovo maestro. Anna disse che ero un ruffiano, catto-comunista e steineriano. Le risposi che avrei fatto di peggio con la classe degli adulti.

A loro lessi Camus. Mohammed mi aveva spiegato che il mio obiettivo doveva essere farli familiarizzare con una lingua che conoscevano ma che parlavano solo quando erano costretti. Stimolandoli. Si trattava di una classe mista per età e provenienza, perlopiù africani e francofoni. C'erano i genitori di Affe e quelli di altri tre bambini.

Mi presentai e raccontai di come mi era arrivato in mano il libro che avevo scelto per loro. Papà, i Deux Magots, Mademoiselle Rivoli, Marie, l'avvocatura. Era un romanzo del destino con il potere di tirarci fuori. Eravamo tutti étrangers.

Anna mi confidò che i bambini erano contenti di me, dovevo fare di più per invogliarli, e che gli adulti erano entusiasti. L'avevo già scalzata come insegnante prediletta, mi sentivo almeno in colpa? Si spostò i capelli sulla spalla sinistra e tirò fuori il giornale, lo sfogliò fino alla pagina dei cinema. – Per farti perdonare potresti accompagnarmi a vedere una commediola.

Le dissi cosa non voleva sentirsi dire: ci vedevamo il mercoledì al Centro, un pomeriggio per un film, una o due volte alla chiusura dell'osteria. Mario era uno dei miei migliori amici e conosceva la metà della metà di quegli appuntamenti, cosa dovevo fare, accettare anche il cinema del giovedì?

– Sei davvero cattolico?

Vidi arrivare Mario due sere dopo in osteria, le scarpe inglesi e la camicia arrotolata ai gomiti. Abbracciò Giorgio e venne al banco fingendo di non conoscermi. Ordinò uno Chardonnay e mentre pagava, dandomi del lei, mi annunciò che aveva il piacere di invitarmi per un fine settimana lungo nella sua casa a Siracusa, con qualche amico e Anna. Così non gli sarei sfuggito. Gli diedi lo Chardonnay e lo ringraziai, ma non avrei lasciato l'osteria in affanno. Mi chiese di aspettare e andò a parlare con Giorgio, li vidi confabulare, tornò e disse che era tutto a posto, per quattro giorni la baracca non sarebbe crollata. Sforzai un sorriso e gli strinsi la mano, avevo la nausea di me stesso. Mi stavo giocando un'amicizia ventennale per un rapporto di natura ambigua. Aspettai la fine del turno e telefonai a Marie. La tirai giù dal letto, disse di richiamarla dopo un quarto d'ora, perché le serviva il tempo per riflettere. Richiamai.

E lei disse – Arrête-toi, Grand. Rallenta.

Dovevo fermarmi e far decidere agli altri. Bisognava non avere fretta.

Il giorno dopo comunicai a Mario che non potevo accettare, mi dispiaceva molto, ma Giorgio sarebbe morto piuttosto che privarmi di qualcosa. Da solo non ce l'avrebbe fatta.

Mario ammutolì, poi disse – Siamo fortunati ad averti.

– Parla subito con il tuo amico.

Giorgio lo ripeté nei giorni che vennero. Mi invitava a casa sua e cucinava per me, gazpacho e nervetti in insalata, pollo satay e prosciutto e melone, dormivo sul divano e mi risvegliavo tra i suoi gatti e con quell'ammonimento che non volevo sentire. Passeggiavamo per la città, aveva accettato da poco che lo spingessi in carrozzella, vagavamo in giri notturni con la sua Uno marchiata Inter. Gli chiedevo consigli che non ascoltavo, pretendevo soluzioni che non condividevo. Lui era la coscienza indigesta, ma anche l'unica forza in grado di riuscirci: farmi sopportare l'immobilità che mi ero scelto. Poi qualcosa virò.

Nelle tre settimane prima della partenza per Siracusa accaddero piccoli dettagli di felicità e una cosa grossa. I piccoli dettagli di felicità erano i miei bambini: Affe e gli altri continuavano a sbalordirmi con progressi inaspettati e sommosse che faticavo a contenere. Erano rettitudine e protesta. Mi ci ritrovai. Chiesi a Mohammed di tenere una lezione extra il giovedì e quel giorno componemmo una storia con le parole del quaderno. Venne fuori un insieme di Rodari e Collodi e fratelli Grimm e Carroll. C'era una volta un Bianconiglio che era spaventato da un burattino goloso di palazzi di gelato che aveva una fifa blu di una strega che mangiava i bambini. Tutta farina del loro sacco.

Alla fine, per riposarci, facemmo il gioco degli indiani: vinceva chi riusciva a mantenere il silenzio. In classe trionfò Lang, un cinesino muto come un pesce che si esprimeva a gesti, fuori vinse Anna. Da quando seppe che non sarei andato a Siracusa smise di parlarmi, testuali parole, "per smarrimento". La mia era una scelta giusta, ma lei si era sentita persa quando Mario gliel'aveva comunicato. E se avessi ragione tu, Libero? Mi chiese di annullare il cinema del lunedì e anche il pranzo all'università: voleva riflettere sulla paura che l'attanagliava e che veniva da lontano. Invece di abbattermi, mi riempì: sentivo che la sua cautela veniva dal mio stesso sentimento.

Così ero tornato al punto di partenza: un italofrancese solo a Milano che lavorava in un'osteria. A differenza del mio arrivo, però, ero pulito. Mancava il dolore per Lunette e l'eros ferito aveva espiato la sua fase reattiva: la promiscuità era stata integrata e aveva lasciato un istinto che tenni a bada in nome della possibilità di Anna. Scacciai lo sciame femminile rimasto e mi unii alla solitudine della città estiva. Ripresi le chiacchierate con Marika e le ragazze, pranzai con Giorgio e i suoi gatti, andai a zonzo con Lorenzo e l'Assuntina, chiamai Antoine oltreoceano. Lui stava benone, gli avevano dato un alloggio nel campus universitario e tutte le sere faceva baldoria. Aspettava di iscriversi a una confraternita e di mettere le mani addosso a qualche ragazza pompon. In America i *colored* europei e gli italiani facevano furore, dovevo raggiungerlo presto.

Poco tempo dopo aver parlato con lui successe la cosa grossa. Andai in Statale, l'ufficio 34 era chiuso. Ritornai anche il giorno dopo, e il giorno dopo ancora, la situazione non cambiò. In osteria allungavo il collo alla vetrina, Lorenzo e Vanessa furono le uniche facce amiche che vidi per un po'. Passò anche Frida. La incrociai mentre pulivo le vetrate, era con il ragazzo in Timberland. Tentennò, venne e me lo presentò. Si chiamava Giulio ed era proprio lui. Lo ricordavo in una fotografia che lei teneva sulla scrivania in studio, i capelli ordinati e la pashmina al collo. Aveva l'aria simpatica, mi sorrise mentre gli stringevo la mano. Frida era Frida, a parte un taglio a caschetto e gli orecchini a pendaglio. Mi disse che da Leoni erano ancora concentrati sul disastro petrolifero e che la mia scrivania era rimasta vuota. Si sarebbe sposata quel dicembre, il giorno della Vigilia. E io come stavo?

Io affrontavo giorni di bilanci e di puzzle, ne finii uno da mille pezzi del Pianeta Terra visto dal satellite e lessi i racconti esotici di Maugham, qualcosa di Gadda che mi annoiò. Mi diedi all'autoerotismo per ansia e per incontinenza. Infine mi aggrappai all'ostinazione. Nei giorni precedenti alla partenza per Siracusa ripassai in Statale e in tutti i nostri posti. Frequentavo il più possibile il Centro, domandai a Mohammed di Anna e venni a sapere che lei avrebbe saltato anche la settimana successiva di lezioni. Gli chiesi se avesse il suo numero di telefono. Me lo scrisse sul volantino pubblicitario di un aspirapolvere e io quella sera l'avrei chiamata dall'osteria, subito dopo aver alzato la saracinesca, se non fosse stata lì, seduta sul muricciolo del Naviglio, che mi aspettava per dirmi Non parto più.

Whitman, come la Duras, ha un modo viscerale e sottile di predire la sorte dei legami: spiega il tradimento e l'ardore, soprattutto l'istinto, attraverso l'alfabeto del corpo. Un cenno degli occhi, un'inclinazione della testa, il tatto. Quel giorno, prima di alzare la saracinesca, sfiorai Anna così. Una mano al centro della schiena, come a sorreggerla, poi intorno al gomito, a condurla. Non dissi niente, la feci entrare e le offrii una Moretti. Appena Giorgio arrivò, vide me che lucidavo i boccali e lei sul primo sgabello, le gambe incrociate e i capelli sciolti. A metà serata si aggiunsero Lorenzo e Vanessa. Chiacchierarono tutti e tre a lungo, poi Lorenzo lasciò le ragazze e venne da me che pulivo i posacenere. Domandò se stavo bene.

Lo guardai.

Si avvicinò, – È venuta senza Mario?

Annuii.

Annuì anche lui e tornò al bancone. Se ne andò con Vanessa prima della chiusura, Anna rimase e mi aiutò con i tavoli e a riordinare, asciugò i calici. Mi disse che aveva parcheggiato la Golf vicino e poteva darmi uno strappo. Quando salimmo in macchina mi avvertì: aveva detto a Mario che stare sola la rendeva meno confusa che stare con lui, almeno per quel periodo.

Mi feci riaccompagnare a casa, lei non salì.

Bilancia ascendente Scorpione. Quando era piccola le avevano diagnosticato un soffio al cuore e in adolescenza l'utero retroverso. Anna era orfana di madre, e il padre l'aveva tirata su senza altre donne e con il suo lavoro di contabile alla Bayer. Amava la birra, l'ossobuco e aveva un debole per la meringa sul fondo della coppa Smeralda. Ne prendemmo due al baracchino di largo Marinai d'Italia, il giorno dopo, e promisi di lasciarle il fondo della mia se avesse risposto a qualche domanda impertinente, poco importava se la conoscenza aveva bisogno di gradualità e delicatezza. Cominciai con la politica.

– Ho sempre votato Partito comunista, tranne una volta per i repubblicani – mi strappò la Smeralda e prima che trovasse la meringa le chiesi che taglia portasse di reggiseno.

– Quarta abbondante – si portò il cucchiaino alla bocca. Mi raccontò come le sue tette le avessero precluso una carriera da ballerina costringendola alla lettura, al sesso e a lunghe nuotate in piscina per raddrizzare la scoliosi. Da allora il nuoto era una specie di mantra. Ci incamminammo verso via Lincoln, una stradina bucolica con le case basse dove un tempo abitavano i ferrovieri. Avevo le palpitazioni e un senso di scongelamento.

Lei si bloccò, mi prese sottobraccio. Disse che se volevo potevamo andare a nuotare sabato pomeriggio, nel frattempo avevo altre domande?

– A che età hai perso la verginità?

– Quindici.

– Cosa pensi del femminismo?

– Qualcosa di buono.

– E di Dio?

– Qualcosa di buono.

Aggiunse una risposta a una domanda che non c'era. Stava insieme a Mario da una vita perché le aveva dato la famiglia che non aveva avuto.

Mario restò in Sicilia una settimana. Furono giorni che cambiarono la rotta della mia esistenza, e di tutte le persone che avevo intorno. Io e Anna guardammo cinque film, ma fu *Ghost* a rivelarci altre forme di restituzione dei legami: coniammo lì il termine presenza-bassorilievo come tributo a chi c'era stato senza esserci troppo. Patrick Swayze per la protagonista, papà per me, e Antoine, Giorgio e John Mc-Enroe. Per Anna sua madre. L'aveva vissuta otto anni, poi basta. Poi era tornata nei racconti degli altri e nella solitudine del padre.

– Capii che mamma era una donna straordinaria dalla tenacia di papà nel non volerla sostituire.

Io e Anna ci trovavamo la mattina per la colazione, l'accompagnavo in facoltà per le ultime faccende prima del rientro degli studenti dalle vacanze. Sedevamo sui gradini di Sant'Alessandro e di notte ci ingozzavamo di panini con la salsa rosa al Crocetta. Anna ruttava in modo gentile e beveva dal mio bicchiere.

Al Centro facemmo una lezione in coppia agli adulti. Parlammo di Carver: *Meccanica popolare*, il racconto sulla divisione di un figlio durante la separazione dei genitori, e lo comparammo alla parabola di re Salomone. Le madri si scagliarono contro lo scrittore americano, Assassino!, mentre un omone scuro, Yassim, continuava a ripetere I re salvano, i re salvano, ecco perché Italia va male, non c'è re. Placammo donne e monarchici e ce ne andammo a nuotare.

Anna disse che la piscina Saini era conosciuta da pochi, aveva un prato e la giusta quantità di cloro. Annuii malvolentieri, l'idea di farmi vedere seminudo mi atterrisce. Avevo una struttura fisica decente, braccia e spalle si erano rinforzate e la mia insufficienza toracica veniva mitigata da una postura elegante. Ero certo che non le sarebbe bastato. Quando arrivammo chiedemmo due lettini lontani dall'acqua, mi sedetti in maglietta e la vidi trafficare con una borsa da cui tirò fuori gli asciugamani, una crema solare e delle riviste. Indossava un Borsalino di tela e dei Persol, li mise da parte e si legò i capelli. Mi dava la schiena, stese un asciugamano e mi allungò il mio, si sfilò le ballerine. Si tolse i pantaloni. Aveva un costume intero a righe bianche e nere. Il sedere era compatto nella sua generosità, gli anni di nuoto l'avevano scolpito. Si levò la camicetta, la ripiegò con cura sulle mani, si voltò. Avvampai e mi girai subito. Era un seno magnifico. Finsi di trafficare con il lettino, quando alzai gli occhi lei mi fissava.

– Soddisfatto? – e si impettì.

Mi stesi, – Soddisfatto – avvertivo la posta in gioco, eccessiva, e l'assoluta convinzione che non le sarei mai bastato.

– Tu non ti spogli?

Mi tolsi la maglietta e i pantaloni, rimasi in costume a sbirciare una vecchia che si spalmava di abbronzante. Anna venne verso di me e fece lo stesso, mi disse di girarmi e mi cosparse di crema. Aveva mani leggere. Si dedicarono alle spalle e alla base della schiena, e intorno al collo. Mi fece voltare e frizionò il petto e le braccia, gli zigomi, il naso, la fronte. Possedeva gesti materni senza perdere la sensualità. Con la crema passò a se stessa, dissi che volevo farlo io. Mi concentrai sulle braccia, sulla parte di schiena scoperta, sul collo, il viso. Aveva nei tenui. Sussultavo, non per il seno che mi lambiva, non per un suo sottile imbarazzo: perché ebbi la certezza di pretenderla. E quel sentore esplose mentre la vidi nuotare a dorso, le tette che affioravano potenti, e mentre leggevamo sullo stesso lettino l'elaborato di un suo studente, durante la merenda con l'anguria e il tè freddo, progettando lezioni al Centro per l'autunno. E quando, soprattutto, mi chiese di passeggiare a piedi nudi perché l'erba stimola i neuroni. In quella camminata crollarono la mansuetudine che mio padre mi aveva lasciato, l'intelligenza premeditatoria acquisita, la discrezione di cui andavo fiero: le dissi che faticavo a resisterle. Poi tacqui e anche lei, infine biascicai che sarei andato a farmi una nuotata. In acqua convertii imbarazzo e passione in uno stile libero fluido, insolito, prolungato, quando uscii la vidi mezza vestita e pronta ad andarsene. Mi asciugai, lei disse che non c'era fretta, indossava i Persol e guardava il campo arato che confinava con la Saini. Mi cambiai veloce nel bagno pubblico e la raggiunsi all'uscita, facemmo il tragitto di ritorno con Phil Collins, i Pink Floyd, Ivan Graziani, avevamo la stanchezza del cloro e io un senso di terrore. Lei cantava *Lugano addio* e continuò a cantarla anche quando parcheggiò sotto casa. Scese dalla Golf e mi aspettò, andammo insieme al portone. Cercai le chiavi, non le trovavo, aprii. Salimmo e Anna mi prese la mano, entrammo insieme.

Mi spogliò lei. Le scarpe e la maglietta umida, i pantaloni. Si spogliò da sola, rimase in costume. Si sfilò una spallina e l'altra e le fece scendere fino all'ombelico. La baciai. Adagio, aveva labbra accoglienti, le incorniciai il viso tra le mani, le passai le dita tra i capelli bagnati, lo feci ancora. Le sfilai il costume del tutto, non mi distolsi mai dagli occhi, poi sì, le presi questo seno maestoso dai capezzoli minuti. La girai per afferrarglielo, ci riuscii a fatica, stentai a controllarmi. La baciai sul collo, tornavo sulle labbra, le lingue profonde. Mi accarezzava dalle spalle alla pancia, di nuovo le spalle e il petto, come mi ridisegnasse, si inginocchiò di colpo. Aveva una bocca che non dava pace, morbida, andò sul fusto e sui testicoli, insistette a lungo finché vacillai, mi chiese se poteva continuare. Scossi la testa e la stesi sul letto. Le accarezzai le gambe, le mordicchiai i capezzoli e il costato, mi fermai per guardarla. La baciai tra le cosce, Anna gemeva piano, e il sapore e l'odore erano solo suoi, appena dolci. Mi accompagnò sopra di lei, mi guidò e io entrai, la fissavo accogliermi poco alla volta e mantenersi integra nel suo triangolo perfetto. Mi tenne così, io la presi quanto potei, e per la prima volta seppi che il corpo era solo un inizio.

Per cinque giorni diventammo uno. Ci vedevamo a casa mia e nel suo ufficio della Statale e in macchina. Era completamento e qualcosa che si avvicinava al misticismo. Parlavamo niente, facevamo l'amore lenti e senza ritegno e io rimanevo sbigottito da come lei tenesse insieme voracità ed eleganza.

Avvertimmo lo stupore di quei giorni, cosa stava succedendo, e lo ignorammo: era alchimia della carne e prima ancora di sostanze, questo sapevamo. Lontani dall'entusiasmo delle passioni iniziali, lontano dalle abbuffate puerili, lontano da uno sfogo momentaneo delle frustrazioni passate: infatti non avevo paura. Ero immune dal terrore della perdita, dal rischio dell'illusione, dalle imprudenze antiche. Integrai Lunette in Anna, perché Anna ribattezzò l'eros anche dopo il coito, quando si metteva a pancia sotto e io potevo scorrere due dita dalle caviglie al collo, o mentre ci guardavamo in mezzo ad altre persone, e in sua assenza, nell'appetito di lei che resisteva. Socchiudevo gli occhi e affrontavo l'assenza di negritudine. Il pallore scalzava la nostalgia, e la caricava di batticuore. E poi non riuscivo a pensarla al passato, mi era impossibile immaginarla con Mario che la brama, che si avventa, che la prende: il demone della condivisione se ne stava in disparte.

Io e Anna iniziammo a parlare, a parlare davvero, il giorno prima che Mario rientrasse da Siracusa. Rimanemmo svuotati sul letto, fradici dagli umori e dal sudore, e ci raccontammo. Le feci la cronaca dei miei anni milanesi e prima ancora dell'infanzia, dell'adolescenza, della giovinezza e della mia presunta maturità. Le dissi che qualcosa stava cambiando e lei diceva che qualcosa era già cambiato. Il mattatoio mi aveva preparato a lei, l'ultimo anno con Mario l'aveva preparata a me. Tuo padre, anche, Libero. Mia madre, anche.

Detestavo uno schema umano e glielo confidai: l'istinto di lasciare una persona solo dopo averne trovata un'altra, come la scimmia che salta da un ramo solo dopo aver afferrato una nuova liana con la coda. Ero stato il ramo vecchio con Lunette, ora una potenziale liana nuova. Volevo essere l'albero. Glielo dissi in macchina dopo l'osteria, ci eravamo fermati verso la radura Forlanini, a prendere un po' di fresco sotto l'eco degli aerei che decollavano. Anna mi disse che lei e Mario non facevano l'amore da un anno e mezzo e che avevano già parlato di lasciarsi l'estate prima. C'era il problema della famiglia, le sarebbero mancati da morire.

– E ora?

Mi fece l'occhiolino, – Ora sto cercando una nuova liana.

Palmiro Togliatti morì il giorno dopo. Lorenzo mi disse che sua madre l'aveva trovato agonizzante sul pavimento della cucina, le zampe sul muso per coprirsi dal sole che entrava dalla finestra. Era spirato quasi subito.

Aspettammo l'imbrunire e lo portammo al parco Sempione. Lorenzo l'aveva sistemato nello zaino, avvolto nella coperta a scacchi che gli aveva fatto da cuccia, e quello fu il viaggio più lento dell'Assuntina. Del parco ricordo i primi grilli e le ultime cicale, ci seguivano intanto che camminavamo uno dietro l'altro, Lorenzo avanti con lo zaino tra le braccia. Trovammo un angolo racchiuso dalle siepi, nella terra dove Palmiro aveva scorrazzato tra bonghi e sacchi a pelo. Ci accucciammo lì, prendemmo le cazzuole che ci aveva prestato Giorgio e cominciammo. Mentre scavavamo rimasero i grilli, nessuna cicala, rompemmo le zolle a fendenti e finimmo con le mani che facevano male. Era una buca piccola e profonda. Lorenzo aprì lo zaino e tirò fuori prima la testolina, le zampe e la coda, quando finì fece luce con l'accendino.

Il mio Palmiro dormiva. Le palpebre scese e il suo modo di riposare, la lingua che affiorava dalla bocca e un orecchio pendente. Lo presi in braccio, era un cosino leggero con il naso asciutto, lo accarezzai sul collo nel punto in cui lo accarezzavo mentre lo tenevo con me in Vespa. Aveva dodici anni. Lo baciai sulla schiena, Bonne nuit, lo appoggiai sul fondo della buca, Bonne nuit mon ami. Lorenzo si chinò su di lui, mi allontanai un poco, lo accarezzava, lo accarezzò non so quanto, poi mi chiamò e rimanemmo intorno al primo amico che se ne andava. Palmiro sparì tra le zolle di Sempione, lui e la sua coda spelacchiata, quando finimmo di tumularlo Lorenzo si accovacciò e io lo vidi pregare.

Ci commuovemmo tutti e due, mezzi nascosti, mentre l'Assuntina ci riportava a casa. Per Palmiro, per una sorta di impotenza, per gli smottamenti delle nostre esistenze. Lorenzo aveva deciso di lasciare l'università per aiutare a estinguere i debiti di famiglia, lavorava come rappresentante di materiali termoisolanti. La sua giovinezza era finita, come la nostra, la mia e di Mario, di Anna, di Antoine e degli altri che avevano seguito il *conatus* delle stagioni. E adesso qualcosa stava per segnarci, era ignoto e poco arbitrario, ognuno di noi aveva la certezza della sua irreversibilità.

Arrivammo sotto il monolocale a mezzanotte passata, spegnemmo il motore e rimanemmo immobili, guardavamo Mastroianni prendersi cura di un vaso di ortensie, fumò, tornò a prendersi cura delle ortensie. Scesi dall'Assuntina e diedi una carezza alla sella, Lorenzo mi fece segno di avvicinarmi e disse – Parla con Marione –, mi abbracciò per la terza volta in una vita.

Anna mi teneva lontano da Mario, non era pronta a rivelargli di noi. Scalpitai, ero in disaccordo, poi pensai al motociclista di Lunette e alla tragedia se fosse stato un mio amico, magari Philippe dei Deux Magots, o qualcuno dei ragazzi delle riunioni. Accettai, ma la avvertii che avrei fatto di tutto per vederlo il meno possibile finché, se le cose stavano ancora così, gli avrei parlato. Chiesi consiglio a Giorgio: annuì e alzò la testa per guardarmi negli occhi, Fai le cose con calma, e falle bene.

Iniziò così quel settembre che digerì la mia irresolutezza e la tramutò in voglia di riparare i sospesi. Chiamai Marie, e le dissi tutto per filo e per segno. Non riuscì a ribattere, squittiva dalla contentezza, mi avvertì solo di stare in guardia e di godermi le scintille. Sarebbe tornata a trovarmi presto, altrimenti l'avrei fatto io. Chiamai Antoine, ma non gli raccontai nulla. Mi bastava sentirlo felice, e lo era, trovarlo dritto nella sua rotta, e lo trovai. Mi chiese se dovevo dirgli altro perché mi percepiva diverso. No, mon ami, tout marche. Poi telefonai a mamma, era stanca per una notte insonne e mi pregava di richiamarla l'indomani. Le chiesi di parlare con Emmanuel. Emmanuel è fuori casa, domani ometto di mondo. Ci rimasi male, mi misi a lucidare i boccali e i calici, caricai il fusto di birra e richiamai in rue des Petits Hôtels. Non rispose nessuno.

A mamma non avrei detto di Anna, ma le avrei raccontato del Centro e di *Pinocchio* e del palazzo di gelato, di come l'insegnamento tirasse fuori il mio Straniero meglio dell'avvocatura e di qualsiasi studio legale. Le avrei raccontato di Affe e del senso di compiutezza che mi dava vederlo scrivere la parola giusta sul quaderno, o mentre imparava a soffiarsi il naso. Non ero diventato cattolico, nemmeno comunista o steineriano. Ero un insegnante.

Dopo che Mario tornò da Siracusa, non vidi Anna per due giorni. La chiamai per raccontarle l'episodio telefonico di mia madre e di come fosse stato anomalo.

– Richiamala.

– Lo farò.

– Richiamala adesso.

La pretendevo anche per questo: l'empatia sulla vita degli altri. Era un funambolo con se stessa, fondamenta con il resto del mondo. Mi disse che voleva vedermi, glielo dissi anche io e solo alla fine della telefonata, quando decidemmo di incontrarci al Centro la mattina dopo, mi raccontò che era stata a casa di Mario: avrebbero provato a non frequentarsi per un po'. Rimasi allibito e sollevato, come potevano lasciare andare tutto così?

– È da un anno, Libero.

– Mi iscrivo a Lettere, Anna.

Me la ritrovai sotto casa mezz'ora dopo, il dito premuto al campanello, le scale fatte a due a due, e l'affanno che le bloccava il fiato mentre diceva Perché ti iscrivi a Lettere, perché. Avrei mandato al diavolo Giurisprudenza per come mi ero sentito con i bambini del Centro e forse per come li facevo sentire io, e per la sensazione che avevo provato quando la classe adulta era riuscita a ribaltare una certezza con un'intuizione: il Meursault di Camus, il mio Straniero, non doveva essere liberato da qualcuno. Era lui che si sarebbe dovuto liberare, prima della morte della madre, prima della solitudine apatica e dell'istinto omicida che covava, prima di diventare un étranger. Giustizia o ingiustizia sono inutili per chi perde il "moi-même".

Anna non fece niente, non disse niente. Si voltò alla finestra, fissava il balcone di Mastroianni, di colpo sussurrò,

– Sei un po' patetico, Libero.

Aveva il viso duro, e guardarlo feriva. Mi distolsi, anche io cercai la finestra, Mastroianni era chino su una pianta di limone che stava rinvasando.

– Sei patetico perché lasci alla letteratura i fatti e per te le intenzioni – mi sfilò accanto e prese il Panasonic, me lo offrì – Di' a tua madre che avrà un figlio insegnante.

– C'è tempo.

Agitò il telefono, – Diglielo adesso.

Presi la cornetta, la schiacciai tra i palmi, la rigirai mentre Mastroianni finiva il rinvaso e raccoglieva il terriccio con uno scopino. Mi schiarii la voce, composi il numero. Rispose Emmanuel, chiesi di mamma e lui rispose con una voce mesta che era solo in casa, mi avrebbe fatto richiamare. Gli mancavo, à toute à l'heure.

Chiusi, stranito ancora una volta. Anna mi guardava.

Così inventammo un rituale che ci accompagna ancora e che usiamo ogni volta che mi sento patetico o che lei diventa aspra, o quando siamo entrambi confusi. Ci infiliamo nella doccia e ci laviamo a vicenda con una di quelle spugne grandi, dalla fronte ai piedi, solleviamo le braccia e a mani nude strofiniamo anche le ascelle. I capelli, e i sessi. Rimaniamo insaponati, uno contro l'altro, apriamo l'acqua di colpo. Quel pomeriggio, quando iniziammo ad asciugarci, squillò il telefono. Era Emmanuel da una cabina. Anna uscì dal bagno con me e mi gocciolò di fronte per tutta la conversazione. Durò poco, il tempo di sapere che mia madre stava male da un po'. Credevano fosse ipotiroidismo, invece era un tumore. Glielo avevano tolto e aveva già fatto il primo ciclo di cure. Lei non voleva che lo sapessi, Emmanuel aveva infranto il patto e per questo non ho mai smesso di ringraziarlo.

Partimmo in treno il giorno dopo perché l'aereo costava troppo. All'agenzia di viaggi Anna si intromise e chiese due biglietti, io cercai di farla desistere, lei disse Voglio venire, ti prego. Quando arrivammo a Parigi avevamo viaggiato insieme in una cuccetta comoda, guardando dal finestrino il confine e la prima Francia, sonnecchiando uno sull'altra. A destinazione la sistemai in uno dei piccoli hotel della mia via, e salii in casa: trovai mamma stesa sul divano che guardava *Milagros*.

214

Quando mi vide abbandonò la testa sul cuscino e bisbigliò – Quel traditore di Manù.

La rassicurai, avevo capito tutto dalla sua telefonata fiacca e stavo già pensando di farle una visita a sorpresa. Mi sedetti accanto e l'abbracciai, era senza capelli. Mi supplicò di non guardarla, si alzò e andò in camera a mettersi la parrucca. Le donava. Aveva meno rughe, gli occhi erano stravolti ma fervidi. Fece in tempo a darsi una pennellata di fard e a ritrovare la voce squillante, assicurò che era guarita e aveva già molti maquillage in programma. Quei coglioni dei medici l'avevano torturata, altrimenti sarebbe stata in pista da chissà quanto. Le dissi che le volevo bene.

Ci facemmo un tè, solo allora mi accorsi della sua magrezza e della perdita di forza. I gesti erano meccanici e sbadati, sempre eccentrici. Mangiammo biscotti e sorseggiammo un tè allo zenzero procacciato in un negozietto del Marais, come stava il suo ometto di mondo?

La investii di novità, Madame Marsell amava le cose inedite e scintillanti. Gliele incastonai in narrazioni veritiere e romantiche, l'osteria e Giorgio, quel brutto ceffo di Leoni, la Statale, Lorenzo e Palmiro Togliatti, la nonna Olivia. L'incontro con Anna.

– Mario lo sa?

– Ancora no.

E poi le passeggiate e i cinema, e i bimbi del Centro: volevo diventare un insegnante.

– Allora farai Lettere.

Annuii.

Disse che papà sarebbe stato felice, lui stesso voleva insegnare, lo sapevo? Non c'era riuscito perché doveva mantenere i genitori in difficoltà, così aveva accettato il lavoro di rappresentante di medicine naturali. Quando avevo iniziato il liceo si era appostato sotto la scuola anche per questo, era la vita che avrebbe potuto avere: assaggiarla attraverso il suo bambino addolciva il rimpianto.

– Anna è qui con me.

– Où? – gettò un'occhiataccia alla porta.

– Nell'albergo di fronte.

Mamma disse che le dovevo dare un giorno di tempo, Un jour pour ma restauration.

Portai Anna per le strade di Parigi. Cominciammo con i Deux Magots, quando Philippe la vide arrivare si mise sull'attenti. Le fece il baciamano e ci accompagnò sotto Camus.

Mangiammo croissant e jus d'orange e cercai di spiegarle cos'era quel Café, il mio midollo, qualunque dettaglio le piacesse di me lo doveva al tavolino che aveva di fronte. Ascoltava e guardava, si teneva le mani come afferrasse un tempo perduto anche suo. Si alzò in piedi e gironzolò per il locale, chiese a Philippe dove sedeva Jean-Paul Sartre e dove sedevamo noi per le riunioni. Mi domandò qual era il posto di Lunette, glielo indicai e lei si mise a fissarlo, accostò piano la sedia. Per ultimo si fece guidare nell'atrio, lì, dove io e papà ci eravamo accalcati il giorno della morte di Sartre. Chiuse gli occhi per sentire la linea che separa un ragazzino da un futuro uomo.

Volle andare da Monsieur Marsell. Dovevamo raggiungerlo a piccoli passi perché la Ville Lumière lei l'aveva vista solo in gita scolastica e qui erano stati concepiti il grande pensiero europeo e Libero Marsell: le dissi che i miei mi avevano generato in un alberghetto in Provenza, anche se i pareri erano cambiati nel tempo. All'inizio per papà l'evento era stato parigino, per mamma milanese, si misero d'accordo che accadde durante un viaggio provenzale.

– In che posizione?

La scrutai, aveva queste uscite insospettabili. Grazia e stramberia, sensualità e compassione, asprezza: il suo eros

216

veniva dall'imprevedibile. Dissi che non lo sapevo. Lei invece era stata generata a cucchiaio, o almeno così le aveva detto suo padre. Mi raccontò di questa ricerca giapponese sulle posizioni in cui vengono concepiti i figli, sembrava che l'accoppiamento da dietro potesse creare cervelli più intelligenti del dodici per cento. Ridemmo, mi prese a braccetto. Eravamo sul lungosenna e fino a Notre-Dame parlammo di mamma. Era provata, ma per i medici si avvicinava alla guarigione completa. Stavo rimuovendo la questione e volevo che Anna mi aiutasse a farlo, dissimulare avrebbe aiutato me e Madame Marsell. Le spiegai che mia madre detestava sentirsi fragile, e detestava ancora di più che gli altri portassero in giro questa sua parvenza. Ecco perché aveva chiesto un giorno per restaurarsi, voleva un primo incontro come niente fosse. La pregai di stare al gioco.

Mi appoggiò la testa sulla spalla, – Ma tu aggiri sempre il dolore così, Libero?

Per aggirarlo usavo il sesso, il cinema, il cibo. A volte la letteratura. E lei come lo aggirava? Con il sesso, con il nuoto, e con l'insegnamento.

Mentre arrivavamo al Trocadéro fantasticammo: se mi fossi laureato entro tre anni avremmo potuto prendere in mano il Centro e farne una cosa seria, l'input veniva da Mohammed. Le promisi i tre anni sperando in qualche esame abbuonato da Giurisprudenza, poi indicai le mura del cimitero di Passy. Comprò un giglio dal fioraio ambulante ed entrò per prima, la portai alla lapide. Si fece il segno della croce, depose il fiore e fissò la fotografia.

– È un uomo bello.

Papà, voilà: Anna.

Ritrovammo il nostro silenzio, e ce lo portammo dietro fino a un bistrot in rue Charron dove mangiammo una crêpe al formaggio con due birre. Mi chiese se stavo pensando a Lunette, dissi che pensavo ad Anna e Libero, non stavo così bene da sempre. Ci credette a metà e forse aveva ragione: alcuni mesi con Lunette erano stati meravigliosi, ma non avevo mai sentito il sodalizio. Con lei sì. Glielo dissi. E percepivo la libertà di essere quello che ero. Le dissi anche questo. Poi le chiesi se le andava di conoscere l'unico santuario che avessi mai avuto.

Appena varcammo l'ingresso dell'Hôtel de Lamoignon realizzai che stavo portando Anna da Marie. Volevo fosse solo un assaggio, si meritavano il vero incontro in un altro momento. Anna sapeva solo che Marie era l'unico legame di congiunzione tra le mie stagioni esistenziali, il cuore della mia formazione. Le avevo fatto leggere qualcosa della nostra corrispondenza, la cartolina di Betty Boop e tutte le altre, e io l'avevo vista annuire e ridere mentre le leggeva a una a una. Da Milano avevo avvertito anche Marie, le avevo detto di mia madre e che sarebbe stata una visita in punta di piedi.
– D'accord, Grand.
Quando entrammo, stava compilando i moduli per un gruppo di persone. Anna si aggirò nella stanza degli ordini e in sala consultazione, era curiosa. Mi chiese quali fossero stati i miei movimenti abituali: le mostrai i passi verso il tavolo centrale, un accenno di sosta al desk e la camminata in direzione dei tavoli di lettura. Poi le invasioni nel cortile interno o in quello sul retro. Lei ricalcò i miei spostamenti e io mi sentii bene: ero nel luogo che mi aveva fatto stare meglio con la persona che mi faceva stare meglio. Anna indossava una gonna di jeans e una camicetta fantasia, i capelli raccolti in uno chignon. Mi voltai verso il desk, anche Marie la stava guardando. Le feci un cenno, lei finì di compilare l'ultimo modulo e venne verso di noi. Mi salutò con contegno, le diedi i tre bisous e le chiesi come stava. Se la cavava, e contava i giorni che la separavano dalle ferie settembrine. La mia Marie, più stanca dell'ultima volta, sempre bella. Anna si pre-

sentò da sola, la ringraziò in francese per le letture che aveva stipato nella mia testa. Pour les Américains, les Italiens, et toutes les histoires que vous avez mises dans Libero. Marie si trattenne, poi no: l'abbracciò.

Nel tragitto verso l'albergo Anna mi chiese com'era possibile che Marie non avesse un uomo accanto. Le dissi che stavo per ribadirle una storia a cui mi ero affezionato: era una donna troppo sensibile per il carico di eros che trasmetteva, gli uomini venivano attratti senza lasciarsi stupire dal resto.

Ci pensò su, – Posso sapere la storia a cui non ti sei affezionato?

Continuai a camminare, tirai fuori un pensiero che stentavo a confidare a me stesso: la verità, forse, era che tutto questo a Marie piaceva. La conquista maschile, solo la conquista, in uno strano incantesimo inconscio.

Passeggiammo a lungo senza fiatare, quando scendemmo sulla riva della Senna Anna mi domandò se l'avessi portata a letto o se ci avessi provato in qualche modo.

– Mademoiselle Lafontaine est intouchable.

– Masturbazione a parte.

– Masturbazione a parte.

Quella sera sentii Anna piangere sotto la doccia. Singhiozzava e i gemiti si confondevano con il getto d'acqua. Tentai di ingannare l'apprensione sbirciando l'autobiografia di Simenon in cui lo scrittore mette a nudo la sua bulimia esistenziale. Non lessi una riga, poi Anna uscì: si muoveva in accappatoio, veloce e misurata, rientrò in bagno e ritornò, scomparve di nuovo. Capii negli anni che la sua inquietudine scaturiva da una netta separazione dell'imbarazzo: tanto ne mancava nell'eros quanto era accentuato in altri territori. Quel giorno pensai che tutto dipendesse da Mario. Dal po-

219

meriggio in piscina avevo convissuto con un ostinato senso di colpa e mi chiedevo come Anna stesse vivendo un cambio di guardia così repentino, seppur preparato nel tempo. Le chiesi se aveva voglia di fare due chiacchiere, mi rispose che non ne aveva. Si asciugò i capelli, e io mi sforzai di leggere quando la famiglia Simenon si spostava di casa in casa portandosi dietro un intero popolo di servitù, macchine, cianfrusaglie e accumuli di tradimenti. Simenon era otto uomini in uno, in ogni ambito della sua vita: dalla foga con cui scriveva un romanzo, alle amanti, al controllo sui suoi libri, alle cento matite temperate allo stesso modo. Lo raccontai ad Anna, lei accennò un interesse, poi la vidi sedersi sul bordo del letto e avvicinarsi piano. Aveva gli occhi gonfi, continuai ad aggiungere particolari di Simenon: le lessi un paragrafo sulla Rolls-Royce comprata come auto da tutti i giorni e uno su quanto sudasse ogni volta che si metteva alla macchina da scrivere. Alzai lo sguardo, Anna piangeva di nuovo. La strinsi e la stesi accanto a me.

– È per Mario?

In parte sì. Era una persona con cui aveva condiviso una vita. L'avrebbe chiamato il giorno dopo, e anche quello dopo, e ancora, finché avrebbe fatto bene a entrambi. Ma non era solo Mario. Anna piangeva per sua madre, per come se n'era andata, un cancro al cervello. Si ricordava gli effetti delle terapie, gli sforzi di non far pesare la malattia a lei bambina: l'idea di vedere mia madre la tormentava.

– Troviamo una scusa, mamma capirà.

– Io la devo incontrare, Libero. Per me prima di tutto.

E la incontrammo. Alle otto in punto suonai il campanello, ad aprirci non venne Emmanuel. Fu Madame Marsell che ci accolse con un sorriso timido. Indossava un sari e una parrucca meno vistosa di quel pomeriggio, un filo di trucco. Guardò oltre le mie spalle e lasciò entrare Anna, poi le disse:

Bienvenue. Le prese la mano e gliela strofinò come per scaldarla, si scusò per la carrozzeria un po' ammaccata, ma dopo il tagliando sarebbe tornata come prima.

– Meglio di prima – Anna le diede i tre baci.

Emmanuel era già pronto con una bottiglia di champagne che aveva scelto personalmente, distribuì i calici e chiese un brindisi: Ai lieti fini.

– Emmanuel! – Mamma si agitò.

Rimanemmo zitti, Manù cercava una parola giusta, la cercai anche io.

– Al destino – disse Anna, – Brindiamo.

Mamma annuì, – Oui, ma chère, au destin – e alzò il calice. Bevemmo solo io e Emmanuel, che confidò ad Anna di voler sapere tutto della mia vita a Milano. Si misero a parlottare, Madame Marsell scomparve e tornò con le sue carte.

– Allora credi nel destino, mia cara?

Emmanuel sorrise, la signorina aveva fatto centro. Sapeva che tra una portata e l'altra mia madre avrebbe scomodato le sue piccole magie per lei. Nel frattempo la chiamò al baule con i dischi di papà, aveva voglia di scegliere la colonna sonora della serata?

Rovistarono insieme, una nel suo sari che nascondeva la malattia, l'altra in blu oltremare.

Édith Piaf, la raccolta dei successi.

L'antipasto della serata fu *Les amants d'un jour*, a cui si aggiunsero i cappelletti con variazione a base di scorza di lime e pepe rosa, e un vitellino al latte agli agrumi. Anna svelò qualche mio lato milanese e rispose con omissioni alle domande su come vivessi davvero. Spiegò come ero riuscito a conquistare i bambini del Centro con Gianni Rodari. Mamma mi guardò.

Prima del dolce, una panna cotta con lamponi e violette, Madame Marsell la chiamò a sé e le chiese se voleva saperne di più su se stessa. E mentre Anna accettava la sfida al futuro, io le guardai bene: il mio primo amore e il mio amore presente, avevano la stessa forza di stare al mondo.

Dalle carte Anna seppe che avrebbe partorito un maschio e una femmina, o forse solo un maschio, il padre sarebbe stato un uomo affidabile, anzi un marito affidabile: si girarono verso di me, perplesse. Inoltre avrebbe messo il carisma al servizio degli altri in modo eccentrico. Insegnerò all'università? Non solo, ma chère. Mamma vedeva qualcosa di perentorio entro cinque anni. Disse così: perentorio. Poi piccole cose: un trasloco, le carte non specificavano se di città o di casa, e la possibilità di sistemare un famigliare. Vedeva anche una perdita calcolata, non sapeva se monetaria o di altra natura. C'era anche una questione delicata da decidere che non la riguardava direttamente. Una seccatura, insomma.

– Cosa vede ancora?

– Il tempo. Non buttarlo via. Non avere paura di correre.

– E di brutto cosa vede?

Mamma tolse il quattro di spade dalla base della piramide e glielo indicò, – Il brutto tu l'hai già avuto, ma petite.

Anna le chiese se poteva abbracciarla, e senza aspettare la risposta la abbracciò. Mamma si appoggiò allo schienale, chiuse gli occhi e la strinse. Poi disse, – Ricorda: sarà qualcosa di perentorio, cinque anni.

Se quella sera avessi chiesto anche io a mia madre di predirmi la sorte, forse per scaramanzia avrebbe fatto a meno di svelarmi che in poco più di tre anni mi sarei laureato con 103/110 in Lettere moderne alla Statale di Milano con una tesi su Raymond Carver intitolata *Il massimalismo emotivo*. E per la stessa scaramanzia avrebbe evitato di descrivermi le persone che mi avrebbero festeggiato in un'osteria scalcinata sui Navigli, capeggiate da una mora tale e quale a Claudia Cardinale con i capelli più corti che mi avrebbe baciato davanti a un gruppo di amici tra cui un franco-congolese appena tornato dall'America, il vespista Lorenzo e la sua fidanzata Vanessa, una bibliotecaria francese di nome Marie, un ex tuffatore proprietario della medesima osteria, se stessa e il suo compagno Emmanuel.

Forse no, per scaramanzia Madame Marsell avrebbe detto: C'è la possibilità di una laurea e di qualcosa di più se tu, Libero, avrai lo spirito per approfittarne. E si sarebbe stupita se avesse saputo che quel qualcosa in più era aver preso al volo la possibilità di diventare coordinatore di una scuola per stranieri assieme alla professoressa a contratto più giovane della facoltà di Lettere della Statale, quella Claudia Cardinale chiamata Anna Cedrini.

La traiettoria dell'esistenza andò così, e fu solo un'esile parte delle rabdomanzie di mamma in quella cena parigina che io e Anna avremmo chiamato la notte delle costellazioni. Azzeccò un evento di cinque mesi dopo, il trasferimento di Anna in un appartamento che prendemmo in affitto a ottobre in Porta Romana: ci trasferimmo lì appena ci accorgemmo che lei si tratteneva sempre di più a casa mia.

Delle previsioni che fece Madame Marsell e che la sera stessa Anna trascrisse sul retro dell'autobiografia di Simenon, c'era: la possibilità di sistemare un famigliare. Cancellò la voce con un pennarello blu quando suo padre, andato in pensione dalla Bayer, decise di trasferirsi a Sestri dopo aver venduto la casa milanese e aver dato a lei metà del ricavato. Furono soldi che mise via, come feci io quando vendemmo l'appartamento nel Marais.

A quattro anni e mezzo dalla notte delle costellazioni si realizzò, così credemmo allora, il qualcosa di perentorio: la Statale adottò il metodo di apprendimento che Anna e io avevamo studiato per il Centro. Un modulo di lezioni che associavano l'immediatezza delle immagini ad alcune parole legate a contenuti più ampi. Il metodo fu denominato Text

223

Icon e divulgato a un seminario sperimentale di semiotica e successivamente esportato in un paio di università olandesi e statunitensi. Al metodo furono dedicati dei corsi e una conferenza a Roma. A distanza di due anni dal battesimo di Text Icon realizzai la mia perentorietà non predetta: vinsi il concorso per diventare professore di scuola secondaria superiore, dopo un tentativo andato a vuoto. Entrai al Parini nel settembre dei miei trentaquattro anni. La vigilia della mia prima lezione passai all'osteria, Giorgio convocò i clienti storici e offrì Sangiovese, Moretti e Chardonnay a tutti. Per quella sera scelse Astor Piazzolla, Vecchioni, Guccini e come ultimo *Il cielo è sempre più blu* di Rino Gaetano. Gli promisi che qualche sabato avrei servito ancora e che avrei celebrato lì, se in futuro ci sarebbe stato qualcosa da celebrare.

Il giorno della prima lezione al Parini mi accompagnò Anna. Avevo deciso di indossare giacca e camicia, nessuna cravatta. Iniziai la mia carriera di professore con la prima G, sezione bilingue: lessi il paragrafo di apertura de *Il deserto dei Tartari*, e quello fu l'incipit che recitai a ogni battesimo di classe. Ero il prof Marsell. Mi scoprii un insegnante severo, puntiglioso e di larghe vedute nei momenti giusti: durante le gite, quando a Praga fui responsabile di una delle fughe notturne più celebri del Parini con l'intera classe. O a Palermo, quando io e i ragazzi disertammo musei e monumenti per fare il bagno a Mondello. Erano anarchie che venivano per inclinazione e che trasferivo al Centro: con i bambini mi inventavo cacce al tesoro di parole e cantastorie di immagini, gelati di vocaboli e torte di frasi. Ce ne andavamo in giro per fantasie e una sera al mese al cinema Maestoso, in corso Lodi, a vedere i film degli adulti o un cartone animato. Affe seguì un biennio di corso, poi il padre fu costretto a tornare in Senegal e lui dovette andargli dietro con la mamma qualche tempo dopo. L'ultimo giorno di lezione venne alla lavagna e inventò la storia dell'arrivederci: era diventato una rondine a pois che andava a respirare l'aria di casa per tornare da aquila. Bonne chance, mon petit.

Qualche volta scommettevo con Anna e facevo la stessa lezione alla classe dei diplomandi del Parini e agli adulti del Centro: sei volte su dieci le folgorazioni venivano da quegli immigrati mezzi analfabeti, e io vincevo una pizza doppia al ristorante fiorentino in viale Bligny. Come quando dissero che Anne Frank aveva fregato i nazisti con la sua Fortezza, al contrario di Giovanni Drogo che si era fregato da solo nella sua Fortezza. Era una questione di candore, per questo Anne Frank e il suo diario avevano scardinato le leggi del Führer. Lei la purezza l'aveva preservata.

Insegnare al Centro rilanciò la mia stima per Anna. Vederla tenere una lezione rimetteva a posto i miei narcisismi e mi garantì una consapevolezza: l'amavo anche per come difendeva la povera gente. Tenerezza, polso, ironia. Mi ricordava la stessa voglia di cambiare il mondo del gruppo dei Deux Magots, lo stesso sentimento di possibilità e di indignazione e di nuova possibilità. Qualche mattina, prima di entrare in classe, la pensavo mentre seguivo le orme di *Un amore*, mi fermavo a guardare il portone di corso Garibaldi dove cominciava il desiderio del protagonista per la Laide. Era il mio per Anna: incontinente, spesso infantile, complice. Erano anni scatenati in cui lei fiorì, gli uomini la pretendevano come l'avevo pretesa io e mi abbuffavo delle loro eccitazioni e di lei. Anna non si addomesticò mai, io nemmeno. Trovammo il nostro culmine vivendo il contrasto tra l'aspetto acqua e sapone e il piglio oscuro che nascondeva. La assaltavo prima di andare a lezione, e lei mi scacciava come una mosca per poi concedersi la sera senza timidezze. Attraverso il sesso la spogliavo della sua regalità, e della sua lievità estetica. La profanavo.

Così l'amplesso integrò il nostro sistema di valori. Leniva gli scontri dovuti alla sua impertinenza, alla mia testardaggine e al big bang che produceva l'eros. Ci scoprimmo gelosi e fustigatori: le chiedevo se le piaceva guardare gli altri uomini e lei rispondeva che sì, li scrutava e aveva fantasie che teneva per sé. Adorava le corpulenze massicce e i caratteri complessi, credo si masturbasse pensando a vecchi incontri e a qualcuno del giro dell'università. Mi addentravo nel territorio del diavolo quando le chiedevo se si sarebbe fatta sfiorare sotto la gonna. A volte la risposta era affermativa e produceva un sesso di viscere, straordinario. Il tradimento mentale era il benvenuto, lo sottoscrivevamo, quello effettivo una possibilità che ci sfiorava. Lo capii con una collega, un'insegnante di sostegno che sarebbe stata trasferita a Roma di lì a poco e che mi invitò a bere un bicchiere di vino alla fine dell'ultima giornata di scrutini. Accettai, era una trentenne dal caschetto carbone e dagli occhi bruni, a lezione indossava jeans stretti e qualche volta i tacchi, sempre un velo di rossetto. Sapeva sorridere e rimanere nella cordialità con uno zampino nel vorrei. Mi aveva sfiorato con gli sguardi per l'intero anno. Aveva un modo delicato di condurre due ragazzi autistici, sussurrava e loro l'ascoltavano, prese loro per dolcezza e il resto degli studenti maschi per malcelata sensualità. Sorseggiai il bicchiere di vino mentre raccontava che aveva chiesto il trasferimento per stare più vicina ai genitori, di come andarsene le lasciasse una scia di incompiuto. Le raccontai qualcosa del mio ritorno in Italia. Biascicavo per il desiderio sordo, l'approdo al nuovo pulsava al collo e scendeva sotto l'ombelico. Lei allungò un piede, piano, e con la punta mi sfiorò la gamba, chiese se volevo accompagnarla a casa. Così la sentii, l'eccitazione inedita. La bellezza del mattatoio che tornava. Decisi di farlo, e mentre camminavo con lei che rimaneva vicina e fumava, assaporai una certezza: quello che stava per accadere sarebbe stato probabilmente magnifico, addirittura impunito. Ma non fu il senso di colpa o il terrore di essere scoperto a portarmi a salutarla davanti al portone, augurandole buona fortuna per Roma. Fu una cosa piccola e ostinata che veniva da quel bagno al mare a Deauville, quando papà aveva detto che lui, mia madre, l'amava. Monsieur Marsell mi aveva instillato la devozione e io non l'avevo saputo finché non mi era stato rivelato. Anna era la rivelazione. Il sentimento per lei custodiva i miei atti osceni.

Capii davvero che Anna aveva chiuso il cerchio della mia maturità quando un'altra Anna me lo mostrò. Sentii all'improvviso cos'era la femminilità per me, cos'era davvero, un pomeriggio di marzo. Stavo rileggendo le ultime pagine del *Diario di Anne Frank* nel punto esatto in cui lei capisce di aver raggiunto una sua autonomia, non rispetto alla madre o agli altri clandestini dell'Alloggio segreto: rispetto alla totalità della sua breve esistenza. *Perché in fondo la gioventù è più solitaria della vecchiaia*, lo scrisse diciannove giorni prima di essere scoperta dai nazisti, trasformando quella solitudine in riconoscenza, infine in eternità. Lessi la frase e alzai gli occhi, ero seduto in cucina, davanti a me c'era la mia, di Anna. Aveva questo modo di sfogliare le riviste, appollaiata sulla credenza, spulciava un articolo di "Specchio" con un paio di occhialini che falsavano il volto e un pigiama che la sformava. Poteva essere chiunque. Forse Lunette, o una raccattata per strada, o una delle tacche dell'osteria, o Frida, o una presenza elemosinata nel mio disordine. Mi sforzai di immaginarla come un corpo di consumo, già consumato. Ci riuscii, ma non bastò: perché era lei. E ognuna delle donne passate mi aveva dato qualcosa per trovarla, e per capire la mia gioventù solitaria. Solo adesso ero grato a ciascuna di loro. Ognuna era stata il mio diario affinché Anna fosse la mia libertà, lo pensai mentre la guardavo. Lei se ne accorse, Sono brutta?, domandò. Sei tu, dissi.

Sei anni dopo la notte delle costellazioni si avverò la terz'ultima predizione di mamma, le chiesi di sposarmi. Non lo decisi, lo sentii una mattina in cui mi svegliai e la vidi addormentata con i disegni dei bambini del Centro sul comodino, due tesi da correggere a terra, un piede fuori dalle lenzuola. Prima di chiederglielo aspettai l'anello. Mamma mi consigliò un'oreficeria parigina che realizzava fedi sottili battute a mano, la feci scegliere a lei: me la spedì per posta un paio di settimane dopo. Arrivò di martedì. Quella sera, dopo esserci incontrati fuori dalla Statale, io e Anna passeggiammo tra il Duomo e il Tribunale. Fu una camminata di mutismi e di possessione, la tenni stretta tutto il tempo. Al President ridavano *Il grande freddo*. L'avevamo amato tutti e due perché era riuscito nell'impresa di incastonare la nostalgia. Lo guardammo mentre ci ingozzavamo di popcorn, quando uscimmo sentivamo il senso malinconico di Sam, Michael e degli altri protagonisti, così decidemmo di passeggiare ancora fino a piazza Sant'Alessandro, prendemmo una birra e ci sedemmo sui gradini a berla. Le dissi che ero felice e lei mi disse che era felice. Tirai fuori l'astuccio della gioielleria e lo aprii davanti a lei: Vuoi sposarmi? Anna guardava l'anello, attenta, era una fede semplice e bianca. La estrasse e la indossò, le stava un po' larga. Disse che voleva sposarmi.

Non parlammo per tutta la sera. Quando arrivammo a casa ci spogliammo, e mentre facevamo l'amore mi accarezzò, pianissimo, e mi chiese di fermarmi. Si mise su un fianco e mi appoggiò tra le natiche. Cominciò a muoversi, poco alla volta, finché trovai l'intimità posteriore. Mi prese un fianco e mi spinse verso di lei, ancora, mi bloccava e respingeva, la sentii gemere, e tra i sospiri mi ordinò di prenderla, così, nella notte in cui l'avevo chiesta in moglie.

Ci sposammo nel maggio successivo, a Milano. Avevamo pensato a Parigi, ma sarebbe stato complicato per Giorgio e per il viaggio di amici e alunni del Centro. Scegliemmo la basilica di San Calimero per la discrezione e perché lì avevo acceso l'unico cero della mia esistenza, pour papa. Anche per il protiro stellato che sembrava il giusto finale alla notte delle costellazioni.

Anna diventò mia moglie in bianco, nessun velo, nessuno strascico, solo il miglior maquillage che mamma avesse mai fatto. Io ero in blu, portavo la pochette a pois che mio padre aveva indossato per il suo matrimonio. Come testimone scelsi Antoine, prima di salire all'altare mi fece un discorsetto sulla poligamia che stava cercando di correggere. Era il karma di famiglia, e la dannazione: mi aveva già accennato che anche Lunette non trovava pace tra un fidanzato e l'altro, al contrario della politica dove stava scalando i vertici della Gioventù comunista.

L'altra mia testimone fu Marie. Mademoiselle Lafontaine risultò la più corteggiata di quel giorno, dovetti aiutarla a schivare gli assalti di chi seppe, incredulo, che non era fidanzata. Nel mezzo del rinfresco, ebbra di prosecco, la vidi parlottare fitta fitta con Giorgio, accennare un passo di danza, infine brindare con Madame Marsell a qualcosa che aveva a che fare con l'indipendenza. Risposero tutti in coro, in alto i calici.

Mancava Mario. Fece arrivare una lettera di congratulazioni e di pensieri, dopo che lo invitammo al matrimonio. La "perdita calcolata" predetta da mamma era stata lui. Quando eravamo tornati da Parigi, l'estate in cui lui era partito per Siracusa, Anna aveva continuato a sentirlo ogni giorno. E lui aveva continuato a chiamare lei, senza pretendere altro. Poi sì, le aveva detto che avrebbe voluto ritrovarla come un tempo. Era diventato insistente, l'aveva cercata sotto casa. Io lo avevo chiamato e gli avevo chiesto di vederci, Mario aveva accettato e dal tono avevo intuito che sapeva di me e di lei. Quel pomeriggio gli avevo spiegato come erano andate le cose, lui non aveva fiatato, poi aveva detto: Ho capito, fini-scila. Se n'era andato e per un anno non avevamo più avuto contatti, Lorenzo ci aveva informati che aveva ottenuto l'appalto per una grossa galleria tra Firenze e Roma. Viveva nella Capitale. Ci riavvicinammo male e mai come prima. Una sera Lorenzo riuscì a combinare una serata noi tre, andammo all'enoteca Ombre Rosse e poi a giocare alla sala biliardo di Porta Genova. Mario mi rivolse la parola per chiedermi di passargli il gesso per la stecca. Dei vecchi tempi era sopravvissuto il rispetto.

Alla nostra partecipazione di nozze rispose con una lettera in cui scriveva: *Avevo sempre intuito che eravate fatti l'uno per l'altra, forse per questo insistevo per farvi conoscere. L'inconscio fa brutti scherzi.*

Della notte delle costellazioni mancava la questione delicata, quella che mamma aveva definito "una seccatura". E naturalmente i due figli o forse uno, per il resto credevamo entrambi che a questo punto il marito affidabile dovessi essere io. Un pomeriggio, dopo essere stato con i bambini del Centro, dissi a mia moglie che diventare padre faceva parte di me. C'era questo, e c'era un'altra consapevolezza meno decisiva: procreare sarebbe stato un modo per riscattare papà, come Anna avrebbe ritrovato sua madre. Non ne parlammo più.

Una mattina notai che nel cassetto del comodino mancava la pillola anticoncezionale. C'erano l'elastico per i capelli, una crema da notte e un quadernetto. La stessa settimana Anna mi ricordò della teoria giapponese, un figlio concepito da dietro aveva più probabilità di essere intelligente del dodici per cento. Per un mese si ritrovò prona. Ho tuttora la convinzione che successe di sabato sera, dopo che tornammo alticci dall'osteria e lo facemmo in piedi, lei aggrappata alla libreria, di spalle. Era marzo, sarebbe nato a dicembre.

Tememmo che la "seccatura" delle carte riguardasse la gravidanza: l'amniocentesi e gli altri esami ci liberarono dal presagio. Poi avemmo paura per il Centro, mancavano i finanziamenti, ma Mohammed e il sindacato li trovarono all'ultimo. Poi ci dimenticammo e aspettammo dicembre tra cinema e libri e alunni e passeggiate col pancione.

Poi arrivò la chiamata di Emmanuel.

Nascita

Mamma si era aggravata. Il cancro aveva attaccato il fegato e lei aveva affrontato un secondo ciclo di cure. Le prospettive le sapeva solo Dio. Emmanuel disse così: le sa solo Dio, Libero.

Quando riagganciai, Anna mi fissava dallo stipite della porta. Si tenne il pancione e sussurrò Parti subito, parti.

Partii subito anche se Emmanuel mi aveva chiesto di aspettare la sua chiamata di quella sera, avrebbero avuto l'esito di un nuovo esame. Arrivai a Parigi in tempo per raggiungerli in ospedale, appena mamma si accorse di me si voltò dall'altra parte e pianse. Aveva un foulard turchese sulla testa e un vestito che le mangiava il corpo. L'abbracciai, l'avevano svuotata e avevano lasciato la pelle. Entrammo nello studio del dottor Lévy, un luminare barbuto e corpulento, ci spiegò che un trapianto epatico era da escludere perché il cancro si era diffuso nell'intestino e nel pancreas.

– Et donc? – dissi.

Dunque avrebbe affrontato un altro ciclo di terapie che avrebbero rallentato il decorso del male. Mamma smise di tormentarsi l'anello di ametista, sorrise e si sporse per dare la mano al dottor Lévy. Lo ringraziò, Merci beaucoup pour tout, uscì dallo studio. Emmanuel la rincorse, io rimasi e chiesi quanto tempo avesse.

Lévy disse: Sei mesi, un anno al massimo.

Quando papà mi aveva portato a vedere McEnroe mi aveva spiegato che il carattere bizzoso di Mac faceva parte del suo tennis. Deconcentrava l'avversario e indispettiva il pubblico, ma non se stesso: fischi e odore di rissa galvanizzavano il giocatore americano più forte del mondo. Così, dopo una zuffa con se stesso, un urlo e un'occhiataccia al giudice di sedia, McEnroe sceglieva la strategia di guerra: impallinare l'avversario con un gioco lineare di volée e serve&volley, o tramortirlo con colpi al limite del prestigio. Cinque volte su dieci sceglieva il prestigio. Ricordo un episodio sul Centrale del Roland Garros, un quarto di finale contro Ivan Lendl, in cui gli chiamarono un out su una palla che sembrava più dentro che fuori. Era la condanna di una partita ormai compromessa, il punto prima del match point per Lendl. Il pubblico si aspettava la scenata, papà mi avvertì che stava per succedere, invece McEnroe stupì tutti: se ne rimase buono buono a fissarsi la racchetta, sistemò le corde e aspettò il punto successivo. Lo giocò come fosse l'inizio dell'incontro, perse. Fu una delle volte in cui si fermò a salutare il pubblico e a firmare autografi, a un giornalista rispose che abbandonare bene il campo può contare come restarci. L'uscita gioiosa di Frida Kahlo.

Quel tardo pomeriggio, nello studio del dottor Lévy, la McEnroe della famiglia covò la sua uscita gioiosa. Il gioco di prestigio che avrebbe stupefatto tutti quattro mesi dopo. Nel frattempo ci invitò a cena in un ristorantino a Popincourt, nell'XI, famoso per il cuscus vegetariano. Ci avvertì che non voleva musi lunghi e pizzicò le guance a Emmanuel quando si rabbuiò dopo la crema catalana. Capii mio padre solo allora, e definitivamente: era rimasto fedele a una donna complicata e straordinaria. Bizze, eccentricità, teatralità non erano altro che spiccioli di un talento affettivo fuori dal comune.

Dopo cena volle tornare a casa a piedi, la tenni a braccetto e dal Marais salimmo su fino al X, dando un voto a ogni via che percorrevamo. Vinse rue Vieille-du-Temple che si guadagnò un nove da tutti e tre. Prendemmo un taxi a metà tragitto, mamma era esausta e quando arrivammo a casa dormiva già da un po'. La aiutammo a salire, Emmanuel la mise a letto e io andai a salutarla prima che spegnesse la luce. Era tramortita dalla stanchezza, le diedi un bacio sulla testa nuda, uno sulla fronte, Bonne nuit mamma di mondo.

Sarei tornato a Milano tre giorni dopo, nel frattempo Madame Marsell mi comunicò i suoi progetti. Voleva viaggiare: andare a Gerusalemme, in Madagascar, a Lisbona, e da sola in Provenza. Poi c'era Milano, per vedere suo nipote venire alla luce. Per farlo avrebbe accettato un altro ciclo di cure. All'aeroporto mi portò Emmanuel, parcheggiò la Peugeot 305 e fece la fila con me al check-in, mi seguì fino all'entrata dei controlli di sicurezza. Quando ci abbracciammo scoppiò a piangere in un lungo singhiozzo senza voce. Gli dissi che l'avrei chiamato ogni giorno e che avrebbe dovuto tenermi al corrente su tutto. Avrei telefonato io stesso al dottor Lévy, non era più tempo di omissioni.

Aspettai Anna per crollare. Lei si precipitò a casa dall'università e mi accompagnò a letto. Mi tenne lì, lei e il nostro pancione, e mi confidò che da quando eravamo stati a Parigi si era sentita con Madame Marsell tutte le settimane. Lo seppi solo allora. Avevano discusso di cose da donne, di cose da progressiste, di faccende futili e di costellazioni. Anna si era domandata molte volte se la "seccatura" fosse stato un modo di mamma di liquidare il proprio destino o se fossimo stati noi a trovare in quelle carte gli eventi che poi sarebbero accaduti. Nelle loro telefonate Madame Marsell le chiedeva sempre come stesse il suo ometto di mondo e di non badare al mio curioso istinto di sopravvivenza che mi portava a un'illusoria mansuetudine. Ero un tipino acceso e indomabile, se n'era accorta?

Anche ad Anna aveva tenuto nascosta la ricaduta e anche con lei si era assentata di colpo. Dall'aggravarsi della situazione ricominciarono a telefonarsi e l'unica scadenza di cui parlarono furono sempre e soltanto i quattro mesi che mancavano al parto.

Insegnare mi teneva la testa lontana da Parigi e mi istruiva all'amore genitoriale. Avevo figli al Centro e figli al Parini, la mia apprensione per loro quadruplicò e mi trovai a eludere il programma ministeriale con le materie che avevano protetto la mia esistenza. Proiettavo film in classe, vedemmo la pazzia della guerra in *Apocalypse Now*, i ragazzi si appassionarono all'umanità di Sergio Leone in *C'era una volta in America*, studiammo la Rivoluzione industriale nel Chaplin di *Tempi moderni* e il corredo delle radici in *Amarcord*. Parlammo di fascismo e solitudine attraverso *Una giornata particolare* di Scola, forse la mia pellicola del cuore. Diedi agli adulti del Centro un compito preciso: scrivere cinque righe dopo aver visto *Il colore viola*. Questo è quello che mi consegnò, Mamadou Dioume, quarantenne nigeriano, venditore ambulante, una moglie e tre figli in patria: *Sono nato negro e sono nato brutto. Non sono nato schiavo, è come se lo sono perché lavoro tutto il giorno e non ho mai i soldi. Ma c'è una cosa che Dio mi ha dato più dei bianchi. È la pazienza.* Conservo quel foglio dentro *Il buio oltre la siepe* di Harper Lee, accanto al Buddha di Frida, secondo scaffale dall'alto della prima libreria. Lo nascosi lì a un mese dalla diagnosi nefasta del dottor Lévy.

Dopo che mamma assorbì il ciclo di chemio si preparò con Emmanuel a partire per Gerusalemme. Aveva rinunciato al Madagascar, un luogo per giovinastri, e contava di andare a Lisbona appena possibile. Le dissi di salutarmi gli ebrei e di ringraziarli da parte mia per avere scoperchiato la mia parte più intima. Mamma rise, e io sentii la sua risata che era quella che aveva contagiato papà a tavola e in macchina e nei bistrot e che contagiò anche me. Risi da solo, una mano appoggiata al telefono e l'altra che stringeva il romanzo di Harper Lee. Lo rimisi a posto, l'avevo sistemato dopo il Faulkner di *Mentre morivo* perché ogni libro andava vicino a quello che me l'aveva ispirato. Presi il Faulkner, consumato dalle sottolineature, e andai a cercarmi il monologo più breve del libro. Lo recita Vardaman, il figlio tenero, quando vede la mamma nella cassa da morto: le dice "Mia madre è un pesce".

Andai da Anna, riposava in camera da letto, la svegliai e le confidai dell'ansia, mi strozzava la gola. Mi fece spazio e la accolsi a cucchiaio. Le accarezzai il pancione, sentivo il mio Vardaman scalciare, si acquietò, ci addormentammo.

Mamma telefonò da Gerusalemme, era appena stata al Muro del Pianto e aveva trovato scandaloso che le donne non avessero la stessa libertà degli uomini davanti alla parete sacra. L'utero mediorientale era sotto il giogo di Abramo. Presi quelle parole come un buon indicatore del suo stato di felicità. Aveva visto il Santo Sepolcro? Aveva mangiato la shakshuka? E lo Yad Vashem? Mi confidò che aveva pregato per me, per Anna, per il bambino e per Emmanuel. E anche un po' per se stessa. E che Dio le aveva benedetto un suo proposito per l'avvenire. Disse di avermi comprato una kippah e che mentre l'acquistava aveva pensato alla mia intimità scoperchiata e le era venuto da ridere, ridemmo insieme. Mi feci passare Emmanuel e gli chiesi rassicurazioni, me le diede e aggiunse che al suo ritorno mi avrebbe chiamato per fare il punto della situazione. Come stavano Anna e il bambino? Erano pronti, l'unico a doversi preparare all'idea ero io. Per fortuna avevo ancora due mesi.

Li passai a contemplare mia moglie. La gravidanza le aveva ridefinito la sensualità e un nuovo modo di viversi. Aveva sviluppato un alfabeto dell'attesa, di riflesso al suo stato di partoriente: si godeva le file al cinema, i miei ritardi, e ogni cosa sovvertisse le sue aspettative. Aveva la pazienza di Mamadou Dioume, e un interesse per i dettagli. Studiava il ciuffo indisciplinato dei miei capelli, i titoli di coda dei film, il vestiario delle sue alunne, si buttò nell'acquisto di libri usati al Libraccio impreziositi di appunti curiosi. Comprava tutine gialle da neonato, visto che né io né lei avevamo voluto sapere il sesso. Avevamo due nomi: Alessandro o Bianca. Ci dicevamo che erano epici e borghesi e questo ci preoccupò. Allora ne pensammo due radical chic: Jean-Paul e Agata. Ci preoccupò ancora di più. Sospendemmo la ricerca, e ci concentrammo su di noi.

L'appetito sessuale aveva risentito della salute di mamma, l'atto no: facevamo l'amore per anestetizzare l'angoscia e per ossimoro. Il sesso da incinta scatenava bestialità e dolcezze. Inventammo un gioco per scuotermi, lei che cammina cinque passi davanti a me e io che osservo gli uomini bramarla. La pelle luminosa, questo modo elegante di sorreggersi il pancione con un avambraccio, la regalità dell'andatura seppur gravida. A volte la fissavo mentre dormiva, nella penombra aveva una forma scomposta e io la ricalcavo con la punta di un dito, dai capelli alle caviglie, senza toccarla. Poi restavo con gli occhi al soffitto, e prima di prendere sonno, un attimo, rivedevo la mia lussuria nelle carni avute, nelle mancate, nelle possibili. Era un istinto di avanscoperta, infimo, accerchiava il sentimento per mia moglie e finiva in piccola nostalgia: cercava di integrarsi con la nuova vita e teneva una possibilità sul passato, a quando ero caos, a quando mamma stava bene.

Rinnegavo il dolore, Anna mi costrinse a stanarlo. Scardinò il meccanismo di rimozione che tentavo di attuare, e mi forzò a tirare fuori un pensiero al giorno che riguardasse mia madre. Dissi che non volevo far assorbire al mio bambino queste bruttezze, lei rispondeva che anche mio figlio avrebbe voluto un padre senza nodi. Così le confidavo che vedevo mamma nella bara come Vardaman e gli altri figli del romanzo di Faulkner. Oppure che desideravo tornare indietro nel tempo, per considerarla una grande donna da subito, assolvendola per quel pompino adultero. O che continuavo a vedere il suo volto da sana, gli occhi felini e la bocca generosa, il sorriso travolgente.

Come potevo io, suo figlio, starmene lontano da lei e continuare a insegnare, mangiare, scopare, andare al cinema, leggere, sapendo che era solo questione di tempo?

Ricevetti la telefonata di Emmanuel quando tornarono da Gerusalemme. Disse che era andato tutto bene, a parte l'enorme debolezza di mamma dovuta alle cure. Il dottor Lévy gli aveva assicurato che le aveva assorbite bene e che questo avrebbe prolungato il tempo. C'era una faccenda da sapere: l'evoluzione della malattia avrebbe provocato forti sofferenze a causa dell'interessamento epatico. Le avrebbe voluto prescrivere una terapia del dolore che sarebbe aumentata progressivamente, mamma aveva rifiutato: Voglio essere lucida, niente stupefacenti.

La chiamai il giorno dopo e quando tentai di dissuaderla mi rispose che quello per cui aveva vissuto, il suo ostinato istinto di essere se stessa, rischiava di essere vanificato proprio all'ultimo da un cocktail di antidolorifici. Non l'avrebbe mai permesso.

– Cosa c'entra la morfina con la tua purezza? – le urlai al telefono.

Disse che era più della purezza, era la dignità. La dignità di scegliere, Libero. Ecco perché io e tuo padre ti abbiamo chiamato così.

Ero l'avversario del mio nome, prigioniero di rimozioni maldestre e di amplessi che ricercavo per oblio. Rischiavo di diventare un padre che temeva se stesso. A quaranta giorni dalla nascita di mio figlio trovai un post-it allo specchio del bagno, c'era scritto: *Ricomincia*. Lì accanto, in bilico tra la crema idratante e il dopobarba, il quaderno con Lupin in copertina. Anna l'aveva riesumato da uno scatolone che tenevamo in solaio. La chiamai al Centro, disse che Arsenio Lupin era la strada che stavo smarrendo: avevo smesso di stanarmi per paura del dolore. Ricordo che andai da Giorgio, lo trovai che buttava pane secco nel Naviglio. Si era affezionato alle anatre che risalivano con sforzo la corrente, diceva di riconoscersi in quel moto di ribellione. Adesso aveva i capelli lunghi, li tingeva di nero, e si era lasciato crescere i baffi in segno di protesta contro la vecchiaia, tinti anche quelli. Mi offrì una Weiss con cui aveva ampliato il suo parco birre: oltre alla Moretti si era specializzato in bionde, ambrate e nella Guinness che piaceva tanto ai turisti. Aveva rinnovato il locale, sradicando la carta da parati giallognola e rifacendo il pavimento. Aveva tolto le freccette, al posto del bersaglio troneggiava un jukebox di modernariato. I tavoli erano gli stessi, adesso li lustrava uno studente di Chimica, Manfredi, un artista nel servire e nello scegliere i dischi. Bevvi un sorso di birra e gli raccontai della mia paura di rovistarmi dentro, avrei trovato il fantasma di mia madre e quello di mio padre, e chissà cosa.

– Le sto perdendo anche io le gambe, Giorgio.

Sorrise sotto i baffoni, diede un colpo alle ruote della carrozzella e aggirò il tavolo. Mi venne accanto e sfilò una Bic dal taschino della camicia, l'appoggiò su Lupin.

Lo devo ad Anna, e a Giorgio, se la settimana dopo mi svegliai prima del solito e misi la moka sul fuoco, mangiai due biscotti e riaprii il mio quaderno. E devo a Libero bambino e adolescente, e a tutti gli altri Libero che avevano annotato le loro vertigini su quei fogli, se diventai consapevole che tutta la mia esistenza trovava un senso nel raccontare. Prima con i film e i libri, poi con l'insegnamento, sempre nella ricerca spasmodica di un incipit e di un finale. La mattina della moka lessi le parole della mia libertà e mi accorsi che per continuare avrei dovuto sceglierne una che le contenesse tutte.

Quella parola fu: padre. La scrissi il 27 dicembre, il giorno in cui nacque mio figlio. E quello era l'inizio che teneva insieme un'intera storia, la mia e di Monsieur Marsell, di Anna, e di mamma. Lo chiamammo Alessandro, non per epica o borghesia, per la piazza di Milano che ci aveva fatto bene. Pesava tre chili e ottocento grammi, aveva cosce da toro e gli occhi della madre. Di me, credo si portasse dietro la finta placidità e l'istinto famelico con cui si attaccava alle tette. Nacque alle 11.34 del mattino di una Milano bianca per il gelo e svuotata dalle feste natalizie. Era un Capricorno ascendente Acquario, secondo mamma ci saremmo dovuti preparare a una veste genitoriale paziente e divertita.

Lo presi in braccio e lo fissai, un cosino già sgambettante con l'aria perplessa. Era mio figlio. La mia prima persona plurale. Lo lasciai a sua nonna, in quei giorni lo tenne più di tutti: Madame Marsell si mise a sedere sulla poltrona e se lo accomodò in grembo, gli cantò una nenia che lo fece addormentare, poi gli disse Bienvenu ometto di mondo.

Ci aiutò lei in quelle prime notti. Faticava già a dormire per il dolore e si offrì di dare una mano ad Anna tra una poppata e l'altra. La vedevo trascinarsi con il foulard e gli orecchini di corallo, portava in giro suo nipote per farlo ruttare e lo rimetteva nella culla. Una mattina la trovai addormentata sul divano, seduta come guardasse la televisione, con Alessandro in grembo che la fissava arzillo.

Emmanuel non la lasciò mai e mi confidò che le metteva la morfina nel tè verde. La mattina della loro partenza per Parigi mamma confezionò una crostata alle mele cotogne preparata la sera prima, assieme a dei cappelletti che mise nel congelatore. Salutò e disse che ci saremmo visti in rue des Petits-Hôtels per il mio compleanno, era il momento che le petit Alessandro conoscesse la Ville Lumière. Lo avrebbe portato ai giardini del Trocadéro e a place des Vosges, nel Marais e a Saint-Germain, anche al Louvre perché i bambini decidono cosa saranno da adulti nei primi cinque mesi di vita. Ne avremmo fatto un artista, tutt'al più un critico d'arte. Prima però lei avrebbe intrapreso il suo viaggio in Provenza, in solitaria, voleva tornare a Roussillon.

Rimase con Anna a confabulare in camera da letto, poi ci raggiunse e disse a Emmanuel che dovevano sbrigarsi, vite plus vite, uscì di casa senza salutarmi. Andai io sul pianerottolo a riprenderla mentre chiamava l'ascensore, l'abbracciai da dietro e le diedi un bacio sulla guancia, lei mi afferrò una mano e se ne andò.

Fu l'ultima volta che la vidi viva.

Quando nel romanzo di Faulkner Addie Bundren morì, con lei se ne andarono i significati delle parole che aveva insegnato alla sua famiglia. "Maternità" l'aveva riempito con la dedizione ai figli, "sacrificio" con la tenacia con cui aveva sopportato un marito che detestava, "salvezza" con la rettitudine verso Dio e verso gli altri esseri umani, "passione" con un legame adultero indimenticabile. A "terra" aveva dato il significato sacro: ecco perché aveva chiesto una bara e un ultimo viaggio per essere seppellita nel punto dove voleva essere seppellita. Di parole ce n'erano molte altre, se le portò via tutte. Rimasero vuoti che i suoi orfani pronunciavano al vento. Era l'omaggio di Faulkner all'utero.

Il giorno in cui seppi che mia madre era morta andai alla basilica di San Calimero e mi inginocchiai in penultima fila. Non sapevo pregare, pregai. Ero un orfano di Addie Bundren, e come Addie Bundren anche mamma aveva chiesto un ultimo viaggio. L'aveva fatto attraverso un'associazione svizzera di Zurigo con cui aveva preso contatto in due momenti diversi, quando era uscita dallo studio del dottor Lévy e aveva intuito il tempo che le rimaneva, e prima di partire per Gerusalemme, appena le avevano comunicato che avrebbe dovuto affidarsi a una terapia del dolore. Quelli dell'associazione svizzera l'avevano sottoposta a dei colloqui telefonici e le avevano chiesto i documenti che certificassero il suo stato di malata terminale. Era stato un percorso burocratico complesso e sfiancante. Solo allora aveva ricevuto l'autorizzazione: poteva mettere fine alla propria vita con un suicidio assistito, fissato per il 12 gennaio in tarda mattinata. Avrebbe potuto desistere in qualsiasi momento, nell'ultimo colloquio con lo psicologo dell'associazione aveva risposto che mai era stata così convinta, a parte quando aveva concepito suo figlio e si era trasferita in territorio francese.

Nessuno seppe niente. A Emmanuel comunicò che avrebbe fatto il suo viaggio in Provenza, lui aveva provato a farle cambiare idea e anche io, niente di più difficile. Come unica concessione, portò con sé morfina e antidolorifici. Mamma ci disse che aveva deciso di scendere in treno fino ad Arles, visitare la cattedrale, poi affidarsi a un autista che l'avrebbe trasportata nelle tappe del suo viaggio giovanile, Manosque e le petit village de Boulbon, Aix-en-Provence, fino al confine del Luberon con Moustiers-Sainte-Marie. Era un cammino dell'anima. Partì il 9 di gennaio con il treno delle 8.05, o almeno così disse a Emmanuel. Lo pregò di non accompagnarla in stazione perché il cammino dell'anima doveva cominciare fuori dal portone di rue des Petits Hôtels. Lo baciò con passione sulla soglia. Conosceva le regole del suo personaggio, inscenò lo spettacolo finale a quasi sessant'anni, e fu il suo perfetto. Per l'uscita di campo cambiò il copione, evitò proteste e drammi e giocò l'ultimo punto come fosse il primo. Sfidando la sua natura cattolica. Invece che per Arles, quella mattina di gennaio la mia John McEnroe prese il treno per Ginevra, al suo arrivo chiamò un taxi che la portò nei dintorni di Zurigo. Alloggiò per due giorni in un alberghetto tre stelle e si sottopose a un colloquio ulteriore per confermare le sue volontà. Firmò documenti ed espletò le formalità necessarie, completò una cronaca dettagliata della sua odissea che mi lasciò in sette fogli siglati a uno a uno. Scrisse anche due lettere: una per Emmanuel e una per me.

Intorno alle dieci del mattino del 12 gennaio, con spasmi all'addome entrò nella struttura adibita per il suicidio assistito. Affidò il trolley e gli effetti personali agli operatori che ci avrebbero contattato poi. Registrò un breve video in cui scagionava da ogni responsabilità l'associazione e lo staff che l'aveva aiutata: – Ho deciso volontariamente e in piena consapevolezza di prendere il medicinale che verrà lasciato in un contenitore vicino a me. – Non ho mai saputo i suoi ultimi gesti, la immagino con il foulard turchese e gli orecchini di corallo in una preghiera, in una parola per Monsieur Marsell, e in un'ultima, ironica, battuta per la persona che le lasciava il bicchiere con il Pentobarbital. Sappiamo di certo che si era preparata un cd con *Milord*, Édith Piaf, e aveva chiesto di diffonderlo nello stanzino mentre beveva l'ultimo sorso. La sua oscenità, l'atto d'amore più potente.

Il funerale fu nella chiesa di Saint-Vincent-de-Paul, come da sue volontà. Lo celebrò padre Dominique, che parlò di una donna con il cuore di dieci donne che aveva saputo cosa fare della troppa felicità. Accanto a me ed Emmanuel c'erano Anna, Antoine e sua madre, Marie. In fondo, stipata tra la gente in piedi, Lunette. Ci abbracciammo al termine della funzione, in silenzio.

Quando arrivò il mio turno di parlare, padre Dominique volle che lo facessi dall'altare. Mi porse il microfono e io lessi le righe scritte da Faulkner per la madre di *Mentre morivo*: *E forse fu quella la prima volta che lo scoprii, che Addie Bundren poteva fare qualcosa di nascosto: lei che aveva cercato di insegnarci che in un mondo dove c'è l'inganno, nient'altro può essere tanto brutto o tanto grave, nemmeno la miseria.* Aggiunsi che il qualcosa di nascosto scoperto in mia madre era la dignità di scegliere.

Le sue ceneri furono seppellite con papà a Passy, scelsi la fotografia di lei sulla giostra del Trocadéro i primi giorni in cui ci eravamo trasferiti a Parigi. Aveva chiesto a Monsieur Marsell di fare un giro sul cavallo con il pennacchio rosa, lui aveva rifiutato e in cambio l'aveva fotografata al ritmo del carillon. Sorrideva beata, un po' in imbarazzo per quel gesto da bambina.

Emmanuel mi chiese se poteva rimanere in rue des Petits Hôtels, gli dissi che pretendevo che rimanesse in rue des Petits Hôtels. Non svelammo mai l'uno all'altro cosa ci scrisse mamma nelle sue lettere d'addio. Non lo raccontai nemmeno ad Anna, a eccezione dell'ultima riga:

Fai in modo di dare ad Alessandro il significato del tuo nome, Libero. È tutto lì, mio ometto di mondo.

Tornammo a Milano alle dieci di sera, Alessandro dormiva e noi ringraziammo la tata che era rimasta più tempo per un ritardo dell'aereo. Si chiamava Selma, era messicana e non si perdeva una puntata di *Chi l'ha visto?* Disse che aveva preparato una vellutata di zucca, l'aveva messa in frigorifero accanto ai formaggi, mentre per il pranzo del giorno dopo aveva scongelato i ravioli, c'erano anche degli affettati. Mi feci una doccia e andai in cucina, aprii il frigorifero e trovai la vellutata accanto a un vassoio ricoperto di stagnola. Lo tirai fuori, lo scoperchiai e vidi che i ravioli erano i cappelletti lasciati da mia madre. Li fissai, in fila come soldati, la pasta schiarita dal gelo, le teste della stessa misura, mai sbilenche, alte uguali. Passai un dito su ognuno, li sfioravo e cercavo una bruttura nel taglio, la sbavatura della sfoglia, distrazioni nell'orlo. Uno era più corpulento. Lo presi, lo appoggiai sul palmo e chiusi il pugno, adagio, il ripieno collassò sulle dita e finì a terra e io feci lo stesso con un altro cappelletto, lo appoggiai sul palmo e chiusi, e un altro ancora, li radunavo e chiudevo, radunavo e chiudevo. Mi fermai quando il vassoio si svuotò, trentuno cappelletti, portai le mani al viso e li sentii: la ricotta e il limone, la noce moscata, Madame Marsell.

La mattina, Anna si alzò e prese nostro figlio dalla culla. Lo portò tra noi, mi svegliai perché Alessandro emise un vagito mentre frullava le cosce da toro. Me lo sistemai pancia sotto sul petto e lui mi guardò con la sua aria stralunata che forse doveva a Monsieur Marsell. Lo protessi lì, il mio indianino, e sentii che il dolore spariva. Chiesi come mai fosse finito addosso al suo papà. Era stata la nonna a chiederglielo prima di tornarsene a Parigi e partire per la Svizzera. Quando era andata a salutare Anna, quella mattina di gennaio, le aveva detto di concedere al nostro bambino di dormire tra noi, ogni tanto. Apriva i canali energetici del neonato. Ma non troppo, il rischio era un attaccamento edipico fuori dal normale. E mi aveva indicato nel corridoio.

Lasciai Alessandro su di me, un attimo ancora, poi lo riportai nella culla e gli suggerii di dormire. Mi ascoltava già, anticipando la sua indole docile che avrebbe sovvertito le teorie astrologiche. Tornai in camera e mi sedetti accanto ad Anna, la spogliai, lei fece lo stesso con me. Le baciai le labbra, le ribattezzai il seno succhiandolo da amante e non da neonato, le accarezzai la pancia e le cosce. Facemmo l'amore piano, e quando si mise sopra e io la tenni lassù, immobile, con la sua libertà e lo sguardo socchiuso, sentii che era accaduto: cominciavo a essere il mio nome.

Il pomeriggio dopo, domenica, affidammo Alessandro a Selma e passeggiammo a lungo. Camminammo per corso di Porta Romana e per le vie che portavano al President. Decidemmo di non andare al cinema, proseguimmo fino al Duomo e tornammo verso Missori. Ci infilammo in piazza Sant'Alessandro. Era un giorno mite, ci sedemmo sui gradini e ricordo che presi un caffè d'orzo, Anna un cappuccino.

Eravamo insieme, tutto il resto l'ho dimenticato.